巴恩斯小说的
文学伦理学批评

周丽秋 ◎ 著

中国书籍出版社
China Book Press

图书在版编目（CIP）数据

巴恩斯小说的文学伦理学批评 / 周丽秋著 . -- 北京：中国书籍出版社 , 2024.3

ISBN 978-7-5068-9818-8

Ⅰ . ①巴… Ⅱ . ①周… Ⅲ . ①朱利安·巴恩斯—小说研究 Ⅳ . ① I561.074

中国国家版本馆 CIP 数据核字 (2024) 第 061532 号

巴恩斯小说的文学伦理学批评

周丽秋　著

图书策划	成晓春
责任编辑	李　新
封面设计	博健文化
责任印制	孙马飞　马　芝
出版发行	中国书籍出版社
地　　址	北京市丰台区三路居路 97 号（邮编：100073）
电　　话	（010）52257143（总编室）　（010）52257140（发行部）
电子邮箱	eo@chinabp.com.cn
经　　销	全国新华书店
印　　刷	天津和萱印刷有限公司
开　　本	710 毫米 ×1000 毫米　1/16
字　　数	172 千字
印　　张	10.25
版　　次	2024 年 8 月第 1 版
印　　次	2024 年 8 月第 1 次印刷
书　　号	ISBN 978-7-5068-9818-8
定　　价	72.00 元

版权所有　翻印必究

前 言

朱利安·巴恩斯（Julian Barnes）自幼年起就生活在伦敦郊区，是当今英国著名小说家和评论家。巴恩斯的小说具有大胆的实验性、深厚的历史与人文关怀以及独特的法国文化情结，在创作艺术和美学思想上都代表了当今英国小说的发展成就。因此，他与麦克尤恩（Ian McEwan）、艾米斯（Martin Amis）等作家被并称为"当代英国文坛的巨头"是当之无愧的。2011年，巴恩斯凭借其第十一部小说《结局的意义》获得了代表英语文学最高成就的布克奖。此外，他还获得了许多其他奖项。在英国，他的处女作《伦敦郊区》一经发表就获得了毛姆文学奖。在2011年获得布克奖之前，他还三度获得过该奖的提名。再者，他还获得过E. M. 福斯特文学奖、莎士比亚文学奖和大卫·科恩终生成就奖。在法国，巴恩斯是唯一同时获得费米娜文学奖和普利美迪斯奖这两个奖项的外国作家；另外，他还获得了法国文学艺术骑士勋章。除此之外，他还是德国古登堡文学奖和奥地利欧洲文学国家奖获得者。这些荣誉既肯定了他的艺术才华和创作成就，同时也确立了他在英国文学和世界文学中的地位。巴恩斯的小说以诙谐机警的语言、丰富多变的形式和富有哲理的笔触，探讨了生存危机中个体所面临的各种问题，涵盖了死亡、爱情、婚姻、信仰、道德、身份等日常生活的各个层面。

文学伦理学批评作为方法论，它强调文学及其批评在肯定艺术性的前提下的社会责任，强调文学的教诲功能，并以此作为批评的基础。就文学家而言，他们创作作品应该对社会负责任；就批评家而言，他们同样也应该对批评文学负社会责任。文学家的责任通过创作作品表现，而批评家的责任则通过对作品的批评表现。因此，作家的创作自由、艺术主张需要服从社会责任，批评家的批评标准和价值观念也需要服从社会责任，而这种责任在创作和批评中具体体现为对一个民族、国家普遍认同和接受的伦理道德价值的尊重。文学批评的责任是由文学批评者对作品和社会的道德责任和义务决定的。文学批评必须承担自己的社会责任，不能违背良知与道德。它不仅要对好的作品进行评价和推荐，而且还有义务指导读者如何理解和欣赏文学作品。因此，文学伦理学批评既要在担负社会责任的前提下履行自己的义务，也要遵守进行文学批评的伦理标准。

  本书共分为三章。第一章为巴恩斯小说中的性别伦理与伦理选择，主要介绍了《唯一的故事》中的性别伦理反叛与伦理选择，《凝视太阳》中的性别伦理重构和伦理选择；第二章为巴恩斯小说中的种族伦理与伦理选择，主要介绍了《亚瑟与乔治》中的个体身份危机与伦理选择，《10 ½ 章世界史》中的民族身份危机与伦理选择；第三章为巴恩斯小说中的空间伦理与伦理选择，主要介绍了《福楼拜的鹦鹉》中的空间书写与伦理选择，《时间的噪音》中的时空体建构与伦理选择。

  在撰写本书的过程中，作者参考了大量的学术文献，得到了许多专家学者的帮助，在此表示真诚感谢。但由于作者水平有限，书中难免有疏漏之处，希望广大同行及时指正。

作者

2023 年 11 月

目 录

导 论 ·· 1
   一、朱利安·巴恩斯的生平和创作风格 ·· 1
   二、国内外研究综述 ··· 2

第一章 巴恩斯小说中的性别伦理与伦理选择 ······································ 19
  第一节 《唯一的故事》中的性别伦理反叛与伦理选择 ························ 21
     一、非线性叙事与传统性别伦理的反叛 ··· 23
     二、多重叙述声音与传统性别伦理的认同 ··· 29
     三、叙述人称转换、伦理选择与身份重构 ··· 35

  第二节 《凝视太阳》中的性别伦理重构和伦理选择 ···························· 40
     一、社会性别规范：英国女性成长的伦理困境 ·································· 41
     二、伦理身份错位：性别伦理改写 ··· 49
     三、伦理选择：自我身份的重构 ··· 60

第二章 巴恩斯小说中的种族伦理与伦理选择 ······································ 69
  第一节 《亚瑟与乔治》中的个体身份危机与伦理选择 ························ 71
     一、人物传记与非正统英国人的伦理身份危机 ·································· 72
     二、福尔摩斯探案与种族他者的伦理选择 ··· 78
     三、重审虐畜案与多维度民族身份的重构 ··· 85

第二节 《10½章世界史》中的民族身份危机与伦理选择 ……………… 89
  一、戏仿灾难性历史：重返伦理现场 …………………………………… 90
  二、碎片式拼贴：他者凝视下的伦理困境 ……………………………… 96
  三、黑色幽默：反凝视的伦理选择 ……………………………………… 102

第三章 巴恩斯小说中的空间伦理与伦理选择 ………………………………… 115
第一节 《福楼拜的鹦鹉》中的空间书写与伦理选择 …………………… 117
  一、物理空间的转换与伦理身份建构 …………………………………… 119
  二、多维的文本空间与伦理困境 ………………………………………… 124
  三、空间的伦理指向、伦理选择和身份认同 …………………………… 128
第二节 《时间的噪音》中的时空体建构与伦理选择 …………………… 134
  一、电梯时空体：特定伦理现场下的历史观照 ………………………… 135
  二、飞机时空体：艺术还是生存的伦理困境 …………………………… 139
  三、汽车时空体：伦理选择与身份重构 ………………………………… 142

结　语 ………………………………………………………………………………… 149

参考文献 ……………………………………………………………………………… 152

导 论

一、朱利安·巴恩斯的生平和创作风格

英国当代文坛巨匠朱利安·巴恩斯（Julian Barnes，1946—）是 2011 年英国布克奖和 2021 年耶路撒冷文学奖获得者，迄今为止已发表了十三部长篇小说、三部短篇小说集、四部侦探小说、三部散文集、一部回忆录以及一系列的文学评论。凭借其卓越的文学天赋，巴恩斯曾获一系列文学奖项，包括 1981 年的毛姆文学奖，1985 年的杰弗里·费柏纪念奖，1986 年的福斯特文学奖，1987 年的古腾堡奖，1992 年的费米娜外国文学奖，1993 年的莎士比亚奖，2004 年的欧洲文学奖。2011 年终于凭借《终结的感觉》荣获了代表英国文学最高成就的布克奖。此前，巴恩斯还凭借《福楼拜的鹦鹉》《英格兰，英格兰》《亚瑟与乔治》三次进入布克奖短名单。同时，他还荣获法兰西艺术文化勋章以及大卫·科恩英国文学终身成就奖。除此之外，他还是德国古登堡文学奖和奥地利欧洲文学奖获得者。这些荣誉不但肯定了巴恩斯的文学天赋和创作成就，而且也确立了他在英国文学和世界文学中的地位。

巴恩斯出生于 20 世纪 40 年代末，祖父和父亲分别参加过一战和二战，而他成长于英国战后物质和文化重建的 60 年代，其时美苏冷战达到顶峰，欧洲经济复苏。英国国内经济发展平稳，政治环境保守，但嬉皮士文化盛行，同时后现代主义思潮也不断蔓延。复杂的文化环境造就了朱利安·巴恩斯。因为成长期正处于新旧文化和道德体系的博弈阶段，故巴恩斯的小说创作具有强烈的现实干预性。一方面，他保持着对于社会事件的高度敏感性，作品具有强烈的历史和现实意义；另一方面，巴恩斯对于自身所处的后现代语境和新道德环境有着充分的参与热情。

二、国内外研究综述

（一）国外研究现状

尽管巴恩斯早在1983年就出版了处女作《伦敦郊区》，并一举斩获了毛姆文学奖，但直到《福楼拜的鹦鹉》和《10½章世界史》的问世，国外学者才开始关注这位作家。近三十年来，一些孜孜不倦的学者致力于朱利安·巴恩斯长篇巨著的学术研究和批判性研究，研究成果多以专著和学术论文的方式呈现，无论在数量上还是质量上都是卓有成效的。

1. 研究专著

第一本巴恩斯作品的研究专著是来自美国学者梅瑞特·莫斯雷（Merritt Moseley）1997年出版的《解读朱利安·巴恩斯》(Understanding Julian Barnes)，它从主题和形式两个角度对巴恩斯的长篇小说、短篇小说以及他的侦探小说和散文进行了基本但有用的考察，分析了巴恩斯写作中的关键问题并为巴恩斯研究指出了方向。一方面，莫斯雷尤为关注巴恩斯写作技巧上的创新，注意到巴恩斯文学形式的创新既体现在语言和韵律的精雕细琢上，又表现在对形式、结构的刻意追求上，认为巴恩斯的这种文体实验挑战了传统文学的观念，拓展了小说的边界；另一方面，莫斯雷认为巴恩斯不是只专注形式实验的文体家，他突破性地将其作品纳入巴恩斯创作谱系中考察其形式特征和主题倾向。

进入21世纪，有六本代表性的巴恩斯研究专著。布鲁斯·塞斯托（Bruce Sesto）2001年出版的专著《朱利安·巴恩斯小说中的语言、历史和元叙事》(Language, History and Metanarrative in the Fiction of Julian Barnes)主要是以其博士论文《朱利安·巴恩斯的小说世界》为基础，是一部以后现代主义理论为方法论对朱利安·巴恩斯小说进行解读的专著。布鲁斯逐步分析了除《凝视太阳》之外，巴恩斯直到1992年的作品，关注了作品中的语言风格、历史本质的主题以及叙事中的"自反性"等后现代特征。

马修·帕特曼（Matthew Pateman）2002年出版的《朱利安·巴恩斯：作家和他们的作品》(Julian Barnes: Writers and Their Work)，对朱利安·巴恩斯的长篇小说进行了文本细读，不但聚焦于作品叙事上的创新，而且还对巴恩斯作品中爱情、友情、信仰、真相、政治、艺术、背叛等主题进行了高度敏锐的解读，将巴恩斯作品的主题研究推向了更深层次，是一部非常全面的专著，因此是巴恩斯作品研究者的必读读物。

万妮莎·吉盖里（Vanessa Guignery）2006年出版了《朱利安·巴恩斯小说研究》（The Fiction of Julian Barnes）。该书的作者万妮莎是当代英国文学和后殖民文学的教授，是著名的巴恩斯学者，对朱利安·巴恩斯的作品有着广泛而深刻的见解。她将巴恩斯作品研究的范围从长篇小说扩展到短篇小说、散文作品，全书还创新性地在结构上模仿了《10½章世界史》，是学术性学者对巴恩斯代表作的致敬。该著作不但表达了对巴恩斯的总体看法："他既是对小说文体有着重要的开拓，也是一位出色的散文写作者"，而且注意到了巴恩斯写作中"多样性"的特点。值得注意的是，该专著的最大特色在于对学界巴恩斯研究进行了较为全面的概括和总结，旨在为读者提供出色的研究综述成果。

同时，万妮莎（Vanessa）还在2009年与瑞恩·罗伯特（Ryan Robert）合著了《朱利安·巴恩斯访谈录》（Conversations with Julian Barnes），本书收录了18篇文章，涵盖了巴恩斯于1980年至2007年之间的采访记录。该著作真实地记录了巴恩斯曾分享的关于作家本人的成长经历、创作历程以及文学观，便于学者对作家作品有更全面的了解。

弗雷德里克·霍尔莫斯（Frederick M. Holmes）2009年出版的《朱利安·巴恩斯》（Julian Barnes）聚焦于巴恩斯的长篇小说，匠心独运地在主题分类的基础上进行比较研究，如自传主题下《伦敦郊区》与《亚瑟与乔治》的比较分析；历史主题下的《福楼拜的鹦鹉》《10½章世界史》《英格兰，英格兰》的比较分析；爱情主题下《尚待商榷的爱情》《她遇到我之前》《爱及其他》的比较分析。

塞巴斯蒂安·格罗斯（Sebastian Groes）和皮特·契尔兹（Peter Childs）编辑的《朱利安·巴恩斯：当代批判视角》（Julian Barnes Contemporary Critical Perspectives）于2011年出版，旨在突破后现代主义视角的局限，将巴恩斯的作品置于不同的文化传统和批评语境中，重新评价和阐释巴恩斯作品的丰富性。

2. 学位论文

从PQDT（Pro Quest Dissertations & Theses）收录的国外学位论文来看，后现代主义理论依旧是研究巴恩斯作品时，学者们最习惯用的批评方法。布鲁斯·约翰·塞斯托的博士论文《朱利安·巴恩斯的小说世界》是这方面最早的博士论文之一。

也有研究者运用创伤叙事理论、记忆理论对巴恩斯作品进行分析。萨伯尔（Sabol）在其博士论文《记忆、历史和身份：当代北美和英国小说中的创伤叙事》（Sabol Jonathan Daniel: "Memory, History and Identity: The Trauma Narrative in Contemporary North American and British Fiction". Fordham University, 2007）中，结合了拉康的客体概念，从创伤叙事的理论视角探讨了《英格兰，英格兰》中的玛莎如何在被父亲遗弃后，通过追寻完美的个人记忆和完整连贯的民族记忆来发展自己的主体身份[①]。

也有一些研究者注意到巴恩斯创作中的伦理问题。克里斯蒂娜·科特（Christina Kotte）在论文《英国历史编纂元小说中的伦理维度》（Christina Kotte, "Ethical Dimensions in British Historiographic Metafiction. Julian Barnes, Graham Swift, Penelope Lively." Wissenschaftlicher Verlag, 2001）中对朱利安·巴恩斯（Julian Barnes）的《10 ½ 章世界史》（*A History of the World in 10 ½*）、格雷厄姆·斯威夫特（Graham Swift）的《水陆》（*Waterland*）和佩内洛普·莱弗利（Penelope Lively）的《月亮虎》（*Moon Tiger*）深入分析表明，这三部小说都具有鲜明的道德或伦理维度。克里斯蒂娜认为，对历史的自我反思与道德和伦理问题密不可分。她认为巴恩斯的《10 ½ 章世界史》通过论证区分对过去的有效表述的道德必要性，极大地减少了对不可呈现的事物可能存在道德维度的想象。

3. 论文集及期刊论文

国外以巴恩斯为研究对象的期刊论文和评论硕果累累。到目前为止，据本书掌握的资料和数据，国外已有百余篇研究巴恩斯小说的论文。在此，以两部论文集为主、期刊论文为辅进行梳理介绍。除了专著和访谈集，朱利安·巴恩斯作品研究的一些代表作品被以批评文集的方式集合起来，比如塞巴斯蒂安·格罗斯（Groes Sebastian）和彼得·奇尔兹（Peter Childs）于2011年出版的《朱利安·巴恩斯：当代批判视角》（*Julian Barnes : Contemporary Crictical Perspectives*），托里（E. Tory）和维兹特果（J. Vesztergo）2015年出版的《陷入不确定性：朱利安·巴恩斯小说研究论文汇编》（*Stunned into Uncertainty: Essays on Julian Barnes's Fiction*）。在这些论文集和其他的期刊论文中，以后现代主义理论为理论视角依

---

① Sabol, Jonathan Daniel: Memory, History and Identity: The Trauma Narrative in Contemporary North American and British Fiction[D]. Fordham University, 2007: 152.

旧占据主体位置。值得注意的是，这两部论文集旨在突破后现代主义视角的局限，将巴恩斯的作品置于不同的文化传统和批评语境中，重新评价和阐释巴恩斯作品的丰富性。

首先，形式研究在巴恩斯研究中占据了很大的比重。琳达·哈钦在《后现代主义诗学》中，将《福楼拜的鹦鹉》定位为"后现代元小说"。哈钦的论述影响了学界对巴恩斯小说的接受和批评，她的后现代元小说理论和历史编纂理论也成为众多学者研究巴恩斯小说的依据。学者更多地关注巴恩斯作品中的叙事实验，分析其元小说、互文性、戏仿、文体颠覆、复调性等叙事技巧的具体表现。萨莱尔（Gregory Salyer）的论文在探讨《10 ½ 章世界史》时，既探讨了戏仿式叙事颠覆权威话语的功能，也关注了跨文类叙事在打破历史与虚构之间的意义（220—233 页）。除了萨莱尔·谢普德（Tania Shepherd）、布鲁克斯（Neil Brooks）、西格登等学者的论文，也关注了巴恩斯小说在叙事文类、技巧、语言等方面表现出来的后现代性。

其次，巴恩斯的研究发表中出现了一些新的理论视角，如性别研究。米林顿（Mark I. Millington）的论文《可敬的被戴绿帽子的丈夫：不同类型的男性自我防卫》（*The Honorable Cuckold: Models of Masculine Defense*, 1992）结合了男权社会中的性别关系，探讨了巴恩斯小说《她遇我前》中的男主人公为何通过暴力来捍卫自己的男性尊严。

最后，记忆书写理论。布伯瑞奇（Berberieh）的论文《英格兰？谁的英格兰？朱利安·巴恩斯和 W. G. 赛博德小说对英国身份的（重新）建构》{Berberieh, Christine. "England? Whose England? (Re)constructing English Identities in Julian Barnes and W. G. Sebald" [J]. National Identities, 2008（2）}结合了记忆书写理论来探讨巴恩斯的小说叙事在建构自我身份中的作用。布伯瑞奇强调，无论是个体身份还是民族身份，它们本身并不存在，都是虚构的产物。就民族身份而言，它是"想象的社区"，是根据文化记忆传递下来的"关于成功的故事"所建构的一种"共同归属感"（168 页）。

此外，研究者注意到了巴恩斯创作中的伦理问题。玛雅（Maja Medan）在《朱利安·巴恩斯〈10 ½ 章世界史〉中历史建构的伦理问题》{Maja Medan. "The Ethical Aspect of Constituting History in Julian Barnes's A History of the World in

10½Chapter" [J]. Europa: Magazine about Science & Art during the Transition. 2013（11）}认为伦理问题实际上变成了真实可能性的问题，它将历史作为一种文献，将现实与虚构的关系戏剧化。玛雅在历史、神话与文学关系的建构中切入点是"将寓言的方式放置在个人故事中，从个人的角度来建构所有的戏剧"，从而可以找到多元道德决定的个人和历史（第63页）。斯特夫（Craps Stef）在《"谁让一个大问题打乱了他的小而安全的世界？"：英国后现代现实主义与伦理问题》{Craps, Stef. "Who Let's A Big Qustion Upet His Small, Safe World? : British Postmodern Realism and the Question of Ethics" [J]. Zeitschrift fur Anglistik and Amerikanistik, 2006（3）}中清醒地认识到，在小说中伦理和表现是不可分割的，并指出"以历史与小说的界限来揭示历史话语的建构本质，在这些分析中，经常被掩盖的是这些作品的伦理层面"。

国外研究现状小结：巴恩斯小说的国外研究大致始于20世纪80年代末，迄今为止研究成果十分丰富，研究范围涉及形式、内容、风格、历史、文化等多个方面。其中从解构、技巧、语言等方面探究巴恩斯小说中的后现代性构成了巴恩斯早期研究的主流。伴随着巴恩斯创作的不断丰富以及研究的深入，学者们逐步突破后现代主义视角的局限，将巴恩斯的作品置于不同的文化传统和批评语境中，以更加多元的视角和批评理论重新评价和阐释巴恩斯作品，也就构成了巴恩斯研究的第三个阶段。这一阶段鲜明地突出了对巴恩斯小说多元人文内涵的探讨，揭示巴恩斯作品中的人文关怀。可见，巴恩斯研究已经从早期的文本形式分析、综合主题的探讨转向了专题化、多元化的研究。

（二）国内研究现状

国内巴恩斯研究成果为围绕巴恩斯作家作品所撰写的专著和论文，主要运用了叙事学、新历史主义、女性批评等批评方法。国家社科基金项目有李颖的"朱利安·巴恩斯小说实验与现实主义研究"、赵胜杰的"朱利安·巴恩斯小说的人文主义思想研究"和毛卫强的"朱利安·巴恩斯老年书写研究"三项，但是目前国内尚未出现与巴恩斯作品中的伦理思想相关的专著，运用文学伦理学批评解读巴恩斯创作的成果也十分有限。因此，运用文学伦理学批评研究巴恩斯的小说在国内仍有广大的空间。本章对国内巴恩斯研究现状的梳理，将从研究专著、博士学位论文、期刊论文三个方面来完成。

1. 研究专著

国内的巴恩斯研究专著目前有4部。

第一部是毛卫强的《生存危机中的自我与他者——朱利安·巴恩斯小说研究》（2015）结合"叙事中介"的基本概念，从婚姻危机、信仰危机和道德危机三个层面，来分析巴恩斯的小说叙事在发展自我身份中所起的中介作用。

李颖的《论朱利安·巴恩斯小说的身份主题》（2020）主要聚焦于巴恩斯小说的身份主题研究，分别从性别、种族和民族三个层面解读巴恩斯小说身份主题的政治意识形态内涵。

黄莉莉的《朱利安·巴恩斯的历史书写研究》（2020）以历史真实作为研究切入点，整体上对历史观、历史创作进行观照，继而从"历史真实"的世界维度和个人维度两个方面进行解读。

赵胜杰的《朱利安·巴恩斯新历史小说叙事艺术》（2021）主要聚焦于巴恩斯新历史小说中的叙事艺术，不仅以反写实的美学实验展示历史的多元性，而且以特有的客观写实方式解答如何接近历史真实的问题。

2. 博士学位论文

国内以巴恩斯为研究对象的博士学位论文有四篇。

在这方面，国内最早的博士学位论文是陈博的论文。陈博的《解构与伦理——朱利安·巴恩斯作品的碎片化书写研究》（厦门大学英语文学专业博士学位论文，2011年），将后现代解构理论与列维纳斯他者伦理哲学思想加以结合，重点对巴恩斯碎片化书写中解构与伦理的双重特征进行解读。论文提出作品一方面将历史、民族性以及记忆等对个体身份确立至关重要的主题元素一一瓦解；另一方面却又借笔下人物的不懈探索，努力超越解构可能导致的相对与虚无，表现出列维纳斯倡导的朝向他者履行责任的积极伦理姿态。

何朝辉在《对"已知的颠覆"：朱利安·巴恩斯小说中的后现代历史书写》（厦门大学英语语言文学专业博士学位论文，2013年）从历史的认识论、本体论和政治的角度，来解读巴恩斯小说中的后现代历史书写，表明了历史书写具有文本性和虚构性，断裂性、碎片化和多元性以及受到政治意识形态或权力关系的微妙影响三方面的特征。论文对巴恩斯小说中历史书写的研究触及历史和历史书写的本质，为解读巴恩斯小说和英国当代历史书写提供新的视角。

毛卫强的《生存危机中的自我与他者：朱利安·巴恩斯小说研究》（上海外国语大学英语语言文学专业博士学位论文，2015年）研究聚焦生存危机中的叙事，运用危机叙事理论、叙事身份理论和现代身份理论的基本概念，从婚姻危机、信仰危机、道德危机这三个层面系统地研究巴恩斯作品中所探讨的叙事在建构个体和群体的自我身份方面所起的中介作用。

李朝晖的《朱利安·巴恩斯小说中的历史书写》（北京外国语大学英语语言文学专业博士学位论文，2017年）。论文在后现代主义，尤其是新历史主义理论的视域下对巴恩斯的历史书写进行研究，指出巴恩斯历史书写呈现有机关联的三个维度：消解权威历史、构建多维历史、追寻历史真实。论文指出历史的呈现具有明显的后现代特点，它不仅是对新历史主义理论的互文性投射，而且创新性地提出历史书写自有逻辑，自成体系，其对历史"可知性"的追求超越了后现代的范畴。

现有的博士论文研究主要从碎片化书写、历史书写的角度对巴恩斯的作品进行解读。其中何朝辉、李朝晖两人均是在新历史主义理论的视域下对"历史书写"进行研究，指出巴恩斯作品中后现代历史书写呈现的特征。陈博的论文分析了巴恩斯碎片化书写中的伦理特征，探究人物面向他者的伦理式超越与突破之道。毛卫强的论文则是关注生存危机中的叙事机制。而巴恩斯的作品极具伦理教诲价值，它为如何在秩序失衡的伦理环境下面对伦理困境作出伦理选择提供了参考。因此，以文学伦理学批评的角度对巴恩斯长篇小说进行系统性的研究，尚具有广阔的空间。

3. 期刊论文

中国学术界对巴恩斯的关注大致始于20世纪90年代末，但无论从研究的深度和广度来看，中国巴恩斯研究都不能与其盛誉相匹配。根据中国学者对巴恩斯作品进行纵式结构的综合分析以及平行式结构的具体研究，即艺术性、文化性和单个作品研究三个方面考察巴恩斯在中国的研究现状，作者认为在今后的研究当中，既要重视对国外朱利安·巴恩斯研究成果的翻译和引进，还要加强自主研究及对朱利安·巴恩斯创作复杂性的洞悉。

朱利安·巴恩斯是当今英国文坛极具影响力的作家。自1980年发表第一部作品《伦敦郊区》以来，巴恩斯已经在创作领域耕耘卅载。最早把巴恩斯介绍到国内的，首推亢泰。还在伦敦游学的亢泰发表短文《湖边旅社》(1985)，介绍了巴恩斯的《福楼拜的鹦鹉》。其后近半个世纪，《文学译丛》《译林》《外国文学动态》《外国文学评论》《外国文学研究》《当代外国文学》等都分别评介巴恩斯及其作品，尤其是他的十多部小说，使得巴恩斯和他的作品逐渐为中国学界所认识。巴恩斯的作品在真正意义上被引入中国，应数2007年出版、蒯乐昊和张蕾芳合译的《亚瑟与乔治》。自此之后，巴恩斯的作品在国内也时有介绍。特别是巴恩斯2011年斩获布克奖后，我国在译介出版、评论文章和相关研究著作三个方面对巴恩斯的研究都取得了显著成绩。据《中国学术期刊网》和《中国优秀博士、硕士论文库》可查数据显示，自1985年至2023年2月底，国内对巴恩斯及其作品的研究文章约有228篇，其中，1997—2005年的文章有5篇，2006—2011年18篇（含硕士学位论文4篇），2012—2023年2月205篇（含硕士学位论文84篇、博士学位论文4篇）。从这一统计数据可以看出，自2011年巴恩斯荣获布克奖，国内学者发表的文章数量是前期论文数量总和的8倍。巴恩斯的研究论文数量的大增，说明中国评论界对巴恩斯以及作品的关注程度大幅提高。1985—2005年这一阶段的5篇文章，主要是对巴恩斯及其作品的介绍。国内巴恩斯的研究始于叙事特色和内容精神研究的文体研究范畴，首篇以巴恩斯及其作品作为研究对象的期刊文章是阮炜的《巴恩斯和他的〈福楼拜的鹦鹉〉》(1997)。2006—2011年，我国巴恩斯研究步入了一个初步阶段，主要是对巴恩斯文学创作中艺术特点的探究。2012—2017年，我国巴恩斯研究进入一个全新的阶段。首先，学术论文数量明显增加。中国前二十多年的巴恩斯研究基本上止步于作品的评介及其小说"后现代性"特征的解读。2012年之后，研究重心显著偏移学术研究。其次，众多文章从不同的视角探讨巴恩斯及其作品。这些文章不仅在艺术特点、作品分析方面继续探讨巴恩斯及其作品，还加大了对其文学创作的主题研究、文化研究、比较研究分析等方面的探讨，更重要的是这一时期还出现了对巴恩斯具体作品及其创作心理分析方面的文章。

当今，中国巴恩斯及其作品研究向纵深发展，可谓硕果累累，但相对于巴恩斯在英国文坛的显赫地位，我国的研究仍存在很多不足。故文章从中国学者对巴恩斯及其作品进行纵式结构的综合分析以及平行式结构的具体研究，即文体、文化研究和单个作品研究两个方面考察巴恩斯在中国的研究现状。

（1）目前国内期刊论文主要从叙事学研究、后现代主义研究、新历史主义、伦理研究等角度对巴恩斯的创作进行文体、文化研究。

①叙事学研究

从叙事学角度研究巴恩斯的作品是一直以来的热点。阮炜的《巴恩斯和他的〈福楼拜的鹦鹉〉》（1997）从叙事学的叙事视角进行客观论述，探讨《福楼拜的鹦鹉》中具有变动性和不明确性特征的叙述视角。[①]该文章在很大程度上奠定了我国巴恩斯"非小说化"的"后现代"小说研究基调。聂宝玉的《不可靠叙述和多主线叙事——朱利安·巴恩斯小说〈终结感〉叙事策略探析》（2013）突破了文学的纯叙事研究，探讨叙事与主题之间的关系，认为作者通过不可靠叙述和多主线叙事等叙事策略，进而达到"后现代语境下叙事技巧和主题的完美统一"[②]。赵胜杰的《边缘叙事策略及其表征的历史——朱利安·巴恩斯〈10½章世界史〉之新解》（2015）从反写实的非线性叙事、边缘叙事策略和非理性叙事三个方面论证作品如何通过"多元边缘叙事"来"颠覆占据主导地位的叙事模式"，进而提供一种"新的历史内容，向读者提供历史阐释的新路径"[③]。

②后现代主义研究

从后现代主义创作手法以及表现手法研究巴恩斯作品也是中国巴恩斯研究的热门角度。王育平、杨金才的《诘问历史，探寻真实——从〈10½章人的历史〉看后现代主义小说中真实性的隐遁》（2006），认为巴恩斯的《10½章人的历史》模糊真实与虚构的界限、"颠覆传统的宏大叙事"，目的在于展示"后现代社会中真实性变动、易逝的本质"，同时也揭示了"后现代下人们对真实性的怀疑"[④]。徐颖颖的《从〈福楼拜的鹦鹉〉看人物传记的真实戏仿》（2009）论述巴恩斯《福楼拜的鹦鹉》的后现代人物传记悖论式矛盾、权威消亡、拼凑、真实与虚构杂糅等的特点。周贝妮的《不确定性、反传统、荒诞——论〈终结的感觉〉的后现代主义特征》（2013）主要探讨巴恩斯这篇小说中突出的后现代主义特征，即不确

---

① 阮炜.巴恩斯和他的《福楼拜的鹦鹉》[J]. 外国文学评论, 1997（02）: 52.
② 聂宝玉.不可靠叙述和多主线叙事——朱利安·巴恩斯小说《终结感》叙事策略探析[J]. 北京第二外国语学院学报, 2013（10）: 58.
③ 赵胜杰.边缘叙事策略及其表征的历史——朱利安·巴恩斯《十又二分之一章世界史》之新解[J]. 外国语文, 2015（03）: 62.
④ 王育平, 杨金才.诘问历史, 探寻真实——从《10½章人的历史》看后现代主义小说中真实性的隐遁[J]. 深圳大学学报（人文社会科学版）, 2006（01）: 96.

定性、反传统叙事话语与荒诞性，关注后现代语境下的小人物。

③新历史主义研究

同时有部分学者强调巴恩斯作品中的新历史主义倾向。罗小云的《震荡的余波——巴恩斯小说〈十卷半世界史〉中的权力话语》（2007）考察了作品中的新历史主义特色，用以揭示人类文明的权力关系，彰显了"历史的文本性和文本的历史性"[①]。兰岚的《论〈终结的感觉〉中格林布拉特新历史主义与克莫德虚构理论的会聚》（2014），采用了新历史主义和克莫德虚构范式研究个人历史阐释，在肯定历史与文本不确定性的同时，为新历史主义注入了确定因素"终结、终结感"，把巴恩斯作品新历史主义的研究推上一层楼。王一平的《朱利安·巴恩斯小说与新历史主义——兼论曼布克奖获奖小说〈终结的感觉〉》（2015）认为，巴恩斯小说中"历史的文本性、真实的可知性"与新历史主义存在相同性以及差异性，强调其"对传统历史观的批判"的同时，指出巴恩斯"超拔新历史主义的权力话语，寻找价值与意义的重建可能"[②]。

④伦理研究

对巴恩斯作品的伦理研究是中国学者仍不断开拓的领域。张连桥在《"恍然大悟"：论小说〈终结的感觉〉中的伦理反思》（2015）中聚焦人物混乱的伦理身份，剖析主人公人性因子与兽性因子之间的伦理选择，从伦理的角度探讨诸如背叛、恐惧、痛苦、绝望、罪恶、责任等伦理命题。汤轶丽在《我的英雄是一个懦夫"——巴恩斯〈时代的噪音〉中的伦理选择》（2017）中，沿着"向权力妥协"的伦理线，结合相应的伦理环境，逐一解构三个伦理结，即死亡与生存、音乐与尊严以及信仰与艺术的伦理选择，并在此基础上探究肖斯塔科维奇最终作出成为懦夫的伦理选择，希冀由此剖析作品深处的伦理特性。陈博在《论〈终结的感觉〉中的记忆叙事伦理》（2018）中聚焦片段记忆的动态言说，提出小说的记忆书写将对记忆的考察视角由静态的记忆内容转向动态的记忆言说行为，将记忆的主题意涵从认知域转向伦理域，承载了作者对记忆的深层伦理反思。

[①] 罗小云.震荡的余波——巴恩斯小说《十卷半世界史》中的权力话语[J].外语研究，2007（03）：98.

[②] 王一平.朱利安·巴恩斯小说与新历史主义——兼论曼布克奖获奖小说《终结的感觉》[J].外语与外语教学，2015（01）：94.

⑤记忆研究

伴随着记忆研究的热潮,学者们十分关注对巴恩斯作品中记忆书写的探索。杨金才、刘智欢在《论〈终结的感觉〉中的记忆书写特征》(2016)借助文化记忆研究的相关理论视角,探讨作品的记忆书写特征:"记忆与自我认知、责任",目的是证实"承担起记忆的责任,才有可能实现当下个体身份的认同"[①]。李尼、王爱菊在《后现代主义文学的一个艺术特征——基于巴恩斯作品中"记忆即身份"主题的分析》(2020)中聚焦巴恩斯创作的记忆主题,认为"确立个体身份的关键就在于人们对记忆本质的认识"[②]。李婧璇、胡强在《论朱利安·巴恩斯小说中的媒介记忆》(2021)中,从记忆的角度探讨了巴恩斯小说中历史与记忆之间的互动,以及对作为承载历史的媒介记忆进行呈现,展现了"历史背后的媒介征用、记忆刻写、权力争夺、遗忘权之间错综复杂的关系"[③]。

⑥其他研究

后殖民批评。李颖的《论〈亚瑟与乔治〉中的东方主义》(2016)运用后殖民理论中的东方主义,解读其中主人公"东方他者"身份,"揭露了历史中乔治冤案的种族主义成因",认为作品是"反对种族歧视的佳作"[④]。

"英国性"的主题研究。王一平的《朱利安·巴恩斯小说的当代"英国性"建构与书写模式》(2015)认为,作品的"英国性"是"中产阶级白人群体展开的国族联结性想象",是通过对中产阶级及其日常生活的描绘阐释了何为"英国性"[⑤]。

女性主义研究。翟亚迪的《凯瑟琳的反抗与出逃:对〈10½章世界史〉中女性声音的解读》(2016)以女性视角来解读历史,认为"女性在'家庭、公

[①] 刘智欢,杨金才.论《终结的感觉》中的记忆书写特征[J].湖南科技大学学报(社会科学版),2016(02):52.

[②] 李尼,王爱菊.后现代主义文学的一个艺术特征——基于巴恩斯作品中"记忆即身份"主题的分析[J].学术论坛,2020,43(06):89.

[③] 李婧璇,胡强.论朱利安·巴恩斯小说中的媒介记忆[J].湘潭大学学报(哲学社会科学版),2021,045(03):123.

[④] 李颖.论《亚瑟与乔治》中的东方主义[J].湖南科技大学学报(社会科学版),2016(02):48.

[⑤] 王一平.朱利安·巴恩斯小说的当代"英国性"建构与书写模式[J].国外文学,2015(01):75.

共与精神生活'三方面被男性中心话语所控制"[1],为女性发声,肯定作家的人文关怀。

对现代文明以及对后现代人精神状况的反思。许文茹、申富英《论朱利安·巴恩斯〈终结的感觉〉中的记忆、历史与生存焦虑》(2016)分析小说中"记忆与历史不确定性",进而对"人与人之间的关系以及人类道德责任模糊感根源的解构",传达出"现代社会人类犬儒主义生存状态下无法抑制的生存焦虑"[2]。

(2)巴恩斯具体作品研究概况

国内对巴恩斯的作品研究主要集中于《终结的感觉》《福楼拜的鹦鹉》和《10½世界史》。对其他作品的研究比较少,部分作品只有一两篇研究论文。下表是对巴恩斯具体作品研究论文数量的罗列,可以看出巴恩斯具体作品受国内研究者关注的程度,也可以从一个侧面了解,对于巴恩斯,我国学者对其具体作品研究的现状。

具体作品	论文数量(篇)	具体作品	论文数量(篇)
《终结的感觉》	61	《没有什么好怕的》	5
《福楼拜的鹦鹉》	25	《生命的层级》	3
《10½章世界史》	15	《脉搏》	2
《亚瑟与乔治》	11	《律动》	1
《柠檬桌子》	6	《时代的喧嚣》	1
《唯一的故事》	5	《豪猪》	1

以上表格内容表明:首先,我国学者的兴趣集中于自2011年巴恩斯荣获布克奖以来国内出版的作品。这似乎验证了一个普通的现象,即作家获奖之后,名满天下,更吸引学者关注作家作品的特质,同时也容易掀起一股巴恩斯研究的热

---

[1] 翟亚迪.凯瑟琳的反抗与出逃:对《10½章世界史》中女性声音的解读[J].赤峰学院学报,2016,37(01):44.
[2] 许文茹,申富英.论朱利安·巴恩斯《终结的感觉》中的记忆、历史与生存焦虑[J].山东社会科学,2016(11):171.

潮。其次，目前，我国巴恩斯作品的中译本有小说《亚瑟与乔治》（2007）、《终结的感觉》（2012）、《10 ½ 章世界史》（2015）、《福楼拜的鹦鹉》（2016）和短篇小说集《柠檬桌子》（2012）、《脉搏》（2015）。这在一定程度上说明，对于外来文化，我国学者对于翻译作品还有很强的依赖性。同时也说明相对于短篇小说集，我国学者更关注巴恩斯的单篇作品。对于巴恩斯主要作品的研究可归纳为：

《终结感》（2011）为巴恩斯赢得了英国文学布克奖，可见相对于其他作品来说，《终结感》的影响范围比较广。国内研究者对该作品的研究主要集中于四个方面：叙事结构分析、后现代文明的反思、主题分析和不同的理论解读。叙事结构分析主要与新历史主义的理论相结合，主要是对作品叙事策略中的不可靠叙述和历史的不可靠性展开。例如：聂宝玉的《不可靠叙述和多主线叙事——朱利安·巴恩斯小说〈终结感〉叙事策略探析》（2013）、刘成科的《虚妄与觉醒——巴恩斯小说〈终结的感觉〉中的自我解构》（2014）等。对作品后现代文明的反思主要评析这部小说对于当下人们的精神困境、生存焦虑等的解读。如刘春芳的《〈终结感〉：当代西方都市文化的精神症结》（2015）对后现代文明的批判直指当代文化精神的彻底坍塌。学者对作品的主题进行研究，认为其中主要涉及感情、终结的主题。而我国学者对《终结感》的研究视角十分丰富：有文学伦理学批评、性别研究、创伤理论、文化记忆理论、时间绵延理论、读者反应理论等，大大地丰富了对《终结感》的解读。

巴恩斯发表于1989年的《10 ½ 章世界史》极具实验性和革新性。我国学者主要从作品的"另类历史"角度入手，主要采用新历史主义理论分析新历史主义小说中"历史的非真实性"、探讨历史、艺术与真实性的关系。其中杨金才、王育平的《诘问历史，探寻真实——从〈10 ½ 章人的历史〉看后现代主义小说中真实性的隐遁》（2006）论述较具典型性和代表性。也有学者关注作品当中的后现代技巧的运用：反讽、互文性、戏仿、寓言和边缘叙事等。王一平的《〈10 ½ 章世界史〉中的反讽艺术》（2008）以反讽的姿态重新审视神话传说和历史事件。同时，另有学者从空间批评、权利话语以及女性角度加以阐释。

《福楼拜的鹦鹉》（1984）标志着巴恩斯创作艺术和手法的创新。故我国学者对他的研究主要集中在其后现代叙事手法的运用上，探究作品的"非小说化"、戏仿、动物意象、不可靠叙事以及探究当代文学传记叙事等的特点。如阮炜的《巴恩斯和他的〈福楼拜的鹦鹉〉》(1997)最早研究了《福楼拜的鹦鹉》中创作的"新型小说"特质，开启了我国巴恩斯研究"非小说化"的"后现代"小说研究的潮流。同时，也有学者聚焦于作品中历史的真实性。如瞿亚妮的《虚构与真实——从历史元小说角度解读〈福楼拜的鹦鹉〉》(2010)一文对历史不再是客观和线性发展的，而是主观的和矛盾的做了探讨。此外，对《福楼拜的鹦鹉》解读还有：拉康的相关理论、读者反应理论、玄学侦探小说角度和创伤理论等。

《亚瑟与乔治》是巴恩斯2005年的作品，在我国2007年便出了译著，是我国巴恩斯作品译本中最早的一部。然而，相对于巴恩斯其他的作品，这部作品并没有得到我国学者相应的关注，目前对这部作品研究的数量只有4篇文章。一是采用了新历史主义的角度，质疑作品的真实观念；二是运用自由主义人性观分析作品个性与命运的相互决定关系以及故事中自由主义哲学；三是以后殖民的视角进行研究；四是主题探析，结合"戏仿"艺术特征，发现主题始于反对种族歧视，继而扩展到与全球化时代构建和平、和谐的多元文化环境息息相关的更大主题。

《没有什么好怕的》是巴恩斯2008年发表的回忆录，在我国的研究仍未引起足够的学术关注。目前国内的研究主要是探讨巴恩斯的"死亡观"，认为是存在主义色彩并折射出来的人类当下虚无的生存困境。而对作品蕴含的信仰、家庭、哲理、历史等内容还没有深入研究，甚至还不曾涉足。

《柠檬桌子》是巴恩斯2004年发表的短篇小说集。中国学者的研究焦点集中探寻作品当中衰老与死亡的主题，并揭示其现实意义。同时，还有学者以修辞叙事学为理论方法，为读者提供一种基于修辞叙事学解读的方法。

《地下铁》是巴恩斯1980年发表的处女作。目前，国内的研究主要是从叙事机制、情感教育、戏仿、现代英国性这四个视角试图揭示作者对生命、时代及空间的独特理解与思索。

《生命的层级》是巴恩斯2013年的新作，在我国的研究仍处于萌芽阶段。对它的研究主要集中于作品"爱"的主题，认为巴恩斯一方面消解了爱的意义，另一方面又重新确立了对爱的信仰，从而确立情感的智性维度。

从列表可以看出，我国巴恩斯作品研究的不平衡性。对于巴恩斯的有些作品研究相对比较集中而对有些作品的关注较少。相对于其他的作品，巴恩斯的《福楼拜的鹦鹉》(1984)、《英格兰，英格兰》(1998)、《阿瑟与乔治》(2005)、《终结感》

（2011）曾四度入围布克奖短名单，在我国的关注度较高。而其他的作品，尤其是早期的作品则受到了忽略。另外，对巴恩斯作品的研究还不够多元化，研究视野过窄，主要集中在叙事结构分析、后现代文明的反思、主题分析和理论分析的探讨上，学者们形成了相对稳定的评论模式，而从文化、跨学科等视角来理解和阐释巴恩斯作品以及探讨巴恩斯文学创作影响的研究，还有待进一步挖掘和拓展。

国内研究现状小结：国内研究者对巴恩斯作品的研究始于20世纪80年代，发展较缓慢，早期主要以评介为主，但经过三十多年众多专家、学者们的努力，国内巴恩斯研究还是取得了很大的成就。具体特点如下：

其一，中国朱利安·巴恩斯的研究是在后现代研究视角下开展的。它始于对作品叙事特点的研究，继巴恩斯在英国文坛上名声鹊起后而逐渐成为单一的研究对象。因此，早期的中国巴恩斯研究在研究方法和内容上与后现代研究有很多相同之处。随着研究的深入，巴恩斯作为后现代主义作家的形象逐渐形成，他所使用的后现代创作技巧、表现手法也慢慢地被学者们所认同。同时，巴恩斯作为一个还在不断创作的作家，其新作仍不断受到我国学者的关注。这是中国巴恩斯研究论文数量最多的领域。

其二，中国朱利安·巴恩斯研究既关注作品本身，同时也探讨作品与社会的联系、作家自身的创作理念。如前面所述，我国学者对朱利安·巴恩斯及其作品的研究，始于对作品的后现代性特征的分析。随着研究地不断深入，我国学者不断地挖掘作家作品中隐藏的对当代文明的反思以及对现代人精神困境的忧虑。另外，作家自身创作中蕴含的历史怀疑论、语言批判意识、死亡观、自由观等理念不断地被学者们深入挖掘，同时这也是我国巴恩斯研究的重要阵地。

其三，我国朱利安·巴恩斯研究与译介同时发展，也存在研究先于译介的状况，呈现出朱利安·巴恩斯研究的前沿性。如上文所述，在我国已经出版了译本的巴恩斯作品，更容易吸引研究者的关注，我国巴恩斯译著的研究论文数量一直居高不下，同时呈现上升趋势。

近年来，国内对巴恩斯研究的热情不断高涨，数量众多的译介作品、相关著作和评论文章的相继发表，对不断丰富国内巴恩斯研究具有重大的现实意义。当然，我们也应该看到国内朱利安·巴恩斯研究的不足和相对滞后性。我国虽然翻译出版了朱利安·巴恩斯的主要作品，但仍有极少数长篇小说没有译介，相当数量的侦探小说、散文集、回忆录也还没有译文。由此可见，国内学者对巴恩斯的译介重心仍停留在小说上，对其他作品的重视程度远远不够。

2011年朱利安·巴恩斯赢得布克奖后，国内关于巴恩斯研究文章引领研究热潮的同时，也存在研究比较集中，选题重复且研究方法单一的问题。学者们倾向于解读作品的艺术特征、文化反思、主题等方面特色，或运用单一理论对单一文本进行分析，而采取相关理论进行综合分析或者专题研究的论文较少，运用比较、跨学科视野来理解和分析巴恩斯作品的文章也不多，对巴恩斯作品中的自传性、创作理念研究等还比较零碎，有待系统地整理和研究。大多数论文集中于巴恩斯的几部作品，局限性明显，视野过窄；另外，部分研究尚显粗疏，还有待进一步的深入挖掘和拓展。因此，在今后的研究中，我们一方面要更多地译介朱利安·巴恩斯的作品，引进国外巴恩斯的研究成果，提高对巴恩斯的重视程度，另一方面也要加强自主研究，不断拓宽视野和范围，采用新方法、新角度对巴恩斯其人其作进行剖析，深化研究成果，同时还要深化研究主体意识，在批判性吸收前人研究成果的基础上，力求以中国人的视野及民族文化来探讨巴恩斯及其作品。

现有研究虽然关注到了巴恩斯小说的伦理主题，但大都局限于《终结的感觉》这部小说，聚焦于记忆伦理叙事，未能窥见巴恩斯伦理书写的多重向度，因此也不能深入分析巴恩斯对伦理的深刻探讨与反思，尤其是对记忆、性别以及种族等伦理维度的思考。文学伦理学批评正是一种从伦理视角阅读、分析、阐释和评价文学的批评方法，从起源上把文学看作道德的产物，"认为文学是特定历史阶段社会伦理的表达形式，文学在本质上是关于伦理的艺术"[①]。本书结合文学伦理学批评，联系小说创作的伦理环境，分析巴恩斯六部长篇小说中的道德取向和伦理建构，有以下几点研究意义：

（1）本书为巴恩斯长篇小说研究提供新视角，推动巴恩斯长篇小说研究走向深入。

本书以"伦理主题"作为线索，从记忆伦理、性别伦理、种族伦理三个层面入手，次要主题与主要主题相呼应，实现伦理意义上的后现代主义突破。在具体研究中，论文主要设计三个章节，每章节研究两部小说，分析小说人物遭遇的伦理困境、伦理身份以及伦理选择经过；同时结合作品创作过程中的伦理环境，回

[①] 聂珍钊.文学伦理学批评导论[M].北京：北京大学出版社，2014：1.

到历史现场，发掘小说创作的现实意义。最终本书将得到巴恩斯关于记忆伦理、性别伦理、种族伦理三个方面的思想和警示，认识"伦理"主题在巴恩斯不同作品中的演变。在对六部小说进行分析后，还会进行比较，了解巴恩斯小说创作在思想理念和艺术形式两方面的转变，从而丰富巴恩斯研究。

（2）本书将文学伦理学批评作为主要研究方法，同时拟以记忆理论、性别批评、后殖民批评为辅助研究方法，在一定程度上丰富了文学伦理学批评的实践。

本书以文学伦理学批评为主要研究方法，结合文学伦理学批评中"伦理困境"和"伦理选择"两大关键词，对小说中的伦理身份建构、认证和伦理选择过程进行分析。文学伦理学批评是具有强大包容性的理论方法，本书将在具体章节研究中采用记忆研究、性别批评、后殖民批评等方法，以便全面地认识巴恩斯作品中的伦理建构实现形式，丰富研究层次，彰显文学伦理学批评的包容性，同时为文学伦理学批评的发展作出尺寸之功。

（3）就现实意义而言，对巴恩斯小说中"伦理"主题的探索于当今时代仍有教诲意义。

本书以"伦理"主题为线索，结合文学伦理学批评发掘巴恩斯作品中的伦理价值与道德取向。巴恩斯小说中的"伦理"主题在记忆伦理、性别伦理、族裔伦理方面都具有重要的教诲意义。同时，巴恩斯小说围绕"伦理"主题生发的伦理道德价值，能为我们当下文学文化建设提供借鉴意义。巴恩斯的小说创作中不仅关注了个体记忆的伦理危机、婚姻内部的伦理悲剧等家庭问题，还批判了性别歧视、族裔歧视等不平等的社会现象，更是对后现代消费主义背景下国家文化记忆的消费以及权力机制对人的建构等批判性反思。这些经验在今天都具有极大的启发。当下，我国正投身于"人类命运共同体"的构建，而"文明交流互鉴"是人类命运共同体的人文基础，是增进各国人民友谊的桥梁、推动人类社会进步的动力、维护世界和平的纽带。巴恩斯在创作中表达的思想理念和总结的经验教训，都可以为我国在全球化语境下进行自身文化身份建设以及与其他文化区域进行交流沟通提供服务。

第一章 巴恩斯小说中的性别伦理与伦理选择

性别是巴恩斯文学创作中不可忽视的问题。首先，巴恩斯的小说反映了二战后英国社会多元文化碰撞下女性的伦理身份变迁过程。二战爆发前，受全球经济危机影响，英国的市场陷入了萧条萎缩，国民经济举步维艰。在二战后的十年间，国际上曾经沦为殖民地的国家纷纷宣布独立，而英国思想界则不断地在保守主义与社会主义之间摇摆，最终退回保守主义。正是战后强烈的"重建"意识促进了英国社会经济的复苏与文化的发展。就 60 年代的英国文化而言，大众文化出现了繁荣发展的景象。在伦理道德方面，"'性解放'的思想开始泛滥"[①]，人们对传统的"性道德"进行广泛的质疑，追求自由的爱情和无限的性自由。因而，巴恩斯小说始终聚焦于英国该历史进程中的文学主题，并为读者展示了在 20 世纪 60 年代英国动荡环境和多元文化冲突背景下的性别伦理身份问题。在当时的伦理环境中，新旧伦理秩序出现了交错更迭的现象：性革命的历史背景下，新的性别伦理观念开始出现，并对传统的性别伦理进行反叛与颠覆；旧的性别伦理规范尽管受到新事物的冲击，但并没有被完全消解与推翻，仍是当时社会性别伦理的主流文化。新的性别伦理秩序在发展过程中还会面临许多问题，比如传统性别观念的回潮现象，从而造成新旧伦理秩序的冲突。新时代赋予女性追求女性解放、男女平等、寻求自我身份等权利与自由。当父权制哲学传统和逻各斯中心主义下的性别伦理局限并阻碍女性追求伦理身份的建构、获得自我主体认证以及自我价值的实现时，女性将在新旧性别伦理的冲突中作出艰难的伦理选择，对传统性别伦理规定的女性身份进行反叛与颠覆，进而寻求真正意义上的女性解放。巴恩斯小说呈现了性别伦理意识上的复杂性，显示了新的性别伦理道德在女性寻求解放与身份重构问题上所面临的矛盾性和冲突性。

其次，作为当代英国男性作家，巴恩斯小说的性别伦理书写认识和揭示了性别建构的问题，追问建立在身体特征等基础上的一系列特征、行为、社会角色、

[①] 林骧华. 当代英国文学史纲 [M]. 沈阳：辽宁教育出版社，1993：4.

道德、伦理等生物事实与社会事实的联系，指出性别是在不断变化的社会实践与结构中形成的。因此，福柯写到："自18世纪以来，主要的，虽然绝不是普遍的观点是：有两种稳定的、不可通约的、对立的性别，并且男性与女性的政治、经济与文化生活，他们的性别角色不知何故都基于这些'事实'。生物学——稳定的、非历史的、性别身份——被理解为社会秩序的规范性陈述之认识论基础"。①

与此同时，巴恩斯小说在性别书写中以女性的感受、女性视角为基点深入挖掘作品背后女性的自我价值，在性别伦理的实践中呈现出女性个人意识逐步觉醒，并非将女性束缚在传统的社会习俗与传统之中。再者，基于女性主义和文学伦理学批评等理论，巴恩斯从对性别伦理身份的研究入手，不仅考察了日常生活与社会实践中我们是如何被建构为女性和男性的、既定的性别身份如何被给予的伦理身份与职能，而且探讨了逻各斯中心主义下的霸权式断言，女性处于沉默状态，没有听到任何女性伦理声音，从而重新评价处于衍生地位的女性以及主体自我的伦理学建构。在这一类性别伦理学探究中，女性成为他者，表现着女性身体、伦理关系与历史文化处境。值得肯定的是，巴恩斯小说中的"性别伦理"更多的是作为一个批判性范畴出现，因为它批判和驳斥了性别歧视和父权结构形式的问题，呼吁读者超越性别二元论、超越来自文化、历史、话语的压抑、约束与规范，对社会习俗与传统强加在性别之上的两性模式进行反叛与颠覆，实现自我伦理身份的建构与认同，以便争取最真实的生活。可见，这一性别伦理学尝试解构基于女性身份的性别伦理，挑战了女性的文化呈现，表达了一种女性追求言说主体的地位以及在社会生活中寻求自我伦理身份的渴望。

事实上，在巴恩斯近半个世纪的文学创作中表现出了女性在生活中寻求改变的渴望，主张女性以言说主体的地位参与各种社会事物，寻求自我的伦理身份，实现自我价值，而不是局限于固有的女性身份，服从于传统哲学制定的性别伦理规范。巴恩斯对女性群体的建构呈现出动态的发展历程：在《伦敦郊区》《她遇我之前》中，巴恩斯试图弱化传统男子气概，强化女性地位；在《福楼拜的鹦鹉》中，巴恩斯借助柯莱特之口，来叙说福楼拜的历史，一定程度上是对男性权威的质疑；在《10½章世界史》中，巴恩斯以幸存者凯瑟琳的视角展示了男权社会对

---

① Michel Foucault. The order of things:An Archaeology of the Human Science[M]. London:Routledge, 1997: 278.

女性声音或话语的压制，表明了女性对男权中心主义的反抗与逃离。在《英格兰，英格兰》中，巴恩斯将玛莎塑造为挑战男性话语的角色置于文本之中，显然是对性别压迫与男权压迫的反抗，试图重构女性伦理身份；在《终结的感觉》中，巴恩斯以维罗妮卡的叙述解构了托尼的记忆谎言，是对男性权威的挑战与蔑视。可见，巴恩斯小说挑战和解构女性的传统文化呈现，以便女性能够以自我选择、身份重构的方式得到自我主体的认证和承认，实现女性自我的价值。对于巴恩斯来说，理想的性别关系建立在这样一个保持双方的差异性、平等性、自主性和主体性等的伦理关系基础之上。

本章以《唯一的故事》和《凝视太阳》两部作品为研究对象，巴恩斯通过呈现女性的伦理角色，来回应现实中的性别伦理秩序失衡问题，探索性别伦理危机的出路。通过对比《唯一的故事》和《凝视太阳》，可以发现巴恩斯创作中关于性别伦理问题的思想转变。《唯一的故事》以唯美的、怀旧的叙述基调打破了传统从一而终的婚姻观念，大胆反抗传统性别观念的制约和束缚，给予传统的性别道德伦理以颠覆性的反叛。表面上给数千年以来的父权制哲学和文化造成了前所未闻的震荡，但并未能彻底推翻传统与权威，在本质上继承和认同传统的性别伦理规范，显示了新的伦理道德在女性解放问题上的矛盾性和冲突性；在《凝视太阳》中，巴恩斯刻画了懦弱的男性群像以及女性凭借理性的伦理选择，实现自我伦理身份重构和道德成长的过程，颠覆了刻板的性别印象。在《凝视太阳》中，巴恩斯作为一个男性的作家，解构了男性勇敢的神话，从伦理意义上明确关注女性开放性塑造个人生活方式的伦理原则，对抗权力机制对女性的塑造，对两性差异以及两性伦理关系平等进行批判式反省。

第一节 《唯一的故事》中的性别伦理反叛与伦理选择

2021年，巴恩斯出版了全新力作《唯一的故事》（*The Only Story*），这是一部关于一个年轻男子与中年已婚妇女之间超越伦理的爱情小说，充满了对过去犯下错误的幻灭。相对比巴恩斯凸显英国男性主人公的作品，最新小说《唯一的故事》延续了2011年布克奖获奖作品《终结的感觉》中"关于忠诚、背叛以及可以跨越一生的感情和责任"[1]主题，从记忆、叙事、伦理等维度为读者刻画了多元文化下低调、克制的伦理身份形象。学术界较为一致地肯定了男性叙事者保罗在作品中的特殊性，并以此为切入口思考其背后隐含的文化内涵。一是聚焦"叙事自我"，认为"叙事是保罗通向自我理解的重要一步，也是保罗从伦理的角度审视他的人生的一种方式"[2]；二是从记忆的视角关注爱的复杂性，鼓舞读者"重新审视我们对爱的传统化理解"[3]；三是关注记忆和真相之间的关系，考察"'后真相'的叙事策略和发生机制"[4]。对该作品进行探讨，不仅要分析其艺术性，而且要在20世纪60年代英国具体的伦理环境中观照小说叙事策略背后隐含的性别伦理，发现作者对社会意识的反映以及对人类的道德关怀与精神关注。

本章认为朱利安·巴恩斯的最新力作《唯一的故事》将性别伦理叙事作为作品书写和呈现的焦点，关注和思考叙事机制背后隐含的文化与伦理意义。文本世界中叙事策略与性别伦理之间存在着错综复杂的关系：一方面非线性叙事并置回忆与现实、过去与现在，讲述了多元文化冲突背后对传统性别伦理观念的反叛；另一方面，多重叙述声音成为作家凸显女性受难史，以及在传统性别伦理的认同中构建男性气概的主要方式；最后，叙述人称的转换有助于历史还原叙述者逃避责任、自私卑鄙伦理选择背后的真实形象。巴恩斯在《唯一的故事》中试图将性别伦理叙事还原于1960年至1970年间英国的伦理语境，揭示了英国社会新旧伦理价值观的转变、理想两性模式的变迁及其社会发展的时代特征。

20世纪中后期，女性主义批评积极引入"性别"的视角，探究性别研究中伦理的介入力量，性别伦理的研究"逐渐发展成为集日常体验、政治诉求、文学书写、文化表征和批评理论为一体的跨学科话语体系"[5]。性别伦理是一种从伦理视角阅读、分析、阐释和评价文学中性别问题的批评方法，它拓展了性别与伦理的

---

[1] Boyagoda Randy. Sweet Nothings[J]. Commonweal. 2018, 145(12): 39.
[2] Melnic D. & Melnic V. Not the Only Story: Narrative, Memory, and Self-becoming in Julian Barnes's Novel[J]. Studia Universitatis Babes-Bolyai, Philologia, 2021, 66(02): 48.
[3] Karam N. & Naghmeh V. Reconstructed Memory of Love in Julian Barnes's The Only Story[J]. Hacettepe University Journal of Faculty of Letters, 2021, 38(02): 338.
[4] 杜兰兰.朱利安·巴恩斯《唯一的故事》中的后真相叙事[J].外国文学动态研究,2022（04）：104.
[5] 刘岩.从性别政治到生命政治——21世纪西方性别研究热点探微[J].社会科学研究，2019（2）：157.

边界，指涉性别差异、性别角色、两性关系、婚姻关系等与伦理问题的互动与调节。本书拟在性别伦理的理论框架下解读《唯一的故事》，尝试通过非线性叙事、多重叙事声音、叙述人称转换的分析，从伦理选择的角度来揭示叙事机制背后的伦理效果。

一、非线性叙事与传统性别伦理的反叛

作为才华横溢而且富有创新精神的新锐作家，巴恩斯的较多作品被归类为后现代写作，成为塑造"20世纪80年代英国后现代主义高潮的核心"[1]。后现代主义认为："对于今天的世界，决定论、稳定性、有序、均衡性、渐进性和线性关系等范畴愈来愈失去效用。相反，各种各样不稳定、不确定、非连续、无序、断裂和突变现象的重要作用越来越为人们所认识和重视"[2]。巴恩斯在新作《唯一的故事》中对小说形式进行了大胆的创新和尝试，解构了传统线性叙事的模式，同时提出了一种非线性叙事模式，通过老年保罗打乱时间顺序的回忆叙述，并置过去于当下、真实于虚构，体现了多元文化冲突背后对传统性别伦理观念的反叛。巴恩斯将叙事和性别伦理结合起来，强调对叙事中男性人物的研究，突出叙事文本与性别相关事件的伦理解释。

首先，文学是历史的产物，"文学伦理学批评要求批评家能够进入历史现场"[3]，从历史的视角对社会现象进行客观的伦理分析，而不是简单地进行善恶评价。苏珊·S.兰瑟（Susan Sniader Lanser）也指出"叙事不仅是讲故事，而且更为重要的是承载着社会关系，叙述声音和被叙述的外部世界是相互建构的关系"[4]。叙事是伦理阐释的场所和工具，具备一定社会伦理环境中的意识形态因素。小说《唯一的故事》的叙事背景设定在20世纪60年代的英国。经过战后十几年的重建，60年代初英国的经济实现了飞跃式发展。同其他欧美国家一样，与英国资本主义社会现代化进程伴随的是，西方社会历史上浩浩荡荡的"文化运动"。它在文化上表现出反理性、反传统、反道德的鲜明特点，批判理性社会对人的压抑，

---

[1] Peter Childs. Julian Barnes[M]. Manchester: Manchester University Press, 2011: 2.
[2] [德]沃·威尔什. 我们的后现代的现代[M]. 北京：社会科学文献出版社，1999：46.
[3] 聂珍钊. 文学伦理学批评导论[M]. 北京：北京大学出版社，2014：256.
[4] [美]苏珊·S.兰瑟. 虚构的权威[M]. 黄必康，译. 北京：北京大学出版社，2002：3.

"与现存社会的一切——秩序、观念、规范、道德、生存方式等实行彻底决裂"[①]。20世纪60年代西方社会的精神危机，促使英国社会尤其是中产阶级的年轻一代的伦理道德观念发生了明显转变："人们的思想开始发生深刻的变化，性解放的思想开始泛滥。"[②]

因此，依据英国的社会现实，巴恩斯选取了生活在英国郊区的中产阶级的年轻一代保罗具有普遍意义的伦理问题——超越伦理的爱情，并将其融入小说中。《唯一的故事》开篇即描绘了传统的伦理道德在当下遭遇的危机。英国乡村乡间随处可见"女贞树篱"[③]。在这里的药店不卖避孕器具，杂货店没有女郎杂志，熟食店也会因为售卖长相像驴鞭的滚圆香肠而被指责"伤风败俗"[④]。随着时代的发展，年轻的父母学着适应"性解放"时代的潮流，他们尝试着应对孩子"同性恋"[⑤]，甚至是未婚先孕的情况，却彻底反对年轻男子与已婚的年长妇女之间违背伦理的两性关系："这等丑事连承认都不可能，更不用说理智地讨论了。"[⑥]可见，伦敦郊区的伦理环境在道德思想上仍十分严苛，尤其是在两性关系的问题上。与此同时，主人公保罗坦诚道"那些年正好跟报纸上喜欢称为'性革命'的时段重合……追求即时的快感、放浪纵脱，毫无羞耻地乱搞男女关系，肉欲和轻浮大行其道"[⑦]，该作以直面历史真相的勇气，再现了20世纪60年代欧洲鲜明的"性革命"历史进程："60年代的巴黎代表着自由的爱情、越界和无限的性自由"[⑧]，表现了先锋性的"性解放"哲学向相对保守的伦敦郊区渗透的时代潮流。因此，在多元文化融合的时代环境下，正是对这种矛盾的、悖论性的传统性别伦理和激进思想的双重兴趣，巴恩斯将性别伦理的观念变化放在整个时代的发展中加以考察，重新审视历史变迁中各种道德现象和两性关系面临的困境问题。

---

① 许平，朱晓罕.一场改变了一切的虚假革命：20世纪60年代西方学生运动[M].上海：上海人民出版社，2004：26.
② 沈国经主编；林骧华编.当代英国文学史纲[M].沈阳：辽宁教育出版社，1993：4.
③ 同上，第4页.
④ [英]朱利安·巴恩斯.唯一的故事[M].郭国良，译.南京：译林出版社，2021：4.
⑤ 同上，第21页.
⑥ 同上.
⑦ 同上，第54页.
⑧ Groes Sebastian & Peter Childs. Julian Barnes: Contemporary Critical Perspectives[M]. London: Continuum International Publishing Group, 2011: 12.

其次，爱情小说是作家检视、挑战既有性别文化的重要场域，这主要通过以婚外情的情节来消解和颠覆传统的性别伦理来完成。在《唯一的故事》中主人公老年的保罗以第一人称的回顾性视角追忆青春期的爱情故事，并将他们的关系描述为一生中最重要的事件，称其为"只有一个故事最终值得讲述"①。1960年，在伦敦郊外，19岁的保罗因大一暑假在家无聊加入了当地的网球俱乐部，通过"抽签配对"②的方式与年纪比他大两倍多、有两个比保罗还大的女儿的苏珊·麦克劳德夫人搭档参加网球混双锦标赛。两人的感情迅速升温便是从这一场命运般的网球混双比赛开始。不同于为"苏联的威胁、帝国的终结、税率、遗产税、住房危机、工会权力"③等焦虑和心神不宁的"过气的那一代人"，苏珊热情洋溢、款款多情以及她身上"笑对人生"④的积极乐观心态深深地吸引着保罗。保罗爱上了苏珊，心甘情愿成为麦克劳德夫人的专属司机，与恋人出双入对地往返于麦克劳德家和俱乐部之间的场所。两人很快便陷入了秘密的浪漫爱情之中。"伦理身份是评价道德行为的前提"⑤，伦理要求身份同道德行为相符。作为有两个女儿的已婚妇女，苏珊的伦理身份是妻子、母亲，而保罗则是苏珊婚姻中的第三者。对于婚姻而言，其伦理意义是忠诚。婚外情是对传统婚姻模式和婚姻伦理的挑战，违背了伦理道德观念，违背了社会公德。保罗与苏珊的不伦关系实际上是对社会规定的性别角色、家庭伦理身份的反抗和颠覆，对家庭伦理秩序带来了混乱。为了逃避和淡化社会伦理责任，保罗以浪漫的基调展开叙述，在回忆中打乱了时间顺序，甚至在自白中模糊了真实与虚构的界限："记忆具有不同的真实性。"⑥在真实与虚构的回忆交替之间，保罗成功地为自己建构了幸福的恋情。很明显，保罗的浪漫情怀和冒险精神与当时的传统伦理格格不入。于是，这一段意味着传统家庭理想陨灭的夏日插曲很快遭到了所有人的反对，然而陷入热恋的两人并没有及时终止这段迷人且危险的关系。保罗认为"爱是不可磨灭的"，坚信时代赋予了女性追求自由和恋爱的权利。可见，小说以唯美的、怀旧的叙事基调打破了传统从一而终的婚

---

① [英]朱利安·巴恩斯.唯一的故事[M].郭国良，译.南京：译林出版社，2021：3.
② 同上，第21页.
③ 同上，第3页.
④ 同上，第31页.
⑤ 聂珍钊.文学伦理学批评导论[M].北京：北京大学出版社，2014：264.
⑥ [英]朱利安·巴恩斯.唯一的故事[M].郭国良，译.南京：译林出版社，2021：18.

姻观念，大胆反抗传统性别观念的制约和束缚，对婚姻伦理进行颠覆性的反叛。

再次，保罗在回忆中肆意描写情欲，以极度奢靡、放纵的态度对维多利亚时代基于贞洁观的性观念、性道德以及将婚姻视为性的唯一合法场所进行激烈的颠覆和消解。巴恩斯在小说中涉及了传统写作中两大禁区，一是青少年的欲望，二是女性情欲，这是传统习俗所不容的话题。《唯一的故事》中的叙事者保罗以坦率、放纵的态度呈现两者，是对固执成见的突破，彰显了全民性开放时期对新旧伦理道德规范的恣意冒犯。小说中对男性身体的描写颇多，流露出对青春期健康男性的赞美之情。文本中性隐喻的反复出现，表明男主人公保罗情欲的觉醒以及备受强烈性冲动的困扰。在如下场景中，少年保罗深夜躺在自家床上，因强烈的生理反应而难以入眠："这是一次笼统的勃起现象，与他人、与梦境或幻想无关。它更多的是关涉年轻，令人高兴的年轻。年轻的大脑、年轻的心脏、年轻的性器官、年轻的心灵——而恰恰是这性器官绝佳地展现了那一总体状态。"[①] 正是在无尽黑夜强烈生理需求的推动下，保罗开始探索自己的身体，也正是这时他意识到了自身对苏珊的欲望："在这亲吻与上床之间，我开车带她去了趟伦敦，就是为了买避孕药……我的心里有股难以言喻的兴奋……"[②] 小说多处写到两人前往汉普郡中部的宾馆过夜、保罗在深夜像"飞贼一样"[③]跳上麦克劳德家门廊的砖墙，钻入苏珊的卧室等，显然指向二人欲望的放纵与伦理的越界。保罗在回忆叙述中不厌其烦地描写两人的情感，在保持浪漫、幸福、美好的基调上，自然而然地抹上了两性关系中的情欲暗示，其意在说明身体接触是保罗在这一阶段对于爱的理解和核心，亦是保罗用"身体"表达了其要与旧文化决裂，渴求获得彻底自由的欲望。对于处在青春期后期的保罗来说，爱情关系是一场性和情欲的启蒙之旅。他在叙述中毫无避讳地坦诚其强烈的情欲，爱情与性是交织在一起的。正如学者所评论的那样："性欲是他们的爱情事件中的基本因素。性关系是他们爱的一部分。"[④] 可见，西方文化运动中"性解放"的影响在保罗"身体"的刻画上表现得淋漓尽致。

除了肯定青少年的情欲，保罗还冲破传统性别伦理对女性意识的压制，重新

[①] [英]朱利安·巴恩斯. 唯一的故事 [M]. 郭国良，译. 南京：译林出版社，2021：15.
[②] 同上，第27页.
[③] 同上，第31页.
[④] Karam N. & Naghmeh V. Reconstructed Memory of Love in Julian Barnes's The Only Story[J]. Hacettepe University Journal of Faculty of Letters, 2021, 38(2): 340.

定义和描绘女性的欲望。在回忆中，保罗以碎片化的片段叙述刻画了女主人公性的缺失："苏珊和她丈夫分床睡，更确切地说是分房睡。他们已将近二十年没有同房，具体来说，就是没有性生活。"① 苏珊深受无性婚姻之苦，大胆与保罗走在一起后，放肆地将自身从传统的性桎梏以及压抑中解放出来。保罗在叙述中谈道，苏珊与保罗两人共处于狭窄的轿车上时，苏珊对"欲望"的大胆表现："我开着车，她展开一只手伸到我的左大腿下面。"② 在保罗的眼中，苏珊以一种解放的姿态在这段全新的关系中提倡性爱、享受性，对性的表现大胆而奔放。例如在两性结合中，苏珊与保罗之间暗示性、间接性的对话："干得不错，亲爱的……请不要现在就放弃我，凯西·保罗。"③ 反叛中的二人受欲望驱使，越过传统道德的界限，是对旧的两性文化模式的颠覆与消解。保罗在回忆中用了大量的笔墨，详细地描写了他与苏珊之间身体接触的场景，将人物的欲望以及细节都描写得极为细腻，令读者感受到一切真实而自然。尽管保罗的表达十分隐晦，但是《唯一的故事》对女主人公欲望的描绘消解了英国郊区女性贞洁、贤惠和沉闷的形象。保罗在这段关系中对女性欲望进行了真实的还原与重新定义。可以肯定的是，传统的文化通过教化与规训，从而完成对两性不同的性规范。这样的文化不仅压抑了女性欲望，更是压迫了女性。福柯论及性的欲望时进一步指出，"性的欲望并不是一种先验存在的生理实体，而是在特殊的社会实践中被历史地构建起来的……性是由社会和历史建构的，而不是由生理决定的。"④ 一定程度上，巴恩斯用"女性欲望"表达了对传统性别伦理的越界以及无限性自由的追逐，在颠覆传统家庭伦理身份、婚姻伦理的基础上探讨了理想的两性伦理关系。

最后，两人对传统的两性关系与伦理秩序进行彻底反叛，以私奔的形式从家庭中出走。小说《唯一的故事》中浪漫的爱情故事以及大胆的性表现，供保罗和苏珊探索幸福而又甜美的情爱国度，从某种程度上预示着两性关系和谐统一的理想。更多的时刻，保罗与苏珊都沉浸在幸福甜蜜的恋爱关系之中，而网球俱乐部秘书分别给二人的信件，公开宣布了这段表面愉快关系背后对道德和法律的反叛："他通知我，我的临时会员资格已被即时终止。而且，我已交纳的会员费'因故'

---

① [英]朱利安·巴恩斯.唯一的故事[M].郭国良,译.南京:译林出版社,2021:28.
② 同上,第26页.
③ 同上,第33页.
④ 沈奕斐.被建构的女性:当代社会性别理论[M].上海:上海人民出版社,2005:183.

不能退还。到底是'何故'没有明确说……她信中的内容和我的几乎一样，只不过措辞更严厉。她的会员资格不是'因故'被终止，而是'鉴于您将充分意识到的明显情形'。调整后的措辞专用于耶泽贝尔之流的荡妇、水性杨花的女人。"① 网球俱乐部的来信除了将他们从会员中除名外，还以严厉的口吻将所谓的"爱情"和明确的性丑闻起源直接连接在一起了。这段不光彩的婚外情违背了传统女性的道德伦理，打破了从一而终的传统婚姻观，给家庭伦理秩序带来了混乱。因此，信件中"因故"二字心照不宣地表达了社会和道德对两人关系的坚决反对和强烈谴责。苏珊被评判为"荡妇、水性杨花"的女人，不仅是俱乐部对她的蔑视和仇视，更是父权制社会对违背传统性别伦理女性的厌恶和鄙夷。二人关系被社会大众周知后，保罗也如同犯下罪行一般灰心丧气，像"一个等待审判的犯人"②。出于对反叛传统性别伦理的仇恨和愤懑，苏珊和保罗两人成为伦敦郊区几乎所有人的敌人和唾弃的对象。可见，尽管保罗在回忆中一直没有对他和苏珊的感情进行清晰的定义，以谨慎的态度甚至是含糊其辞的非线性叙事方式来处理他们的恋爱关系。事实上，这种"谨慎态度"源于青春期后期的少年对爱情认知的缺乏、对传统社会伦理道德的反叛，是社会意识形态所致，并非叙述者单纯的叙事技巧。正是在强大的社会舆论压力下，第一部的叙述结尾，保罗和苏珊冲破了"社会习俗与传统强加给我们的两性模式的新生活"③，两人以爱为名私奔，从保守的伦敦郊区逃离到了开明的伦敦。这种女性以婚外情的模式从传统的家庭婚姻中逃离，本身就包含了对女性根深蒂固的角色与职能的文化观念的极端反抗和颠覆，从而给数千年以来的父权制哲学和文化造成了前所未闻的震荡。

在《唯一的故事》中，巴恩斯清晰地阐述了在西方文化运动影响下英国社会伦理道德的明显转变：中产阶级的年轻一代保罗对现有文化的革命与反叛，尤其是对传统性别伦理的颠覆与消解，肯定自由的欲望，对性道德的广泛质疑，提倡放纵不羁的生活方式，以感官享乐的形式反抗工具理性，呈现出对现代社会意识形态、社会规范进行普遍反抗的文化现象。巴恩斯深刻剖析了传统的社会性别结构，以婚外情的形式反叛传统家庭伦理秩序，否定了社会历史中根深蒂固的伦理

---

① [英] 朱利安·巴恩斯. 唯一的故事[M]. 郭国良, 译. 南京: 译林出版社, 2021: 71.
② 同上, 第73页.
③ [英] 苏珊·弗兰克·帕森斯. 性别伦理学[M]. 史军, 译. 北京: 北京大学出版社, 2009: 40.

关系秩序，即社会管理、禁忌、认可的秩序。所以，丹尼尔·贝尔（Daniel Bell）对此讽刺为"二十世纪六十年代的标记是政治和文化的激进主义"[1]。由此可知，所谓的"性解放"话语背后有着鲜明的政治与意识形态色彩，对传统性别伦理的反叛一定程度上彰显了现代性革命的历史进程，也反映了性革命带来的伦理困境。

二、多重叙述声音与传统性别伦理的认同

热奈特在《叙述话语》明确提出了"谁看"和"谁说"的问题，其中"谁看"聚焦的是叙事视角，而"谁说"则关注的是叙述者和叙述声音的问题。"视角与声音既有区别又有联系，它们相互依存，互相限制"，只有"通过叙述者的话语，读者才能得知叙述者或人物的观察和感受"[2]。视角与叙述的区分使我们能看清《唯一的故事》中第一人称叙述中的两种不同视角：一为叙述者"我"目前追忆往事的视角；二是被追忆的人物"我"正在经历事情的视角。小说中对西方社会伦理道德的阐发正是由流动性的视角与叙述呈现的，而巴恩斯以人物的声音、叙述者的声音、男性的声音、女性沉默的状态等多重声音为表达对象，让我们窥视到《唯一的故事》由爱情叙事和激进的反叛话语转向保守主义，强调传统性别伦理秩序，保持了英国文化的传统方向，体现了英国社会从激进趋向保守的摇摆过程。

小说第二部分的叙述时间起始于1960年，截至1972年左右，描述了保罗和苏珊在伦敦十年左右的同居关系。这一历史时段与英国现代史上"1964—1979现代英国兴起又失败的15年"[3]高度重合。由于英镑贬值，国内罢工运动频发，英国经济再度到了破产的边缘，政治上工党内斗以及国际上非洲众多地区脱离英国的枷锁，宣布独立，因而英国思想界盛行的理性主义因失望而倒退。中产阶级保罗与苏珊搬到伦敦的生活体现了那个时代的特征：经济大繁荣时期的激进倾向，在失败后保守主义又占了上风。

首先，小说通过人物的声音表明了反文化的浪潮开始逐渐消退后，他们尝试在传统伦理的反叛与认同之间寻求平衡点。从文学伦理学批评的角度来看，"所

---

[1] [美]丹尼尔·贝尔. 资本主义文化矛盾[M]. 赵一凡，蒲隆，任晓晋，译. 北京：生活·读书·新知三联书店，1989：169.

[2] 胡亚敏. 叙事学[M]. 武汉：华中师范大学出版社，2004：22.

[3] [英]安德鲁·玛尔. 现代英国史（上）[M]. 李岩，译. 北京：东方出版社，2020：294.

有问题的产生往往都同伦理身份相关"[1]，伦理身份"是道德行为及道德规范的前提，并对道德行为主体产生约束"[2]。小说第二部分，从郊区到伦敦的保罗和苏珊，尽管仍游走在传统的性别伦理规范之外，但是心境却为社会习俗和道德所彻底改变。为了掩盖19岁男子与大他29岁老妇婚外同居的性丑闻，苏珊拿出自己的出逃储蓄金购买了一栋小房子，以阁楼房间出租的方式掩人耳目，从此开始全新的生活。极具讽刺性的是，保罗羞于承认其与苏珊的关系，意识到自身作为情人的伦理身份不会被社会认可，于是参考了大学同学在外租房的租金，给予了苏珊四镑钞票作为租金。当苏珊询问其用意时，保罗闪烁其词地回答："我决定付你房租……别人大概付那么多。"[3] 这说明尽管他们住在一起，保罗更倾向于向学校同学、身边的邻居乃至陌生人隐藏他们的关系，因为他们关系的根本是对传统伦理身份的挑战与颠覆。在解读苏珊和保罗初到伦敦的行为时，《唯一的故事》彰显出性革命带来了伦理困境，同时也尝试在传统伦理的反叛与认同之间寻求平衡点。例如当医生上门为苏珊诊治时，保罗意识到社会不接受他作为情人的身份存在，选择了掩盖两人的恋人关系："我是她的房客……不，不只是房客，我想我还算得上是她的教子。"[4] 在伦敦生活的两人逐渐显露双方交往中表面浪漫所掩盖的难以解决的矛盾、冲突和混乱，对传统性别伦理的认同与眷恋，促使保罗将与苏珊非道德的情人关系对外公开为常见的房东与房客、教母与教子甚至是舅妈与外甥的关系。很显然，现实生活背离了之前对爱情神话的想象，两人从对传统性别伦理的坚决反叛逐步回归，并归顺传统文化。这说明小说描绘了一种六七十年代英国社会普遍的信仰危机：传统的伦理道德被否定，然而没有新的价值观来代替它。

其次，叙述者声音下的女性处于需要男性拯救的被动地位。保罗所叙述的女主人公从家庭出走，对社会规定的女性角色进行反抗与颠覆，表现了作家对传统性别观念的消解，但是这些颠覆仅仅显示了现代性革命的历史进程，并没有实现女性意识的觉醒以及女性主体性的建构，因为故事的核心是以男性为中心的性别叙事，女性完全依赖于男性，并没有走出西方传统父权制性别等级秩序对她的规训。例如在叙述中，保罗一度中断原有的人物叙事进程，以成年叙述者保罗的视

---

[1] 聂珍钊.文学伦理学批评导论[M].北京：北京大学出版社，2014：263.
[2] 同上，第264页.
[3] [英] 朱利安·巴恩斯.唯一的故事[M].郭国良，译.南京：译林出版社，2021：104.
[4] 同上，第131页.

角插入了苏珊过往的受难史。在叙述者保罗眼中,苏珊被刻画成一个默默承受丈夫酗酒、家庭暴力的妻子形象:"他倒了一杯雪利酒强迫她'享受这欢愉'。如果苏珊表示拒绝,他就紧抓着她的头发往后扯,把她的头仰起来把杯子递到她唇边……有时,他把苏珊的脸狠狠地往门上撞以后,甚至还冲下楼,把那张普罗科菲耶夫第三钢琴协奏曲的唱片掰断。"[①] 叙述者保罗历史再现苏珊不幸婚姻中所遭受的家庭暴力事件,其意在于表明苏珊未能颠覆刻板的性别印象,将其形象回归到传统性别角色的认识上:一方面,尽管苏珊在保罗的鼓励下申请了离婚,但是受到社会和婚姻习俗的制约,她拒绝在法庭公堂上公开举证指控自己的丈夫。这突显了在父权制文化中,女性对自身性别角色的强烈认同,揭示了特殊的性别伦理形式早已嵌入他们的意识形态中。另一方面,苏珊申请离婚,甚至是后来的从家庭出走等人生中的重要选择,都离不开保罗对她的拯救和指引。就在苏珊痛不欲生的时候,保罗出现了,将她从水深火热的牢笼中解救出来。保罗在论及苏珊不幸遭遇时狂热的内心独白,表明他决意要将苏珊从糟糕的婚姻和家庭生活中解救出来:"当我知道我比原来要担负更重大责任的时候……当愤怒、怜悯和恐惧洗刷着我的时候,当我意识到苏珊总会设法离开这个混账的时候——可能与我一道,当然也有可能不会,不过显而易见是跟我更有可能。"[②] 这种性别上的塑造,削弱了女性独立自主的社会角色,强化了男性的中心地位。可见,小说对两性的建构仍延续了英雄救美的传统性别刻画模式。叙述者保罗声音下的女性难以把握自身的命运,往往依靠男性才得以生存,传统女性的依赖性暴露无遗的同时,揭示了叙述者对传统男尊女卑的性别伦理意识的回归与认同。

再次,叙述者对受压迫女性出走后不幸命运的嘲弄与厌恶。《唯一的故事》中的叙述者保罗同情苏珊的悲惨遭遇与不幸婚姻,鼓吹女性解放,是对传统性别不平等关系的颠覆和消解,但是从家庭出走的女性仍需要臣服于充满英雄主义的男性,而深受传统伦理规范毒害的受压迫女性出走后的不幸命运,不仅没有得到理解和支持,反而遭受嘲弄与厌恶。如与苏珊在一起后,叙述者保罗描绘了出走后的苏珊陷入了女性生存的另一困境:"她已抛之后的东西——甚至是与戈登·麦克劳德的婚姻——比你想象的要复杂得多。"[③] 苏珊冲破传统婚姻的牢笼,与保

[①] [英]朱利安·巴恩斯. 唯一的故事 [M]. 郭国良, 译. 南京: 译林出版社, 2021: 114.
[②] 同上, 第113页.
[③] 同上, 第127页.

罗在伦敦同居的同时，向丈夫麦克劳德提出了离婚。麦克劳德以家庭责任和社会道德为盾牌，不惜以极其没有尊严的"下跪"[①]方式挽留和威逼苏珊，拒绝同苏珊离婚。麦克劳德的行为不仅是对苏珊背叛婚姻的惩罚，更是封建伦理道德的拥护者对背叛者的贬责。苏珊生活在新旧交替的时代，父权制传统背景中虚伪的道德与性别不平等意识依旧禁锢着这个社会，苏珊因其大胆的反叛行为被整个社会视为异己和荡妇，摒弃于主流社会之外。苏珊追求自我的解放，为情出走，却始终挣脱不了社会习俗与传统从法律、道德、舆论等方面强加给她的思想枷锁。她饱受精神上的痛苦和折磨，因而患上了抑郁症，并以酗酒的方式麻痹自我。可见，保罗所谓的"拯救"看似将苏珊从苦难中脱离出来，实际上则是将她推向了毁灭的深渊。

值得注意的是，保罗将反叛社会性别伦理女性的悲惨命运推至前景，嘲讽其作为传统女性的对立面，明显反映出小说《唯一的故事》对传统性别伦理的眷恋。不同于其他作品致力于表现女性出走后独立自主的新生活，保罗在小说第二部分中则执着于展现作为传统女性对立面的情人苏珊灰暗、压抑乃至自甘堕落的生活经验。叙述者保罗目睹了痛苦挣扎在个性解放与道德传统之间的苏珊不堪承受精神上的重负，患上了抑郁症并需要药物治疗的生存状态："有些恍惚。不是表情木讷，而是思维木讷。一次偶然的机会，你撞见她在吞一颗药片。"[②] 其次，保罗从房客口中得知苏珊不堪的偷窃行为："苏珊一直在偷喝我的威士忌"[③]，甚至从警察的来电中获悉苏珊已经彻底沦为了醉生梦死的酒鬼："她睡在火车里，手提包大开着，包里有一笔钱"[④]，最后苏珊的情况不断恶化，分不清真实与虚幻的同时并伴有臆想发作，被医院确诊为"间歇性精神失常"[⑤]。这个为父权制社会所不容、在出走后又被父权制文化所残害的女性，就这样沦落为了疯癫的老妇人。但是，这样的控诉和宣泄并没有引起人们的同情，苏珊最终还是被最亲近的恋人保罗所厌恶和憎恨。保罗在这一部分主要以第二人称"你"的叙述口吻来展开自我内心的真实感受，"不再是关注注定失败的初恋、不再是被蔑视的社会习俗或成人仪式

---

① [英]朱利安·巴恩斯.唯一的故事[M].郭国良，译.南京：译林出版社，2021：123.
② 同上，第126页.
③ 同上，第125页.
④ 同上，第154页.
⑤ 同上，第170页.

的领域，而是处于上瘾、暴力、虐待、精神混乱、不合理的黑暗纠缠中"[1]，并与苏珊充满耻辱感的行为保持了一种讽刺的距离。在保罗的叙述声音中，他始终不能接受苏珊自甘堕落、充满耻辱感的生活，尽管他宣称爱可以超越一切，然而保罗嘲弄、暴躁的态度几乎触及了事情背后的真相。清醒时分的苏珊认识到现实的糟糕情况而向保罗指出："我感觉我们之间出现了非常严重的问题。"[2] 而作为恋人的保罗拒绝理性地直面现实问题，无情地嘲讽道"报纸上并没有'男性与中年酒鬼情人相处之道'这样的文章"[3]，总是顾左右而言他，没有真正回答苏珊的问题。当苏珊多次提起后，保罗不再一一敷衍，反而是暴躁地"把没吃完的梨形番茄罐头用力地扔到垃圾桶里"[4]。这一暴力行为在一定程度上无声地宣泄了叙述者保罗内心深处对出走后陷于艰难处境中的女性的厌恶、憎恨之情。从女性主体的生存处境上看，苏珊的悲剧命运不仅揭示了英国历史进程中的性革命没有改变父权社会的本质，父权制哲学和文化中的女性一直处于被约束、被限定和被对象化的被动地位，女性边缘的立场决定了她们命运的被动性，而且也揭示了性革命对性道德进行广泛质疑和反抗的同时，变为压制女性追求自由的工具，对女性如何成为经济独立、思想自由的独立个体毫无觉察。

最后，男性始终是小说的主要声音，女性沉默无言的状态充分表明了女性在父权制文化中的他者身份和边缘地位。苏珊虽然是小说中的重要人物，却始终没有发出自己的声音。这种女性的缄默状态既说明了女性的主体性严重被压抑，女性在男性同情、厌恶、鄙视的叙述中，再次沦为了男权文化中无言的在场者和被遮蔽的他者，又展现了叙述者潜意识中对传统性别伦理的眷恋与认同，女性的沉默存在并未引起叙述者的关注，从而揭露了作品中"听不见"的女性的性别不平等意识。在第二部分的结尾，保罗没有交代苏珊酗酒的原因，而是谈论了自己自觉承担起阻止苏珊酗酒的责任。保罗宣称"所有拯救她的尝试全都以失败告终"[5]，自身陷入了无尽的沮丧与痛苦之中，并扬言搬出来也是应苏珊本人的强烈要求。

---

[1] Clark Alex. Vanishing point [J]. New Statesman. 2018, 147(5403): 46.
[2] [英]朱利安·巴恩斯. 唯一的故事 [M]. 郭国良, 译. 南京: 译林出版社, 2021: 137.
[3] 同上, 第138页.
[4] 同上, 第145页.
[5] 同上, 第166页.

最终，保罗利用苏珊在大学期间给予他的"出逃储备金"[①]逃离。他逃到边远的廉价小旅馆疯狂放纵，寄托于堕落糜烂的生活。就在这时，他还为自己逃离的行为开脱：

  就这样，到最后，软的硬的什么办法都试过了：谈感情、讲道理、摆事实、编瞎话、给承诺、发威胁、给她希望、教她坚忍。但你不是一台机器，可以从一个模式轻松转换到另一个模式。任凭哪种策略，给你造成压力的同时也会让她心绪紧张，也许比你有过之而无不及呢。最让人恼火的是，有时酒至微醺，飘飘然的她早就把现实丢置一旁，同时扔掉的还有你的关切。每每这时你就会想：长远上来看，她确实是在慢性自杀，但短期来看，她对你的杀伤力更大。无助、沮丧带来的愤怒将你吞噬，最糟糕的是，理由正当的愤怒。你恨透了自己的假正经。[②]

  很显然，保罗在第二部分的结尾始终是从自我的角度为离开苏珊而做辩护。小说中保罗对女性不论是获得拯救还是沉沦苦海的叙述与书写，凸显的往往是男性对女性世界的审美鉴定与自我感动，而不是充分展示女性自身的欲望和对非人性社会压迫反抗的生命诉求。这一切也正如学者亚历克斯·克拉克（Clark Alex）所评论："一个正常运转的人被一个主要关注逃亡的自我保护的人所取代。"[③]正因为她的故事被隐藏在保罗的叙述之后，"我们没有听到她的版本"[④]，而"抹去她的是保罗想要讲述他的故事以及巴恩斯的默许；我们没有，也不能直接听到她的消息"[⑤]。小说对女性声音的忽视本身就是父权社会对女性压迫的真实反映。女性这种"沉默无言"的状态不仅突显了60年代的英国社会、历史文化背景中女性所陷入的生存困境，还揭露了作者对女性角色的界定和叙述态度，强化了以性别歧视态度和父权结构为形式的压迫的问题。因为将英国普通妇女苏珊描绘成一个以疯狂的婚外情对婚姻所受压迫进行极端抗议的"荡妇"，既可以作为女性从顺从到反抗过程的象征，以她的抑郁、发疯控诉父权制社会文化和权力建构中不平等、不对称的社会性别关系，又揭露了女性依旧是依附于男性的"第二性"，其被言说的他者身份暗含的正是传统道德和文化对女性的偏见与无视。

---

① [英]朱利安·巴恩斯. 唯一的故事[M]. 郭国良, 译. 南京: 译林出版社, 2021: 175.
② 同上，第175页。
③ Clark Alex. Vanishing point [J]. New Statesman. 2018, 147(5403): 46.
④ Rieden Juliet. Reading room [J]. Australian Women's Weekly. 2018(2): 172.
⑤ Clark Alex. Vanishing point [J]. New Statesman. 2018, 147(5403): 46.

在《唯一的故事》中，巴恩斯通过人物"我"的多重叙述声音深刻地阐明了社会性别结构，对从家庭出走的女性形象进行重新界定：处于被拯救的被动地位、沉默无言的状态、再次陷入苦难之中、抑郁、酗酒、精神失常等。很显然，对社会规定的女性角色进行反抗与颠覆的女性则会被视为异类，甚至是社会的毒瘤，最终沦为社会的弃儿。不难发现，60年代英国性革命鼓吹的性自由和自由爱情，在本质上继承和认同传统的性别伦理规范。男性的叙述声音揭示了爱情背后现实考验的同时，不自觉地暴露了其背后蕴含的性别不平等意识，男女平等的美好期望在现实社会中不过是镜花水月一场空而已。我们必须意识到，所谓性解放的话语仍具有浓厚的意识形态，仅仅依靠在爱情、婚姻上的变革是无法彻底地、真正地建构起现代性别伦理观念的，西方社会伦理道德的变革并未就此完成。

三、叙述人称转换、伦理选择与身份重构

不同于前面两部分的第一人称叙述，其中第二部分特别关注"我"的内心独白，以"你"的口吻与内心的我进行对话，分享对自己经历的看法，小说第三部分运用的是第三人称叙述。叙述人称由"我"/"你"到"他"的转变，表明了故事的叙述者与年轻时的冒险行为保持了一种讽刺的距离，营造出一种疏远的客观氛围感。这种自我强化的陌生感与叙述中沉重的羞耻、悔恨情感形成强烈的阅读冲击。正如申丹教授提出"视角模式的转换……可成为小说家控制叙述角度和距离，变换感情色彩和表达主体意义的有效工具"[1]。巴恩斯在第三部分中表现了一种自我的伦理选择，年迈的保罗以全知全能的叙述角度全方位重温过去，邀请读者与他感同身受，试图与自己"归还苏珊"的伦理选择和解，从而克服失落、愧疚的感觉。伦理选择作为文学作品的核心构成指的是"人的道德选择"[2]，而且往往"同解决伦理困境联系在一起"[3]。伦理选择不但是主体通过选择达到道德的美好与完善，而且表明道德选择的多样性，强调不同选择将会带来不同的伦理结果。《唯一的故事》正是在这样的伦理背景下，通过叙述人称的转换有助于历史还原叙述者逃避责任、自私卑鄙伦理选择背后真实的英国男性形象，传递着个体对历史的正视和爱的哲理性反思。

---

[1] 申丹，王亚丽.西方叙事学：经典与后经典[M].北京：北京大学出版社.2010：8.
[2] 聂珍钊.文学伦理学批评导论[M].北京：北京大学出版社，2014：267.
[3] 同上，第268页.

首先，在小说第三部分，保罗站在当下以第三人称的视角对超越伦理的爱情进行反思。保罗从始至终是小说的叙述者，但"观点的转变取决于他想要与痛苦情感的距离"①。可见，在这一部分通过叙述人称的转变，观点的转换不是在人物之间，而在保罗"将自己置于自己故事中的能力以及他与故事的疏离之间"②。在这一部分，保罗运用第三人称叙述，即从叙述者大于人物的无所不知的视角，展示了他们"后来的生活残骸"③。在同居十一年后，年近六十的苏珊患上了阿尔茨海默症，记忆力受到了严重损害，短期记忆很快遗忘，而长期记忆则以磨损的记忆碎片残存，还出现将过去当成了当下的时空错乱现象。曾经精神错乱的酗酒女人，现在不但已经忘记自己曾是个酒鬼，也忘记了保罗，甚至还变得沉默寡言，以漠然的态度看待一切。在照顾苏珊的十年里，保罗见证了苏珊的人生一步步走向崩溃，当初那炙热而又疯狂的爱在现实的考验下早已蜕变成了"充满怜悯和愤怒的综合体"④。在亲历了人生中最可怕的事情后，他将自身在这段关系的角色重新定义为"情感保姆"和"受虐狂"，⑤宣称尽管他的人生没有受到摧残，心却"变得麻木不仁了"⑥，心灵上遭受了巨大的创伤。为此，他直言渴望真正走出这痛苦和不幸的生活境遇："我已经伤不起了。再多十天我都没法面对，更不消说再这么忍十年了。"⑦这也就呼应了第三部分开篇揭示的讲述他们故事的意图："他有责任去回顾她的过往，有责任去拯救她。但这也不只是关涉她，他对自己也有责任啊。回顾过去，然后……拯救自己。"⑧可见，"拯救自我"的叙述目的为下文中责任与爱情之间的伦理选择做铺垫，也将为其始乱终弃的"以我为中心"的行为合理化。

其次，《唯一的故事》中以第三人称叙述者描绘了保罗和苏珊这对情侣在他们的恋爱中，也经历了艰难的责任与忠诚的伦理选择，从而导致了自己的痛苦与悲剧。面对出走后陷入不幸的苏珊，保罗也处于两难的境地，他作出了种种努力拯救苏珊，自身却无时无刻不在遭受着心灵的折磨与痛苦，深陷"压抑的忧郁沉

---

① DeZelar Tiedman. Christine. The Only Story [J]. Library Journal. 2018, 129(4): 852.
② Susman Maxine. Vanishing point [J]. Anesthesiology. 2018, 147(5403): 46.
③ [英]朱利安·巴恩斯. 唯一的故事 [M]. 郭国良, 译. 南京: 译林出版社, 2021: 186.
④ 同上，第193页.
⑤ 同上.
⑥ 同上，第186页.
⑦ 同上，第185页.
⑧ 同上，第186页.

思"①的生活之中。值得注意的是,小说中三次描写了关于两人关系的场景隐喻,前两次刻画了男人对女人的拯救幻想,保罗以巨大的生命风险来忠实地承担起爱情的负担:"你站在亨利路那栋房子楼上的窗户边,而她不知怎地爬了出去,你死死抓住她。当然,抓住的是她的手腕,她的体重让你不可能把她拉回来,你能做的就是不让自己跟她一起被拉出去,或者被她拉出去……你们俩就那样僵持在那里,直到最后你精疲力尽,她掉下去。"②保罗有必要,也确实有责任拯救苏珊,至少是为了更深层面上对爱人的理解。而在第三部分,叙述者则以对人物内外的一切事件、活动和秘密等无一不知的视角重新审视这段关系,强调这种状态下的保罗人生也将会遭到重创:"也许,事实是她太重了,反而把他拉了出去。而且,他也掉了下去。也受了重伤。"③面对共同走向悲剧的形态发展,保罗意识到自己无法继续下去,他"救不了她,所以他必须救自己"④,这是他在伦理两难中作出的无奈选择。这种责任与忠诚的两难矛盾,成为他无尽的忠诚和道德责任的表现。诚如学者泽基耶·安塔克亚尔·奥卢(Zekiye Antakyalioglu)评论:"他把放弃苏珊的失败变成了一种忠诚的真正表现。"⑤尽管保罗深爱着苏珊,他也决心离开她。因此,他向苏珊的女儿玛莎写信,做出了"归还苏珊"的伦理选择。可见,第三视角细腻地刻画了保罗的痛苦心境,在对追求个人幸福的行为在道德上给予肯定的基础上,还原了保罗的"归还苏珊"的选择,经历了坚决、犹豫、痛苦、忧郁的心路历程。第三人称的转换,一定程度上将保罗艰难处境的叙述最大化,让读者与他感同身受,理解他的决定,从而宣告他的真实形象。

再者,上帝视角的切入也毫不留情地揭露和抨击了人物道德的伪善,真实地还原了典型的利己主义者形象。全知全能的叙事视角的借鉴不仅涉及文本激烈的道德冲突,而且涉及对作品中人物的道德评价。在讲述自身的故事中,保罗始终以记忆为向导,叙述的目的在于"我是在回忆过去……是想告诉你真相"⑥,同时他

---

① Peter Childs. Julian Barnes[M]. Manchester: Manchester University Press,2011: 6.
② [英]朱利安·巴恩斯.唯一的故事[M].郭国良,译.南京:译林出版社,2021:186.
③ 同上,第232页.
④ 同上,第192页.
⑤ Zekiye Antakyalioglu. Mourning and Melancholy in Julian Barnes's Levels of Life and the Only Story[J]. Cankaya University Journal of Humanities and Social Sciences, 2020, 14(2): 167.
⑥ [英]朱利安·巴恩斯.唯一的故事[M].郭国良,译.南京:译林出版社,2021:37.

也清醒地认识到记忆的不可靠性，将记忆类比为"正在运转的电动劈木机"①，坦承更偏向乐观的记忆："乐观的记忆可能使告别生活变得更加容易"②，叙述与不可靠的记忆不可避免地联系在了一起。因此，对于读者和保罗而言，全知全能视角的介入反而能更加客观地还原事情的真相和评估过去的生活。保罗在叙述中多次塑造了自身作为英国中产阶级传统道德的完美人格，他身上的正义、善良、忠诚、富有牺牲精神等都得到了充分表现，是传统伦理学所提倡的利他主义的典型代表，象征着巴恩斯的道德理想。与此相对照的是第三人称叙述视角下保罗的利己主义者形象。该视角对保罗叙述中遗漏的事情进行补充，论及了困扰保罗一生的贪生怕死之事，真实地还原了保罗自私、贪生怕死、懦弱、伪善和以自我为中心的形象：一方面，在友谊方面，当朋友埃里克遭遇欺凌时，保罗在危难时刻抛弃同伴"本能地逃跑"③了；另一方面，面对情敌麦克劳德在书房对自身施以暴力的情形，保罗不但不敢与其正面对抗，反而懦弱地落荒而逃；再者，苏珊因为精神病被关进了疯人院，当玛莎请求保罗前往探望时，上帝视角下保罗狂热的内心独白几乎触及了事情的真相："我照顾了她好多年，我已经尽力了，但我失败了。我把她交给你。现在轮到你了。"④保罗拒绝前往，认为这是一种"必要的自我保护"⑤。实际上，他是在为其典型的逃避责任、自私卑鄙的"利己主义者"形象辩护。在小说中，巴恩斯以第三人称的上帝视角毫不留情地揭露和坚决地抨击了保罗的伪善，从道德的角度对其行为进行评价，这正说明了巴恩斯对道德原则坚定维护的立场。巴恩斯对传统性别伦理的批判是同中产阶级的虚伪道德结合在一起的。中产阶级道德观就是中产阶级利益在传统性别伦理领域的反映，其核心就是利己主义原则。作为中产阶级的男性主人公，为了自身利益，往往将爱情的忠诚和自身的道德原则融为一体，自私自利，损人利己。可见，正是第三人称叙述视角的介入，历史还原叙述者逃避责任、自私卑鄙伦理选择背后的真实形象。正如纳丁·戈迪默（Nadine Gordimer）对他作品的描述："有趣、讽刺、博学、令人惊讶，并

---

① [英]朱利安·巴恩斯. 唯一的故事[M]. 郭国良译. 南京：译林出版社，2021：108.
② 同上，第181页.
③ 同上，第221页.
④ 同上，第223页.
⑤ 同上.

且不怕跳入悲伤和失落的深渊。"[1] 巴恩斯在人物塑造上所涉及的叙事机制在一定程度上突破了西方文学中对男性英雄形象的坚守，但《唯一的故事》的叙述初衷是在爱情故事的讲述中构建男性气概，这不能不说是一种反讽。

最后，在小说结尾，保罗以第一人称"我"的视角回忆了自己前往疯人院与苏珊见面的过去，并借助记忆的想象力虚构了两人充满爱与不舍的吻别场景："我会撩起她的头发，在她那精致的螺旋形耳畔，喃喃地最后道一声'再见，苏珊'。听到这声道别，她会微微动弹一下身子，露出一丝微笑。然后我顾不上擦拭脸颊上的泪水，就慢慢起身，离她而去。"[2] 然而，曾经的爱恋早已消散，剩下的只有冷漠与疏离。他也不再试图为自己的行为辩解，此刻他更关心的是他对自己的责任。最终，保罗真实而又极具讽刺意味地坦承道："这一切都没有发生……对这一切我没有丝毫内疚。事实上，我觉得我现在已与愧疚一刀两断。但我的一生，无论过去还是将来，都在呼唤我。于是，我起身看了苏珊最后一眼，我的眼里没有泪水。往外走的时候，我在接待处停了下来，问最近的加油站在哪里。那小伙耐心地做了回答。"[3] 保罗的道德问题不再集中在女主人公苏珊的出走、堕落引起的一系列道德评价上，而是落在对个体自我追求幸福的合理性上。小说在一种忧郁沉思与悲剧性讽刺的强烈反差中落幕，融合了社会讽刺与实验主义，悲剧性讽刺的书写在当下的身份感中达到了平衡。正如学者所评论："讽刺的喜剧和虚假的记忆是朱利安·巴恩斯作品的两极。"[4] 巴恩斯在安慰性的虚假记忆和讽刺性喜剧中肯定了保罗当下的身份，强调个体在塑造过去中身份的一种重构过程。

第三人称全知全能叙述视角的运用，在亲历者和叙述者保罗讲述的唯一故事基础之上，有助于揭露保罗和苏珊爱情故事中不为人知的历史真相以及保罗在这段亲密关系中扮演的真实角色，真实地还原了主人公的责任与忠诚两难选择背后的真实形象。巴恩斯将他塑造的人物道德形象与他描写的道德主题紧紧相连，并把男性形象的思想变化放在整个时代的发展中加以考察。依据传统的性别伦理观，保罗公然挑战社会的道德与秩序，是不道德的人物形象。但在新的时代面前，他

---

[1] James A. Schiff. A Conversation with Julian Barnes[M]. Columbia: University of Missouri, 2007: 61.

[2] [英]朱利安·巴恩斯. 唯一的故事[M]. 郭国良, 译. 南京: 译林出版社, 2021: 224.

[3] 同上，第224页.

[4] Peter Childs. Julian Barnes[M]. Manchester: Manchester University Press, 2011: 6.

们既具有反抗社会压迫和追求妇女解放的历史意义，又展现了为了个人幸福而进行不懈斗争和追求的现实诉求。因而，从另一层面去看，他又是道德的。革命启蒙在性别伦理意识上的复杂性，显示了新的伦理道德在女性解放问题上的矛盾性和冲突性。如此，巴恩斯带领读者深入思考20世纪60年代英国女性寻求解放的艰难处境，对传统男性中心主义思想进行猛烈批判的同时，重新思考如何真正地建立现代性别伦理观念。

在《唯一的故事》中，巴恩斯通过典型的爱情故事，以实验性的叙事形式为读者提供了一个解读性别伦理的范本。在英国性革命历史进程的伦理环境下，巴恩斯用非线性、多重叙述声音、人称转换等叙事策略表现了对性道德的广泛质疑所造成的个体欲望的放纵、伦理的越界的同时，呈现出性解放带来的性别伦理困境。小说叙事机制背后既蕴含着对传统性别伦理的大胆反叛，又受到其内在牵制的伦理指向。《唯一的故事》表面上给数千年以来的父权制哲学和文化造成了前所未闻的震荡，但并未能彻底地推翻传统与权威，在本质上继承和认同传统的性别伦理规范，展示出性解放的话语所具有的浓厚意识形态。巴恩斯对传统性别伦理反叛与认同双重态度的刻画，展示了激进的性解放思想与传统性别伦理之间，一"新"一"旧"文化观念的冲突与融合，从而揭示现代革命启蒙在性别伦理上的矛盾性和复杂性，呈现出女性解放问题的特殊性与艰巨性。作为英国当代文学的代表性作家，巴恩斯通过叙事策略对传统性别伦理向现代性别伦理过渡中的不平衡的两性伦理秩序的探讨，不仅是对新的性别伦理背后的性别歧视、性别压迫观念的批判，而且是对建立起现代性别伦理观念的美好期许。

第二节 《凝视太阳》中的性别伦理重构和伦理选择

作为唯一一部以女性为叙述视角的小说《凝视太阳》(Staring at the Sun)，它描述了20世纪女性在传统性别规范下重塑主体身份的艰难历程，被誉为巴恩斯文学创作上"最雄心勃勃的小说"[①]。通过《凝视太阳》，巴恩斯重点探讨了女性伦理身份重构的议题。

自《凝视太阳》出版以来，文学批评界对这本小说的评价毁誉参半。其中对

[①] Guignery Vanessa. The Fiction of Julian Barnes[M]. Palgrave Macmillan, 2006: 51.

该小说进行激烈批评的学者认为"该书缺乏极端的叙事形式",对小说"缺乏社会现实主义或明显的技术才华感到失望"①。然而,《纽约时报书评》却称赞这是一部"杰出的新小说",高度肯定巴恩斯"用思想和语言创造人物,不仅凝视太阳,而且凝视读者的智慧"②。小说之所以出现两种极端的评价,是因为巴恩斯对该作品的创作与早前在《福楼拜的鹦鹉》标新立异的小说形式相疏离,而延续了现实主义的传统。面对失望的批评基调,巴恩斯为本书辩护,认为"《凝视太阳》被低估了,因为它看起来不像《福楼拜的鹦鹉》那么冒险,但我认为它冒了相当大的风险……一些不喜欢它的人希望它更符合社会现实。但这不是我想要的"③。事实上,《凝视太阳》的创新性或者说冒险性正在于其对性别伦理的书写颠覆了读者们的传统期待,讲述了英国女性的成长历程以及如何重塑自我身份的更深层次问题。这些批评是对巴恩斯和《凝视太阳》的误读,而产生误读的原因在于评论者没有认识到巴恩斯对形式实验的超越,也没有领悟到作家在特殊历史环境下创作英国女性身份和选择的伦理立场。

因此,本章将从文学伦理学批评的视角审视《凝视太阳》中的性别伦理重构问题。小说展示了二战后在旧的道德伦理逐渐瓦解的伦理环境下,传统的社会性别规范下英国女性成长的伦理困境。小说改写了传统的性别伦理,在主题上通过对"勇气"的关注,刻画了懦弱的男性群像以及女性凭借理性的伦理选择,实现自我伦理身份重构和道德成长的过程,颠覆了刻板的性别印象。《凝视太阳》在女性成长历程中还展开了新旧两代女性的对话,两者一"激进"一"保守",对性别伦理重构展开了深刻的反思。

一、社会性别规范:英国女性成长的伦理困境

伦理困境"指文学文本中由于伦理混乱而给人物带来的难以解决的矛盾和冲突"④。《凝视太阳》聚焦主人公婕恩的成长,是一部典型的英国女性成长小说。这部小说描写了英国少女在父权制社会为女性成长设置的种种伦理障碍下寻求独立和自我身份的故事。而造成伦理困境的主要原因是传统性别伦理对婕恩的规训导

---

① Merritt Moseley. Understanding Julian Barnes[M]. University of South Carolina, 1997: 93.
② Fuentes Carlos. The Enchanting Blue Yonder[J]. New York Times Book Review, 1987,12(4): 3.
③ Amanda Smith. Julian Barnes[J]. Publishers Weekly ,1989, 236 (3): 74.
④ 聂珍钊. 文学伦理学批评导论[M]. 北京:北京大学出版社,2014: 285.

致自身伦理身份的混乱。巴赫金（M. Bakhtin）认为，在成长小说中，"人的成长与历史的形成不可分割地联系在一起"①。换言之，个人的成长常常离不开特定的历史伦理现场。成长叙事在英国，尤其是在20世纪40年代的背景下是一个值得深刻思考的问题，在一定程度上，其深远的意义远超文学本身。女性成长题材受到巴恩斯的重视与当时特殊的英国国内外伦理环境不无关系。在第二次世界大战以及西方社会动荡不安的历史背景下，社会矛盾不断激化，人们对昔日社会道德标准和价值观念产生了根本性的怀疑。文学界甚至出现了一系列与国家、民族、政治相关的权力话语书写，关注到阶级、种族、性别乃至性倾向等问题。巴恩斯正是看到了成长小说的这些特点，将英国女性婕恩的成长设置在第二次世界大战宏大的历史背景下，重新审视了战争中英国女性的成长和性别伦理面临的困境问题。

传统的性别伦理之所以能对女性个体日常生活与社会实践活动具有约束和规范的作用，首先在于性别身份作为自我身份构成的重要因素之一，是一个十分敏感的伦理问题。"人的身份是一个人在社会中存在的标识，人需要承担身份所赋予的责任与义务"②。帕森斯进一步指出，性别伦理"所揭示的是特殊的伦理学形式是如何嵌入到它们自己时代的意识形态中的，因此被用于所有人都成为性别化的存在"③。可见，性别伦理身份并不是性别差异的事实结果，而是一种社会、政治和文化建构的产物。英国女性因其性别角色在婚姻和家庭制度中被教导和规范她们的社会职能以及生育实践。依据父权制传统的文化规训和权力建构，女性遵照社会习俗与传统强加给她们的性别身份与性别角色模式生活，其伦理身份在整个社会角色与期望框架中反复不断地被确认与塑造。

首先，第二次世界大战中英国女性的贡献促进了女性独立意识的觉醒，一定程度上挑战了传统的性别伦理。二战在实践中带来了大规模的转变：女性开始进入各个工作岗位，随后是法律和道德观念上的变化，男女工作上的界限已经比过去模糊很多。然而，受到"战争是男人的事""女人远离战争"等性别伦理观念的束缚，传统战争史中往往有意遗忘或者忽视妇女的付出。但是在《凝视太阳》中，巴恩斯历史再现了英国女性积极参与全民族抗战的事实，重新书写她们的故

---

① [苏]M.巴赫金.小说理论[M].白春仁，晓河，译.石家庄：河北教育出版社，1998：232.
② 聂珍钊.文学伦理学批评导论[M].北京：北京大学出版社，2014：263.
③ [英]苏珊·弗兰克·帕森斯.性别伦理学[M].史军，译.北京：北京大学出版社，2009：50.

事。在小说中，小婕恩的母亲以坚韧的信念和勇气面对战争、面对死亡，积极参军入伍，主动加入妇女志愿服务队。她搜集成千上万的马口铁罐头，一连几个星期给军事伪装网缝缀彩色布块，还帮忙给纸包打捆，在移动餐厅当义工，为扫雷工准备蔬菜篮，及时向战场补给所需，为战争取得胜利奠定了坚定的物质基础。婕恩母亲身上这种强烈的自主意识与独立思想在英国少女婕恩的心目中埋下了反抗性别伦理束缚的种子，很大程度上促进了婕恩婚后女性意识的觉醒。巴恩斯艺术还原了英国女性在战争中的突出贡献，肯定了她们在国家的艰难时刻与男性共同付出的努力。值得注意的是，战争中英国女性的奉献并未能从根本上打破传统上"男主外，女主内"的家庭性别分工的刻板模式。小婕恩的母亲白天身穿志愿服务队的制服走向为战争服务的各个岗位，晚上回到家中仍需"披散着头发听（婕恩）父亲读报，并且知道该如何恰当提问"①。这些现象和事实证明，父权制观念对女性社会地位根深蒂固的消极影响，女性传统的伦理角色没有得到彻底改变。尽管传统的父权制文化与社会性别分工所定义的性别身份被明显地对立与分离，不可否认的是，英国女性通过自身在战争中的突出贡献对僵化的传统性别角色进行了补充与扩展。事实上，伴随女性在社会各界的贡献，女性的地位在二战后得到了较大提高，"社会各界人士开始改变对女性的传统看法，不再认为女性只是附属于男性的存在"②。可见，对于20个世纪40年代的英国人而言，旧的伦理道德的逐渐瓦解以及妇女的解放是二战带来的种种后果之一。

其次，在旧有的道德伦理逐渐瓦解的伦理环境下关注女性的身份，无可避免地与传统伦理规范有着危险的联系。婕恩对性别伦理的认同以及陷入伦理混乱，是通过父权制文化基于身份将女性固定在传统哲学指定的伦理规范中得以展现。在该作中，第二次世界大战是一个重要的时代背景。二战中女性仍被倡导遵照社会习俗强加给她们的两性模式生活，在小说《凝视太阳》的开篇便得到了凸显。作为反法西斯的卫国战争，二战中英国举国动员，呼吁全民参战。17岁的英国少女婕恩向父亲提出参与战争的想法，但父亲认为她"待在家里操持家务更好一些"③，毕竟"战争是男人的事。男人们发动战争，男人们像兄长一样磕着烟斗

---

① [英]朱利安·巴恩斯.凝视太阳[M].丁林棚,译.北京:外语教学与研究出版社,2018:21.
② 代绿.第二次世界大战期间英国女性的贡献[D].四川师范大学,2018（12）:3.
③ [英]朱利安·巴恩斯.凝视太阳[M].丁林棚,译.北京:外语教学与研究出版社,2018:20.

解释战争。女人们在伟大的战争中做了些什么呢？亮出她们的白羽表示懦弱……这一次会不会有所不同？大概不会吧"①。可见，作为传统父权制性别等级制度对女性的规训，"女人远离战争"以及家庭更适合女性等的男权话语不断地建构婕恩作为女性的伦理身份。小婕恩对其自身伦理身份的认知和认同源自男性的观念。小婕恩的思想和行为都受到男性世界的规训，其中最明显的例子是小婕恩的追求者中挑选对象是以杂货店父亲为参照，"父亲和迈克尔这类的人则可能更适于做丈夫，因为他们穿着打扮不艳俗，做事稳靠"②，乃至最后挑选警察迈克尔作为其丈夫也是按照"父亲说警察是最值得信赖的人"③来判断，而不是依据自己的心意。对于在二战中成长的英国少女婕恩而言，她对父亲的话语坚信不疑的背后，是一种对男性的强烈依赖。少女婕恩听从父亲的安排凸显了传统哲学制定的伦理规范对英国女性的规训与束缚。可见，一方面，旧的性别伦理逐步瓦解，少女婕恩的女性意识逐步觉醒；另一方面，行动上仍不自觉地按照传统性别伦理展开实践。女性意识的觉醒与传统性别伦理的束缚，两者一张一弛，一定程度上容易造成主体自我伦理的混乱。

　　婕恩对性别伦理的认同与自我陷入伦理混乱通过身体的维度来体现。小说再现了历史环境中人与人之间的伦理行为，尤其是以"身体"为媒介产生的伦理关系，凸显了传统文化基于女性身份的性别伦理建构。对于性别伦理研究来说，身体有着重要的意义，"它不仅关系到性别身份，也表现为不同性别的主体性建构和身份问题"④。在《凝视太阳》中，婕恩对女性身体和性欲的科学认知来自婚前邻居赠予的一本书——玛丽·斯托普斯（Marie Stopes）在1918年出版的《已婚的爱》。作为婕恩与警察迈克尔的新婚礼物，这本书尽管在小说中没有命名，但依据被引用的段落内容，并参考斯托普斯唯一的戏剧作品《我们的鸵鸟》，可知该书是《已婚的爱》。该书在内容上关注婚姻生活和两性关系，一方面对女性的身体器官有着大胆而直白的描写："膨胀，膨胀变硬，黏液润滑……柔软、变小、下垂；器官相对形态和位置的不当；对男性黏液的部分吸收；子宫充血"⑤，还从

---

① [英]朱利安·巴恩斯.凝视太阳[M].丁林棚，译.北京：外语教学与研究出版社，2018：19.
② 同上，第43页.
③ 同上，第43页.
④ [法]波伏娃.第二性[M].陶铁柱，译.北京：中国书籍出版社，1998：160.
⑤ [英]朱利安·巴恩斯.凝视太阳[M].丁林棚，译.北京：外语教学与研究出版社，2018：46.

科学的角度探索了健康女性性欲的涨落趋势，引导女性理性客观地理解女性性欲的规律，指引女性"就要确保只有在保证欢愉的情况下，你丈夫才能和你亲近"[①]，呼吁一种和谐、完美的婚姻和两性关系。这个历史时期，"身体"成为一个科学的概念，代表了一种两性结合的理想，强调性的和谐与灵魂的契合。另一方面，书中在论及两性性欲差异时，肯定了"男人比女人更需要身体上的宣泄"[②]这一自然而又理所当然的男性性欲的同时，批判了女性性欲，认为"一个性反常的女人可能会一连让许多丈夫精尽力竭而亡"[③]。科学话语看似鼓吹女性性欲与性健康，实际上是在为"男性欲望"辩护。性别是这样一种身体书写，身体受权力/知识体系支配的影响。在父权制文化，由于逻各斯中心主义将女性置于边缘的位置，因而他们对性别、性与身体范畴的理解是片面而扭曲的。现有社会由性别转化为社会性别的文化与权力建构中，存在着严重的不平等、不对称的关系。这样一来，身体不但关乎主体与性别之间的密切关系，更是关乎"父权制哲学和社会体制如何通过身体维持性别歧视和性别不平等关系"[④]。

当身体、欲望等概念范畴逐步被科学话语传播和普及后，女性伦理身份构建的话语权落入了性学家和医学专家手中。讽刺性的是，科学话语不但没有推动女性走向更自由、解放，反而成为束缚女性的工具。巴恩斯以"身体"为媒介产生的伦理关系，关注了女性陷入严重身体歧视、性别歧视的伦理困境。在结婚之前，未婚夫迈克尔以约会的名义将婕恩诱骗到伦敦医院展开婚前教育和健康检查。事情败露后，遭到了婕恩强烈的拒绝。迈克尔通过强化女性"妻子"和"母亲"的性别角色来说服婕恩："只不过是女人应该做的一件事……亲爱的，不是那样的。而是……孩子……"[⑤]迈克尔对女性和身体范畴的建构中，强调了身体范畴的性别化问题，女性身体被要求承担母性的角色，这无疑是父权制话语的体现。婕恩被迫在医院接受了全面的体格检查与健康的性心理、性道德观念教育，了解男女之间的性行为和避孕知识。在医院，海德莉医生向婕恩介绍避孕常

---

① [英]朱利安·巴恩斯.凝视太阳[M].丁林棚，译.北京：外语教学与研究出版社，2018：48.
② 同上，第69页.
③ 同上，第46页.
④ 肖巍.飞往自由的心灵——性别与哲学的女性主义探索[M].北京：北京大学出版社，2014：158.
⑤ [英]朱利安·巴恩斯.凝视太阳[M].丁林棚，译.北京：外语教学与研究出版社，2018：49.

识，向她介绍避孕药物、工具以及使用方法。在整个过程中，海德莉医生提出了"安装"①的概念，其意在向女性的身体安装避孕套。安装工具却引起了婕恩的不适感，甚至是疼痛："她感觉身体爆裂了，她感觉身体被人为干预了。"②面对婕恩学习过程中恐惧的心理和戏谑的减压方式，海德莉医生严肃地将"安装"和两性关系中的责任联系起来，批评"你们这些年轻女孩子总是既想要这个，又想要那个，就是不要负责"③，认为女性的身体是两性关系中不负责任的根源。医学专家的宣言强化了以性别歧视态度和女性身体为形式的恶的问题，使得女性以及女性身体被排除在平等原则之外和被贬低其价值。性学家和医学专家权威的科学话语，成为压制女性接受身体规训的工具，具有强烈的政治和意识形态功能，深刻地展示了英国女性在父权制哲学和文化中所陷入的伦理困境。可见，婕恩在医学专家强势介入下的身体体验，实际上展露了在父权制哲学和文化中，"女性的身体是如何被约束、被限定、被安置和被对象化"④的全过程。很显然，性别、社会性别、性和身体范畴都是文化植入的过程，它们是在历史、社会文化中所形成，并被社会准则所塑造的。正如波伏娃在"女性的形成"中所说："女人不是生就的，而宁可说是逐渐形成的。"⑤作者在作品中深刻剖析了父权制下女性被等同于身体、对象和被动性的理解，显示出女性在"身体"这一范畴中处于被约束、被限定、被安置的被动局面。

通过女性的身体以及身体与性别之间关系的"科学"学习，婕恩在传统伦理规范下建构和塑造了自我"妻子"的伦理身份，却在现实婚姻和两性生活中遭受家暴和精神伤害，这些都突显了英国女性在父权制哲学和文化中所陷入的性别伦理困境。这成为婕恩开始质疑男性权威和传统性别伦理合理性的导火线。在结婚时，婕恩已经熟练掌握了传统家庭女性所需要掌握的基本技能，如"怎样把被子叠成豆腐块；怎样缝纫、打补丁、织毛衣；怎样做三种不同的布丁；怎样生火，用石墨抛光秘鲁的炉膛；怎样把硬币泡在醋里面，让它们光亮如新；怎样用熨斗

---

① [英]朱利安·巴恩斯.凝视太阳[M].丁林棚，译.北京：外语教学与研究出版社，2018：50.
② 同上，第64页.
③ 同上，第53页.
④ 肖巍.飞往自由的心灵——性别与哲学的女性主义探索[M].北京：北京大学出版社，2014：164.
⑤ [法]波伏娃.第二性[M].陶铁柱，译.北京：中国书籍出版社，1998：309.

熨烫男人的衬衫"①等,婕恩期望自己能成为一个合格的"妻子"/"女性"。然而,婕恩幸福婚姻的美梦很快就被现实打碎了。迈克尔婚前的温柔体贴,结婚后则表现冷淡,态度十分恶劣,甚至常常无端发脾气。婕恩刚开始自我反省,将理由归结为自己结婚五年未能怀孕生子,认为一切都是自己的过错,源于自己没有承担起婚姻的责任与义务。在父权制支持并要求以生育功能作为女性伦理规范主要特点的时代,由于婕恩在婚姻中没有生育,故丈夫迈克尔坚定认为婕恩身体有缺陷,多次要求婕恩前往专科医院接受检查。婕恩回忆起婚前在医院体验的恐怖场景,拒绝了丈夫的请求,提议外出旅行,通过呼吸高山空气来使自己恢复活力。因为话不投机,暴躁的迈克尔粗鲁地抓住婕恩的手,高傲自大地鄙视道,"有没有人告诉过你,你简直愚蠢得不可救药"②。因为不会生孩子,丈夫指责她"愚蠢",要求她变聪明,从而践行女性的社会职责与生育实践时,婕恩没有陷入丈夫引导的伦理规范当中,反而对"智力"进行了思考。小说中,婕恩对"智力"的独立思考,预示着婕恩自我意识的觉醒。她认为"智力并不像人们所想的那样是一个纯粹而没法改变的特征。聪明就像善良一样——和某个人在一起,你可以品德高尚,但是和另一个人在一起,你就会卑鄙恶劣。这一部分和信心有关"③,同时她还将智力与婚姻、两性关系联系起来,发现"和迈克尔在一起后,她觉得自己不那么自信了,因此也就不再像以前那样聪明"④。婕恩的个人意识逐渐觉醒,她认识到"迈克尔让她不再聪明,然后他开始蔑视她"⑤,清醒地认识到自身在婚姻中深受丈夫的压制。她甚至开始怀疑自己不育也是他造成的。对婕恩而言,敢于质疑丈夫意味着她将面临一场漫长地从服从到觉醒的思想斗争历程的开始。于是,当他们再次为婕恩是否去看医生而争吵时,婕恩鼓起勇气要求丈夫一同前往医院检查,甚至大胆地对作为权威和父权制的丈夫进行挑战:"或许你是有缺陷的那个。"⑥面对妻子对丈夫所代表的权威与父权制思想的反抗,恼羞成怒的迈克尔在冲动之下打了婕恩。当婕恩伤心地跑出房间时,迈克尔仍然像发疯一样在背后朝婕恩歇斯底

---

① [英]朱利安·巴恩斯.凝视太阳[M].丁林棚,译.北京:外语教学与研究出版社,2018:67.
② 同上,第80页.
③ 同上,第82页.
④ 同上.
⑤ 同上.
⑥ 同上,第81页.

里地大喊"母狗！……弱智女人"①。事后，婕恩尽管接受了迈克尔的道歉，但是这次身体和言语的伤害让婕恩切身体会到，所谓"石头和棍棒会打断骨头，但言语永远不会伤到我"②的谚语充满了欺骗性，真实情况往往是随着时间的流逝，身体的伤痛会痊愈，但心灵上的创伤永远刻在心头，无法愈合。迈克尔不但暴力殴打身体，甚至还通过对妻子进行不断谩骂、侮辱等精神暴力手段来伤害妻子的自尊心，从而达到贬低、打压女性的目的，这些行为典型地证明了传统家庭中女性面临的种种性别不平等的伦理困境。虽然"女人"这个词语本身并没有恶意，"但（迈克尔）语气中却充满恶毒"③。迈克尔的激烈言辞之中无一不透露出对女性的鄙薄和贬低。婕恩自觉意识到正是男性对女性性别的蔑视和贬低重新定义了"女人"这个词语。这些侮辱性的辱骂背后隐藏的是人类文明中长期存在的性别歧视文化，从而对父权主义文化对女性的精神束缚乃至极端的男权进行抨击。

在《凝视太阳》中，巴恩斯清晰地剖析了在二战后旧有的道德伦理逐渐瓦解的伦理环境下，关注女性的身份，突显了在父权制传统背景中女性所陷入的困境：婕恩婚前对父亲权威话语的认同与遵从，婚后则服从丈夫，在婚姻和家庭中自觉践行"妻子"的家庭职能及生育实践。小说再现了特殊历史环境中人与人之间的伦理行为，尤其是以"身体"为媒介产生的伦理关系，关注了性别之间以及人与人之间的身体歧视。作者在作品中深刻剖析了父权制下女性被等同于身体、对象和被动性的理解，显示出婕恩在"身体"这一范畴中处于被约束、被限定、被安置的被动局面，展现了她由于身体原因而遭到了严重性别歧视和身体歧视，乃至压迫与暴力的问题。对婕恩而言，这些都凸显了英国女性在父权制哲学和文化中所陷入的伦理困境。她认同文化传统对其社会角色定义以及自我身份的建构。然而，她的身心却遭受到了丈夫的摧残与虐待，这使得她开始陷入对父权制传统背景中性别之伦理身份与伦理关系的不相信与质疑之中，从而对个体主体以及历史、文化和社会的形成过程中对女性的压抑提出批判，对基于女性身份的性别伦理进行反叛。因为对于婕恩来说，理想的性别关系在于建立一种有爱的、身体的平等差异的伦理关系之上。

---

① ［英］朱利安·巴恩斯.凝视太阳[M].丁林棚译.北京：外语教学与研究出版社，2018：83.
② 同上.
③ 同上，第53页.

二、伦理身份错位：性别伦理改写

文学伦理学批评注重从人物伦理身份和身份认同的危机分析作品中的伦理问题。在文学文本中，"所有伦理问题的产生往往都同伦理身份相关。伦理身份有多种分类，如以血亲为基础的身份、以伦理关系为基础的身份、以道德规范为基础的身份、以集体和社会关系为基础的身份、以从事的职业为基础的身份等"①。《凝视太阳》通过对"勇气"的关注，再现了二战期间流动的性别角色，讲述了三个缺乏勇气的男性和一个真正勇敢的女性的故事。其中既有二战中的逃兵、战争中有恐惧症的飞行员，也有悲观的战后一代，还包括直面困难的普通女性。这些人物毫无例外由于二战导致传统的性别角色定位与现实生活遭遇之间存在严重错位，从而引发了传统伦理身份的错位与幻灭。于是，这场身份错位也可视为性别伦理改写之旅。巴恩斯通过对传统性别角色进行改写，呈现了懦弱的现代英国男性群像以及20世纪日益独立的女性，解构了男性中心的女性主体与性格丰满的英雄形象，颠覆了刻板的性别印象。巴恩斯有意通过建构身份伦理的错位，突破刻板性别身份信息，旨在改写性别伦理，目的是以一种更加开明的性别文化身份观来看待两性。

在小说《凝视太阳》中，婕恩的舅舅莱斯利与飞行员普罗瑟在二战中都以各自的方式逃避战争，他们在战争中的"懦夫"形象消解了传统男性勇敢的神话。巴恩斯从婕恩的视角，叙述了女主人公婕恩与莱斯利舅舅相处的美好时光，从而展开了莱斯利舅舅在二战爆发前夕懦弱"逃跑"的故事。莱斯利舅舅热爱生活，风趣幽默，被小婕恩视为人生的启蒙老师。在婕恩七岁时，莱斯利舅舅赠予她风信子种子，他们共同探索生命的奥秘。他多次带婕恩去"老果岭天堂"俱乐部打高尔夫球，会兴致勃勃地向婕恩变魔法，还会一起玩耍抽鞋带的游戏。在战争一触即发的压抑时代，莱斯利舅舅的浪漫情怀与社会主流倡导的男性责任和远大理想格格不入，充满了颓废萎靡的色彩。在战争爆发前夕，为了躲避欧洲战争和英国的征兵令，莱斯利舅舅更是偷偷乘船逃往了美国。为了粉饰自己懦弱逃跑的事实，他从巴尔的摩给婕恩写信解释道："张伯伦在我们有生之年宣布和平了，莱斯利认识到自己已不再年轻，因此决定去见一见世面……最好的办法是等他安

---

① 聂珍钊.文学伦理学批评导论[M].北京：北京大学出版社，2014：263.

定下来找到工作之后就立刻往回邮寄食品包裹"①，同时为了彰显男性的无限雄心与霸气，他信誓旦旦地宣称"如果美国人卷入战争，他就会加入美国军队"②。对此，婕恩的父亲认为莱斯利舅舅的说法是自欺欺人，气愤地指出莱斯利舅舅完全可以按照英国社会对男性的期待那样，在战争爆发后参加前线工作，如加入国民自卫军，成为一名防空警报员，或者在军工厂里工作，甚至是投入普通的工作岗位参与社会生产，满足军队的所有物资需求，而不是以年龄为推脱，只考虑个人的生命安危和利益，而不顾及国家安危。婕恩父亲还一针见血地点明，莱斯利舅舅往回邮寄食品为了掩盖自己在战争中当逃兵的可耻行径。从本质上说，男性气质是一种伦理身份，而"伦理身份是评价道德行为的前提。现实中，伦理要求身份同道德行为相符合，即身份与行为在道德规范上相一致。伦理身份与道德规范相悖，于是导致伦理冲突"③。作为一种伦理身份，男性气质对于社会上的男性思想以及行为具有最有力的约束和规范作用。然而，莱斯利舅舅在二战中逃跑的行为，不符合当时国家处于内忧外患的伦理环境，以及英国男性保家卫国的伦理责任与义务，显然莱斯利舅舅的所作所为不符合当下英国男性的伦理身份。战争结束后，莱斯利舅舅带着各种各样的"英雄传说"回到了英国。在与婕恩再次见面时，莱斯利向婕恩的儿子虚构了自己在二战中的英雄事迹，描述自己"如何在1943年驾驶小型潜水艇横跨英吉利海峡，在迪耶普附近的海岸上勒死一个德军哨兵，攀上悬崖引爆当地的重型水力发电站，然后顺着绳子溜下来跑开……"④借助一系列危险的暴力、战争场面，莱斯利舅舅突显出自身勇猛、刚烈、顽强、荣誉等男性气质和个人魅力，完完全全是一个真正的勇士、英雄。莱斯利按照传统的男权话语规范，刻意将自己塑造成二战时期英国国民心目中"理性化"的男性形象，从责任、义务和道德价值方面对自我英国男性公民的伦理身份进行建构和想象，企图让亲人以自己为荣。然而，见证了莱斯利舅舅逃跑全过程的婕恩，十分反感这些虚构的冒险故事，狠心地打断莱斯利舅舅的故事，让他赶紧闭嘴。婕恩

---

① [英] 朱利安·巴恩斯. 凝视太阳 [M]. 丁林棚，译. 北京：外语教学与研究出版社，2018：66.
② 同上，第66页.
③ 聂珍钊. 文学伦理学批评导论 [M]. 北京：北京大学出版社，2014：264.
④ [英] 朱利安·巴恩斯. 凝视太阳 [M]. 丁林棚，译. 北京：外语教学与研究出版社，2018：95.

拒绝男人们的谎言，对莱斯利舅舅的英雄话语进行了否定，在叙事上形成了鲜明的对比。

小说采用这种反讽的叙事方式，除了因为婕恩对客观现实有清醒的认识外，更重要的是要将一种新的性别特质呈现在读者眼前。莱斯利舅舅充分体现了战前的男性气质这一性别伦理身份：不仅缺乏荣誉感、责任感，而且消极无力、堕落颓废。从美国返回英国的莱斯利舅舅，尽管战争已经结束了很长一段时间，但是介于曾经逃离战争的行为，他既苟且偷生，过着隐蔽的生活，又肆意狂欢、哗众取宠，他的世界充满了矛盾性。一方面，他懦弱胆怯，回国后一直从事着不为人知的工作，频繁地更换工作和住处，只为不引起旁人的关注。另一方面，他又自暴自弃、喧嚣狂欢，是堕落颓废的典型代表。他生活贫困，艰难的时候甚至需要他人的救济。然而他秉持荒谬的物物交换体系，试图说服身边的人接受他的"交换哲学"："你不介意换给我这个插头吧，钮毕夫人？你不介意让我和你分享这顿午餐吧，菲利斯夫人？"[①] 同样的，莱斯利也以这种荒谬的姿态对待现实世界，他带婕恩的儿子前往酒吧，身无分文的他为换取酒喝，厚颜无耻地在酒吧内收拾酒杯，甚至不惜模仿酒吧老板的口吻在酒吧内表演。莱斯利舅舅将自己的人生过成了一场荒诞不经的闹剧。在生命的最后时光，莱斯利舅舅向婕恩承认了自己的懦弱与胆怯："无论如何，我总是有点胆怯。你小时候可能觉得我是一个潇洒的人。现在我和以前一样胆怯。总是在逃离。总是在奔跑。我从来不勇敢。"[②] 莱斯利舅舅自私、懦弱、苟且、颓废的真实内在性格意味着传统男性理想的陨灭以及伦理身份的错位与幻灭。婕恩在回顾莱斯利舅舅的一生时，嘲讽性地将他归类为理想男性范式的对立面："莱斯利，一个从战争中逃离的人，一个东拿西借、小偷小摸的人，一个如果不是自己家人就可能被婕恩叫做吊儿郎当的痞子的人。"[③] 婕恩的评论直接说明了西方传统男性勇敢神话的虚妄，同时进一步强调了懦弱、无力、颓废等作为一种新的特质被归为男性气质，而作为反英雄主义的懦弱、胆怯、缺乏勇气成为另类的英雄主义。

与莱斯利在战争中当逃兵不同，汤米·普罗瑟直接参与了战争，是驾驶飓风

[①] [英]朱利安·巴恩斯. 凝视太阳[M]. 丁林棚, 译. 北京：外语教学与研究出版社, 2018：152.

[②] 同上, 第153页.

[③] 同上, 第159页.

式战斗机的飞行员,却因为恐战心理被禁飞,临时借住在了婕恩家。作为一名战机飞行员,普罗瑟的伦理身份是军人,其伦理职责是通过驾驶战斗机进行作战,剿灭敌军从而击退法西斯侵略者,完成保卫祖国领空与人民不受侵犯的使命。在内忧外患的伦理环境下,军人是时代的中流砥柱,正是现代社会所亟需和推崇的热血、阳刚、保家卫国、舍生忘死的男性气概。他们勇敢、有担当、有强烈的家国情怀,是健康、积极、向上的"真正男子汉"。普罗瑟初到婕恩家时,正是由于其空军飞行员的军人形象,他备受婕恩父亲的敬仰,被尊称为"平流层英雄"[1]。然而,当婕恩父亲热情地向他询问军旅生活以及相关的英雄事迹时,普罗瑟却慌了神,完全回答不上来。在后来的接触中,普罗瑟向婕恩坦承了自己患有恐惧症的事实。在叙述中,他陈述自己目睹了战争中飞行员的悲惨命运,这些残酷的死亡场景让他久久无法释怀,从而加重了自身对死亡的恐惧,其中以"蒲公英花籽"和"糖果蜜罐"[2]两起飞机失事的故事最为典型。其一是飞行员采用机尾向下的技术起飞,然而,由于起飞速度过快,导致飞机在空中头朝下猛地栽了下来。当普罗瑟和同事们飞奔过去对战友们实施救援时,他们惊愕地发现两位飞行员的头颅早已被机翼"斩首"散落在跑道上,就像蒲公英花籽脱离母体散落在大地,场面极度血腥残酷。另一则是飞行员正在试飞一架喷火式战斗机,当他上升到4500米的高空时飞机出现了故障,径直栽到了起飞的停机坪上。为了排除是飞机一氧化碳导致的事故,他们将飞行员的遗骸都搜集起来,最后放进一个糖果蜜罐送往相关部门检测。现场血肉横飞、恐怖血腥的场景严重挫伤了飞行员的"硬汉"精神和英勇气概。普罗瑟认为这些死亡场景不但令人震撼,而且他认为飞行员死后如"蒲公英花籽"的惨状,以及被装入"糖果蜜罐"的下场都是"没有尊严的"[3],这些事情在无形之中给普罗瑟留下了可怕的死亡阴影,成为他恐惧的根源。他坦言,恐惧症一直伴随着他。他甚至将这种挥之不去的惊恐、害怕的感觉比作吞下了醋,"这股恶酸在你的口中久久挥之不去,所以你觉得你能够扛得住,把它压下去,但是你不能。它就那样停留在你的体内,又冷又酸,还在不断凝结。这时候你明白感觉是不会轻易消失的。永远不会。因为它待在你的体内已经是件再正

---

[1] [英]朱利安·巴恩斯. 凝视太阳 [M]. 丁林棚, 译. 北京:外语教学与研究出版社,2018:23.

[2] 同上,第32页.

[3] 同上.

第一章　巴恩斯小说中的性别伦理与伦理选择

常不过的事了"①。值得注意的是,《凝视太阳》把军人普罗瑟的恐惧症推至前景,将之嘲讽为当代英国空军英雄主义情怀的对立面,明显反映出当时社会普遍对军人英雄本色男性气质性别伦理身份的期待。

心境的改变自然带来性别角色和伦理身份的移位。《凝视太阳》对战争中男性性别角色进行改写,展示了懦弱的军人伦理身份。作为一名飓风式战斗机飞行员,普罗瑟认为英雄的"幸福"不是对入侵的战机进行空中偷袭拦截、厮杀,最终以胜利者的姿态返航着陆,而在于驾驶战斗机躲进云层,在高空中玩起从指缝间"凝视太阳"的游戏:"你径直朝着太阳爬升,因为你觉得那是最安全的。高空中比平时明亮很多。你举起手放在面前,慢慢地张开手指,从指缝中斜视太阳。你发现,你离它越近,越感到发冷。这本应是你该担心的事情,但是你并不担心。你之所以不担心,是因为你感到幸福。"② 讽刺性的是,在一次执行任务时,普罗瑟疑神疑鬼,杯弓蛇影。出于对死亡的害怕,他故意驾驶飞机偏离队形,躲进云层。正当飞机向下加速俯冲准备返回基地时,突然遭到了机枪的疯狂扫射。面对袭击,普罗瑟艰难地驾驶飞机爬升,再次拼命寻找云层。然而,他把操纵杆拉回,扫射也停止了。冷静下来后,普罗瑟才意识到原来是自己高度紧张,不知不觉中开枪走火,他让自己的枪声吓得惊恐万分。所谓的袭击,其实是自己吓唬自己罢了。为了掩盖自己因恐惧而发射了大量子弹的真相,普罗瑟杜撰了击落一架德国空军飞机的假象,向战友们炫耀自己的"战绩"。事情败露后,普罗瑟被禁飞了,被安排在婕恩家进行反省。小说不吝笔墨描写军人普罗瑟驾驶战斗机时高度紧张、胆怯和恐惧的心路历程,加上自杀式"凝视太阳"的指尖游戏,全程保持着贪生怕死、畏战不前、灰暗、消极的基调,不同于其他作品中执着于表现空军飞行员英姿飒爽、威风凛凛、临危不惧的充满荣誉感的军人形象。尽管无法克服飞行恐惧症,但是普罗瑟也尝试在恐惧和勇敢之间寻找平衡点。他清楚地知道自己作为军人的职责,一直渴望能够重飞,重建自我英勇的军人形象。但是在恢复飞行后,同样的情况再一次上演。战斗机列队在法国领空任务执行时,普罗瑟再一次擅自偏离队伍,径直地朝着太阳爬升。队长发现了他偏离队伍,采用无线电命令他归队,得不到回应后,队长派出另一架战斗机飞行员麦克追赶普罗瑟。当麦克的战

---

① [英]朱利安·巴恩斯. 凝视太阳 [M]. 丁林棚, 译. 北京: 外语教学与研究出版社, 2018: 60.

② 同上, 第34页。

机追上普罗瑟时，试着通过无线电与普罗瑟进行对话，无效后甚至采用扫射的方式对他进行警告，然而这些信号都被普罗瑟无视了。无奈之下，麦克离开了普罗瑟重新加入队伍。在折返的途中，麦克遇见飓风式战斗机从高空俯冲坠落。当飞机与他平行时他发现是普罗瑟，他始终把手举在脸前凝视着太阳，直至飞机坠落撞击地面。普罗瑟因未能克服战场上的恐惧心理，最终选择了以自杀的方式逃避现实，"体面"地结束了人生的最后一次飞行。可见，小说对传统的军人身份进行了改写：二战时逃跑的飞行员早已抛掉了血性、刚强、勇敢、英雄主义、责任感等传统男性价值，呈现出畏惧战场、胆小懦弱的男性特质，借此巴恩斯有意解构男性勇敢的神话。人们普遍认为男人是勇敢的，勇敢是衡量男性气概和伦理身份的重要品质。然而，真实的情况却并非如此，其实并非所有的男性都勇敢刚强，反而十分胆怯。

在探索不同模式的男性气质和伦理身份时，《凝视太阳》同时展现了英国战后"悲观的一代"，呈现出明显的忧郁、被动、悲观等阴柔气质。与小说前两位男性生活在战争时代不同，小说还聚焦了二战之后生活在英国20世纪50年代的男性人物格雷格利。讽刺性的是，和他们一样，他也是一个缺乏勇气的男性。婕恩的儿子格雷格利是一个性格孤僻的孩子，天性既被动又懦弱。格雷格利从小便缺乏冒险精神，因害怕失败而拒绝尝试。小时候，格雷格利的母亲给他购买了一架飓风式战斗机模型，小格雷格利聚精会神地组装飞机，甚至给飞机表面涂上了滑稽的猩红色。当其母亲提议拿出去试飞时，小格雷格利坚持认为飞机是用来观赏而不是飞行的，并抛出了"没必要冒险"的话题："如果试飞的话，飞机也许会摔毁。如果摔毁的话，那就证明我没有搭好飞机。没有必要冒这个险。"[1] 因为沉浸在安稳又虚幻的世界中，格雷格利始终无法在情感和思想观念上蜕变为一个刚强坚毅的男性。成年后的格雷格利从事售卖人寿保险的工作，其主要任务是劝说人们通过死亡来赢得最大的交易。对于人寿保险这份职业，格雷格利认为其本身是矛盾的，因为没有人能为寿命担保；同时，大众反复计算他们的死能带来的种种收益的行为也充满了讽刺性。实际上，格雷格利不但认为人寿保险的工作是荒诞的，而且生命也是荒诞的。在生活上，格雷格利始终无法感受生活的乐趣，与

---

[1] [英]朱利安·巴恩斯. 凝视太阳[M]. 丁林棚，译. 北京：外语教学与研究出版社，2018：97.

女性交往未能感到幸福，而男性间的同志情谊也总让他无所适从，所以格雷格利更愿意沉浸于自我的世界。当母亲婕恩劝说他出去旅游时，格雷格利却认为旅游只会让人疲惫不堪、心烦意乱，甚至是自命不凡，对世俗中"旅游能够开阔眼界"的说法给予了否定，断定旅游只会给人造成一种开阔眼界的错觉。对于格雷格利而言，"能让他开阔眼界的就是待在家里"①。同时，格雷格利对现代航空旅行和死亡有尖锐的反思，他还将旅游与卡德曼的飞行事故联系在一起。1739 年，卡德曼自己制作了一对翅膀。为了完成飞翔的伟大壮举，他爬上教堂顶部从那里纵身跃下，结果因为技术性的错误，飞行员卡德曼当场摔死了。格雷格利将"飞人卡德曼"的飞行事故视为"现代历史上最早的一场坠机事故"②。他极端地判断故障飞机的死亡率是百分之百，从而对现代航空旅行感到绝望。在格雷格利的身上缺乏传统男性气概中冒险、勇敢、坚毅刚强的德行，反而呈现出明显的忧郁、被动、悲观等阴柔气质。

同时，格雷格利始终被死亡的问题所困扰，这是一个侵蚀格雷格利的勇气问题。小说对 20 世纪荒谬世界中自杀这一核心生存问题的描写甚多，流露出格雷格利激进的悲观绝望之情。关键词"自杀"反复出现，隐喻着格雷格利消极、无望的心境。在 21 世纪初，英国出现了老年群体自杀的热潮，老年人通过这种极端的行为向政府反抗，争取更好的老年人生活条件。在激进的老年运动渲染下，快六十岁的格雷格利开始思考死亡问题，也是在此刻他意识到自己对死亡的恐惧。围绕死亡，格雷格利对电脑的提问是贯穿小说始终的提问模式。他向计算机提问了一系列关于死亡和自杀的问题，如杀死水貂的困难程度、人们的死亡方式、理想的死等，这些显然指向格雷格利自身对死亡的恐惧。为了寻找自杀的合理理由，他发现古代哲学家赞同个人在荣誉受辱、政治或军事失败或者身患重疾的情况下，采取自杀的行为。然而，格雷格利身体健康，既不是部队的军官，也不是政府的领袖，其平庸无奇的人生更谈不上"荣誉"二字，显然不符合古代自杀的条件。而当下，格雷格利只剩下老死或者死于某种正在走向灭绝的古老疾病或者安乐死的死亡方式。小说中 20 世纪的英国为老年人提供了一个更加自由、民主的环境，人们可以通过计算机探索古今中外关于生和死的答案，甚至可以申请计算机 TAT

---

① [英]朱利安·巴恩斯. 凝视太阳[M]. 丁林棚, 译. 北京: 外语教学与研究出版社, 2018: 130.
② 同上, 第 131 页.

程序中的 NDE 即濒死体验来消解人们对死亡的恐惧。格雷格利在体验 NDE 时向计算机提出自己内心深处的疑问："死亡是不是绝对的？宗教是真实的吗？……人类是唯一会自杀的动物，这是真的吗？你对自杀的立场是怎样的？是不是合法？自杀合法吗？"[1] 然而通用计算机提供了相关的事实和信息，但没有回答"真正"的问题。格雷格利彻底认识到现代科技根本无法消解死亡恐惧，反而使他陷入了严重的焦虑之中。迫于无奈，格雷格利只能向母亲婕恩求助。婕恩给予了格雷格利一个绝对的真理："死亡是绝对的，宗教是没有任何意义的，自杀是不可以的"[2]，安慰他不要害怕即将到来的死亡，直面死亡等，这些确切的答案让格雷格利茅塞顿开。格雷格利开始理解生命太过于短暂，自杀是没有意义的，真正领悟到自杀行为背后错误的价值观，从而抛弃了愚蠢的自杀想法，勇敢地征服对死亡的恐惧。很明显，小说称赞婕恩直面死亡的可嘉勇气的同时，讽刺格雷格利身上过于悲观、绝望的阴柔气质。事实上，格雷格利极端的自杀想法与男性气质不无关系。具体地说，正是由于格雷格利是一个缺乏男性气质的人，他失去了理性意志，故期望通过自杀的途径来证明自己是真正的男子汉。巴恩斯在小说中直接评论道："成熟不是时间的结果，而是你的智识的结果。自杀不是我们这一时代唯一真实的哲学难题，它是一场转移视线的诱导表演……自杀，让人类显得自高自大。结束自己的生命需要多么可怕的虚荣！……或许，他（格雷格利）想到自杀是因为他觉得自己是个失败者。年逾花甲而碌碌无为，和母亲住在一起，独居，又重新和母亲住在一起"[3]。可见，格雷格利想要借自杀的艺术形式摆脱失败者的身份，不惜企图用自杀来体现其男性气概。而他走出死亡恐惧的阴影正是因为他拒绝了男性"虚荣、自高自大"的话语，通过抛弃传统男性规范的枷锁来实现对自我的救赎。他不再依据父权制传统中的"成功"和"勇敢"的定义来衡量自己。在他看来，既然成功是由成功人士来定义的，那么失败应该由所谓的失败者来界定。格雷格利质疑传统"失败者"的定义，认为自己"只是一个年逾花甲、安静腼腆而又无所建树的男人，但是这并不能算作失败"[4]，拒绝父权制哲学和文化中的成败分类，

---

[1] [英]朱利安·巴恩斯. 凝视太阳 [M]. 丁林棚, 译. 北京: 外语教学与研究出版社, 2018: 212.
[2] 同上, 第220页.
[3] 同上, 第222页.
[4] 同上.

第一章　巴恩斯小说中的性别伦理与伦理选择

拒绝承认自己是一个失败者。同时，对于"勇气"，他认为：

  谁知道勇敢是什么？人们常说——尤其是那些从未目睹战场的人——在战场上，最勇敢的人——就是不具想象力的人。这是真的吗？如果这是真的，那么这会不会让人丧失勇气？如果因为你能够预先想象出屠戮和死伤的场面并且把这个场面搁在脑后，你是更勇敢的；那么，那些想象力最丰富的人，那些能够预先召唤自己恐惧和痛苦的人，就是最勇敢的人。但是那些具有这样的能力的人，他们能够以三维图像的形式预见到未来死亡的人却被称为懦夫。那么，是不是最勇敢的人只是失败的懦夫，是没有胆量逃跑的懦夫？①

可以看出，格雷格利不断质疑"勇敢"和"勇气"这两个词的含义，并对这两个词提出了新的定义：最勇敢的人是缺乏勇气的懦夫，而懦夫也并非没有勇气，彻底颠覆了大众对勇敢和懦夫的传统认知。他对"勇气"和"勇敢"的重新定义，消解了"成功"与"失败"、"勇敢"与"懦夫"之间二元对立的清晰界限。格雷格利不再将"勇气"作为男性美德，对男性气质进行了重新阐释，颠覆男性气质与女性气质两者之间的传统区分，这一定程度上也是对传统性别身份的挑战。

如果说《凝视太阳》中三位男性都是缺乏勇气的懦夫，揭示了男性气质和男性社会性别身份的失落，那么婕恩则是这部小说中真正勇敢的人。巴恩斯挑战既有的性别文化的重要范畴，是通过改写和颠覆女性的刻板印象情节来完成的。首先，巴恩斯在小说中强调了当代丈夫的负面形象：丈夫对妻子使用家庭暴力和精神虐待。面对如此不幸的遭遇，婕恩的邻居莱斯特夫人选择了忍耐或委曲求全，甚至可悲地以妻子的责任和义务为丈夫的暴行开脱："我知道他有点难以克制自己，可是如果我离开了他，谁来给他洗衣服呢？"② 可见，根深蒂固的传统女性伦理规范变为压制女性追求平等、自由的工具。而作为一个在二战期间长大的女孩，她总是对一切深感困惑。有着相似境遇的婕恩，对两性中不同的"勇气"表现进行反思："男人们在强烈的力量爆发中展现勇气，女人们则在忍辱负重中展现勇气"③，并大胆地对男性权威地位发出了质疑："女人一生下来就相信男人是答案。

---

① [英]朱利安·巴恩斯.凝视太阳[M].丁林棚，译.北京：外语教学与研究出版社，2018：185.
② 同上，第90页.
③ 同上，第89页.

实际上他们不是。他们甚至连问题都不是。"[①] 正是对当下的婚姻生活进行了一系列质疑，这些都给予了婕恩离开的勇气。其次，婕恩勇敢地作出了逃离的选择，表现出女性沉着、理性与超凡的勇气，预示着英国女性意识的彻底觉醒。与丈夫结婚二十多年以来，婕恩一直没有孩子，这是丈夫对她实行暴力的重要原因。在停经一年之后，39 岁的婕恩奇迹般地怀孕了。然而，生命的奇迹并没有给丈夫带来欢喜，迈克尔反而因为事情过于离奇以及老来得子没有面子等原因，要求妻子打掉胎儿。曾经的婕恩以顺从和被动著称，但是现在她却有着意想不到的勇气和反抗力。有学者评论道："巴恩斯面临着一项更为艰巨的任务，那就是试图捕捉她（婕恩）在中年时难以捉摸的角色意识。"[②] 婕恩对丈夫要求的拒绝并离家出走正是其角色勇敢和独立意识的见证。面对丈夫的不理解，婕恩决心将孩子生下来并离开迈克尔："这件事情真的和你没有任何关系；我说的是我的决定。我愿意过一种更加艰苦的生活，就是这样。我真正想要的是一种一流的生活。或许我现在无法实现，但是，我面对唯一机会就是脱离二流生活。我或许会彻底失败，但是我想试一试。这和我有关系，与你无关。"[③] 在怀孕 7 个月的时候，婕恩毅然决然离开了丈夫迈克尔，以单身母亲的身份生活。她在餐桌上留下了两枚戒指，其中包括结婚戒指，以表示自己彻底脱离婚姻和家庭的决心。在 20 世纪 60 年代初，与丈夫离婚是一件极不寻常的事情。婕恩摆脱家庭和婚姻中屈从和被动的地位，勇敢作出逃离的行为，在时间上与欧美第二次女权主义相近，这在当时的历史伦理环境中属于大胆超前的举动。正如霍尔姆斯（Holmes）所评论的那样："小说唯一而毫无争议的勇气是通过婕恩体现的。"[④] 婕恩身上这种刚强的意志与超人的勇气，是她重塑自我身份的开始，也是对传统女性妻子和母亲伦理身份的质疑和挑战。

同时，婕恩颠覆了传统的女性刻板印象，从对男性的依附到独立，走出了英国传统父权制性别等级制度对她的规训。作为在父权制环境下成长起来的女孩，婕恩一直以来都是传统的家庭女性，没有经济收入，婚前附属于父亲，婚后

[①] [英] 朱利安·巴恩斯. 凝视太阳 [M]. 丁林棚，译. 北京：外语教学与研究出版社，2018：90.
[②] Hulbert, Ann. The meaning of meaning[J]. New Republic, 1987, 196(19): 38.
[③] [英] 朱利安·巴恩斯. 凝视太阳 [M]. 丁林棚，译. 北京：外语教学与研究出版社，2018：87.
[④] Holmes, Fredrrick M. Julian Barnes[M]. Basingstoke：Palgrave Macmillan, 2009: 22.

则依赖丈夫。然而,二战中英国女性为推动世界和平与发展方面所做的贡献改变了女性的处境。女性积极地以各种形式参与到战争中去,正如婕恩的母亲在战争中承担起各种工作,这些努力不仅很大程度上改善了传统女性的形象,而且为女性后来从家庭走向社会,由家庭主妇转变为职业女性,勇敢地重建自我身份奠定了坚实基础。出走后的婕恩,不仅具有非凡的勇气,还成为经济独立、思想自由的独立个体。离开丈夫后,婕恩独自一人勇敢地生下儿子格雷格利。为了重新开始生活,婕恩带着儿子辗转在酒吧、饭店、汉堡店等场所工作。尽管日子过得十分辛苦,但是婕恩依旧坚定自我的选择,既不抱怨也不后悔,十分珍惜来之不易的重新生活的机会。同时,为了防止迈克尔突然出现并带走心爱的儿子,婕恩常常搬家,不断地更换住址和工作。可见,经济上独立的婕恩,从对男性的依附到独立,颠覆了英国传统女性被强权话语所固化的女性化刻板印象。由于婕恩全身心投入到工作中,渐渐地她开始不再注重自己的外表,活出真实的自己:"任由她的头发披散着,露出与日俱增的灰发;她身体的一部分已经开始期盼不再被这尘世的焦虑所羁绊。"①小说对婕恩身体上变化的描写,说明了她凭借着巨大的勇气和刚强的意志,不但达到了经济上的独立,而且实现了思想的自由,是一个真正意义上勇敢而又独立的新时代女性。人们常说:"选择离开的那一方总是有罪的……逃离就暴露了你的怯懦。"②婕恩通过自己的实践,证明了情况正好相反:婕恩的勇气在于从家庭中出走,以自己的方式重新生活,在生活的难题中构建属于自己的答案。正是源于莫大的勇气,英国女性婕恩成为独立个体,同时也是对英国传统的性别伦理身份以及婚姻观念的改写与颠覆。

小说通过对"勇气"的关注而对性别伦理进行了改写:这些人物并没有遵照社会习俗以及传统强加给他们的两性角色定位和伦理身份生活,传统的伦理身份与现实生活遭遇之间存在严重错位,呈现出懦弱的男性群像以及勇敢的独立女性形象,是对传统性别伦理身份定义的挑战与颠覆。巴恩斯笔下的"懦夫"虽然害怕战争与死亡,却仍将社会对男性伦理身份的期待纳入考虑范围,不得不压抑内心的恐惧和压力,乃至最后酿成了军人普罗瑟将自己逼上不归之路的悲剧。作者借军人普罗瑟的死谴责了暴力、战争以及背后的男性气质、性别伦理身份。巴恩

---

① [英]朱利安·巴恩斯.凝视太阳[M].丁林棚,译.北京:外语教学与研究出版社,2018:95.

② 同上,第91页.

斯在阐明男性伦理身份危机的同时，也意在表明不仅是女性，包括男性同样也是传统气质和性别伦理身份的受害者。可见，巴恩斯没有以单一的维度对"性别伦理"进行处理，而是超越了性别二元论，展现出社会建构的伦理范畴之外文学的人性维度。正如当时的书评评论道："新小说在魅力和幻灭的两个极端之间闪现，质疑我们在下个世纪的男性和女性的合适位置。"[①]《凝视太阳》除了对男性群体身上的胆怯、懦弱以及对死亡的恐惧等表现得淋漓尽致之外，还表达了妇女在生活中积极寻求改变的勇气。这一部分的叙事重心似乎并没有集中在对懦弱的男性气质及其错位伦理身份的无情讽刺与强烈批判之上，而是进一步强调婕恩所遵循的西方传统伦理身份观念的虚妄本质，以及在伦理意义上明确将"勇气"作为一种开放式自我塑造的伦理原则，实现对伦理身份的重新建构。

三、伦理选择：自我身份的重构

在文学作品中，"伦理选择是从伦理上解决人的身份问题"，即："通过对人如何进行自我选择的描写解决人的身份的问题"[②]。伦理选择不仅是诗歌和戏剧的核心构成要素，而且也是成长小说的核心构成要素。成长小说的出现是由成长文学的教诲功能决定的。女性在其成长的人生阶段，不仅需要经历伦理选择达到道德的成熟与完善，而且要指向自我身份的确认。女性伦理选择的过程也就是身份重构的过程。巴恩斯凭借《凝视太阳》特有的时代前沿性和现实的反思性，再次惊动文坛的同时，也成为20世纪女性独立的代言人。作为一部经典的现代女性成长小说，当代作家认为它是"伟大的文学顿悟"，甚至高度称赞其"站在英国小说新国际化的前沿"[③]。这种文学的前沿正是书中主人公的伦理选择和性别伦理身份重构呈现出来的，巴恩斯以世界旅行、女性独立意识、凝视太阳的飞行等话题为对象，让我们窥视到战后新一代女性主体性回归和伦理身份重构的全新面貌。

《凝视太阳》讲述了女性艰难重塑主体身份的伦理选择历程，可谓一部现代成长小说。小说开篇，女主人公婕恩似乎是20世纪初期的浪漫女性，家境优渥、听话乖巧。但在经历了战争童年、战后不幸的婚姻生活后，中年的她大胆地从安

---

① Guignery Vanessa. The Fiction of Julian Barnes[M]. Palgrave Macmillan, 2006: 53.
② 聂珍钊. 文学伦理学批评导论[M]. 北京：北京大学出版社，2014：263.
③ Guignery Vanessa. The Fiction of Julian Barnes[M]. Palgrave Macmillan, 2006: 51.

定又幻灭的旧世界逃离，通过周游世界获取知识的伦理选择来构建自我身份，从而蜕变为新时代女性。一直以来，婕恩都扮演着倾听者和默许者的角色，现在她渴望成为独立的个体，重新构建自我"婕恩·萨金特·×××"[①]的身份。中年的婕恩依靠父母、丈夫的遗产，在80年代的英国时代背景下大胆地作出了成为世界旅行者的伦理选择，对自我进行重新探索。除了在欧洲各大城市旅游，她还参观了金字塔和狮身人面像。在这个过程中，婕恩开阔了眼界，也增长了见识：曾经她以为狮身人面像藏匿在沙漠，实际上却是在开罗郊区。因此，她决心参观世界七大奇迹，先后到欧洲、埃及、中国、美国等国家游览，自主地对部分风景区做了替换，甚至随心所欲地以世界自然奇观——科罗拉多大峡谷取代人工奇迹，列出了自我的世界七大奇迹名单。对婕恩而言，旅行不仅仅是为了寻找生活以及生命中的真理，而是通过获得智慧的方式重新构建主体自我的伦理身份。婕恩的中国之行，深化了她对生活的真谛及其意义的理解：中国哲学家范缜写下著名的《神灭论》，他提出了"神即形也，形即神也，形存则神存，形灭则神灭"的论点，以精神和身体是相互结合的统一体学说驳斥了灵魂不死的宗教迷信思想，而这与婕恩自身所接受的灵魂永恒不灭的观念是截然相反的。对于作为绝对值存在的圆周率，中国数学家祖冲之精准地算出了它的近似值。然而，接受西方教育的婕恩认为绝对值与近似值两者本身是自相矛盾的。在缺乏对中国历史和文化的了解以及巨大的文化差异下，婕恩无法理解圆周率以及灵魂毁灭等问题，甚至认为东方是落后、愚昧的代表。婕恩对这两个小故事深感疑惑——典型地代表了她对客观真理的渴望和意义的追寻。在中国旅行中，婕恩还参观了北京天坛并体验了天坛的"回音壁"。在这里，当两名游客背对背站在回音壁两端时，能清楚地听到彼此的声音。回音壁向婕恩提出了回音效果的问题，婕恩开始认识到有些问题是永远没有答案的。与此同时，回音壁的体验在婕恩看来与解读婚姻与伴侣联系在了一起。具体而言，回音壁就像爱情、婚姻一样要两个人的配合。在生活当中，男性可能会对这种体验不相信甚至会抱怨，但是依旧能包容、陪伴女性，而且不会让女性受伤和感到害怕。

此外，作为一个没有宗教信仰的英国人，婕恩通过科罗拉多大峡谷这一大自然的鬼斧神工来探索关于信仰的理解问题：

[①] [英]朱利安·巴恩斯.凝视太阳[M].丁林棚，译.北京：外语教学与研究出版社，2018：92.

大峡谷如同大教堂一样涤荡心灵，或许这种作用对于那些有宗教倾向的游客来说最为强烈。它的存在就是无言的争辩，让人恍悟上帝的神力，惊叹于它壮丽的造物神迹。婕恩的反应正好相反。大峡谷给她带来的震惊使她陷入了一种不确定之中……据说一个人最大的精神悲剧是他带着宗教的情怀来到这个世界，却发现信仰已经不复存在。而此刻她的悲剧是不是等同于出生时没有宗教情怀，却突然发现了信仰的存在。[①]

婕恩惊叹大峡谷的鬼斧神工，同时为上帝的杰作所震撼。尽管始终对宗教持怀疑的态度，但是在那一瞬间，婕恩还是对上帝的力量产生了无限的崇高与尊敬之情，以至于不禁对自我长久以来的宗教信仰展开了重新审视。当再次眺望大峡谷时，她惊讶地发现一架飞机在峡谷中盘旋，人站在地面上却比飞机还高，也就是说，飞机在地表的下方飞行。这种超乎自然规律的现象，简直太不可思议了，但事实也证明除了人类社会，大自然同样存在着许多科学也无法给出完美解释的现象。婕恩深深地感受到"奇迹"的存在，对人生有了更深刻的感悟。通过旅游，婕恩顿悟："要旅游，享受生活。发掘你是谁以及你能成为什么。探索你自己。"[②]由于对中国传统历史文化的认知欠缺，婕恩对中国形象的刻画十分遗憾地呈现出了西方固有的偏见，但同时得益于出国旅行的伦理选择，婕恩接触与认识了异域风情和他国形象。异国形象及其背后社会历史，促进婕恩建构自我身份并理解自我所在的社会历史文化。因而，异国文化作为他者，成为婕恩更好地认识自己、确认自我身份的存在。婕恩拥有现代女性的自由，可以供她不断地探索未知而又浪漫的不同国度。与此同时，她的探险也并非彻底地突破了传统的界限，这明显地表现在她对两性关系的认识上。

小说大胆利用新旧两代女性对女性主体性及其伦理选择的不同观念进行探索。作为新一代的独立女性，格雷格利的女朋友拉切尔性格强悍、有主见，自我优越感较强，对人类社会中男性的种种劣性进行了无情的嘲讽，将生活中微小如马桶、台阶、梯子、轮胎的设计，乃至社会向女性灌输"不能出入股票交易所"的思想等，都归结为男性为了巩固自身的地位，从而制定了种种压迫和束缚女性的不平等规则。面对女友的质疑和指责，作为男友的格雷格利表示无法认同，反

---

① [英]朱利安·巴恩斯. 凝视太阳 [M]. 丁林棚, 译. 北京: 外语教学与研究出版社, 2018: 116.
② 同上，第 126 页.

而是其母亲婕恩被拉切尔身上这种自信、忘我的直率所吸引。在交谈过程中，拉切尔逐渐凸显其激进的女性主义立场：拉切尔曾因男方在交往中斜着眼看她而对其展开残酷的报复，狠狠地挫败男性的自尊心。作为女性，拉切尔要求在交往中牢牢地把握主动性，超越社会性别压迫，将两性之间的关系归纳为"女人需要男人，就像树需要狗在它下面抬腿尿尿一样"[1]，甚至偏激地蔑视、贬低男性："男人和屎有什么区别。"更为重要的是，拉切尔清醒地将男权制统治对女性的压迫与其背后的政治、金钱联系起来："一切都与钱和政治有关"[2]，关注男权制背后的深层结构，揭示人类社会男权统治的真相。为了得到解放，她宣布从异性恋的传统模式中逃脱出来，大胆地肯定妇女的欲望。在婕恩的眼中，少不更事的拉切尔对事情的判断仍旧是天真的："她同情拉切尔，因为她还很年轻，还无法判定是非曲直；荣耀或者罪责仍在前面等待着她。"[3] 在《凝视太阳》的世界中，独立、冷静、理性的婕恩善于对婚姻、两性关系、自我建构进行反思，从某种意义上预示着新旧两代女性展开对话的理想。婕恩为拉切尔的直率所吸引，然而在下面的内心独白中，她几乎触及了"真相"："人们总说现在的女人有更多的自由、更多的钱和更多的选择。或许不磨练自己的性格，就不可能取得这样的进步。这也就解释了为什么男女间的关系越来越糟，而不是越来越融洽；也就解释了为什么存在如此的敌意，为什么人们总是乐意把敌意称为诚实。或许，婕恩想到，或许还有一个更简单的解释——我已经忘了我的感觉。"[4] 婕恩入木三分、鞭辟入里的分析贯穿整个小说。这种处理方式见证了上一代勇敢女性与新一代叛逆女性的对话。同时，她还认识到女性建构自我身份的重要性——"她需要知道她能够继续做她自己"[5]。事实上，婕恩"一语破的"地指出了当代女性问题的要害，提出了性别伦理重构的现实问题。很明显，小说在讽刺拉切尔的同时，赞许的是婕恩这样集传统与现代女性意识于一体，既有传统女性的牺牲与奉献精神，又有现代女性的独立自主意识，还始终坚守社会习俗和传统文化的底线。

---

[1] [英] 朱利安·巴恩斯. 凝视太阳 [M]. 丁林棚，译. 北京：外语教学与研究出版社，2018：126.
[2] 同上，第146页.
[3] 同上，第149页.
[4] 同上，第145页.
[5] 同上.

在小说结尾，99岁高龄的婕恩与儿子格雷格利乘坐飞机两次观看日落。在登机前，婕恩交予儿子格雷格利一块刻有"婕恩·萨金特·xxx"字样的锡片，对于儿子格雷格利来说，三个 X 代表着母亲深沉的爱，是母亲"坚毅、克制、勇敢，永远不要跨入股票交易大门的"的忠告；而对于婕恩自身而言，三个 X 意味着对自我伦理身份的建构。在人生的暮年，婕恩以乘坐飞机看日落的伦理选择来彰显坦然面对死亡的勇气。起初，儿子格雷格利强烈反对婕恩的计划和选择，认为"这个想法太病态"①，婕恩却坚持这是生命的最后一件事，是"还没完成的奇观"②，是专属于自我的奇观。其实，婕恩身上融合了男女两性的气质，既有女性的温柔、细腻和感性的一面，又有男性的刚强、果断与意志坚定的一面，具体表现在凝视太阳的伦理选择上。当飞机爬升至一定高度并保持稳定时，他们可以看到太阳在巨大的云彩身后徐徐降下，它时而穿越云朵冒出头来耀眼夺目，时而又隐藏在云彩身后，最后缓缓地在他们的视线中消失。面对夕阳西下的场景，60 岁的格雷格利不由自主地感伤起来，悲观的泪水打湿了他的脸庞。99 岁的老母亲婕恩细心地感受到了儿子的恐惧，温柔地"攥着格雷格利的手"③，在无声中给予儿子勇敢生活的勇气，鼓励他勇敢地面对死亡。当飞机再次与夕阳平行，此刻的婕恩与太阳相对而视，她"努力控制自己不眨眼"④，坦然地凝视着太阳直至它完全消失在地平线以下，最后婕恩会心地对着落日"余晖微笑起来"⑤。实际上，小说《凝视太阳》以婕恩选择乘坐飞机凝视太阳落下结束全文具有强烈的象征意义：太阳象征着生命、希望和力量，夕阳西下的寓意是迟暮之年或事物正走向衰落，而婕恩凝视太阳并微笑面对落日余晖，表明了其勇敢地接受并坦然地面对死亡，强烈地感受生命的意义以及存在的有限。在这里，婕恩成功地克服了恐惧，坦然地直面死亡。死亡成为婕恩勇敢、勇气的一种重要推动力，促进其作出心灵成长、心智成熟的伦理选择，完成了自我伦理身份的重构。

可见，巴恩斯之所以给书取名《凝视太阳》是源于文中女主人公的经历。相

---

① [英]朱利安·巴恩斯. 凝视太阳[M]. 丁林棚，译. 北京：外语教学与研究出版社，2018：228.
② 同上，第 230 页．
③ 同上，第 231 页．
④ 同上．
⑤ 同上，第 232 页．

第一章　巴恩斯小说中的性别伦理与伦理选择

对于小说开篇懦弱的普罗瑟从指缝间凝视太阳的手指游戏，文本中敢于真正凝视太阳的只有女主人公婕恩。她将自身"从文化建构的男性气质和女性气质的桎梏里解放出来"[①]，敢于挑战父权制社会对女性的约束，艰难地作出重塑自我身份伦理选择的心路历程，其中包括旅行，甚至是挑战身体的极限，坦然地直面死亡，探索人生的意义，不断地对自我的伦理身份进行重新建构。在此，巴恩斯并非要塑造一个离经叛道的女性形象。相反，这正是新时代的英国女性婕恩实现其伦理身份重构和道德成长的最正确的伦理选择。基于女性身份，她被限制、被束缚、被对象化在不平等的、不对称的性别伦理中，婕恩所能做的便是立足于当下英国的社会文化现实，逐步突破所面临的伦理困境。凭借自我伦理选择，婕恩从传统的家庭束缚中脱离出来，循序渐进地融入当下的英国文化，乃至世界文化之中，以一种波浪式前进的成长历程，为读者展示了一个英国女性实现自我身份重构的成功范例。

巴恩斯热衷于在小说中探讨身份问题，不断探索英国女性是如何重塑自我的成长历程。从青年时完全依靠男性的传统女性，到中年时，这样的身份被打破和颠覆，再到晚年对身份的重构，成为一名具有独立意识和主体意识的新女性，婕恩伦理身份的每一次转化都是一次蜕变和升华。在以第二次世界大战为背景，但涵盖了一百年的英国多元文化背景中，婕恩性别伦理重构的经历在一定程度上也是英国女性不断重构自我的成长历程。二战期间，女性处于附属地位，婕恩基于传统的性别伦理规范建构其妻子、母亲的伦理身份，同时不幸成为家庭暴力的对象，这些都突显了父权制传统中女性所陷入的伦理困境。随着二战的爆发，女性的地位逐步得到了改善和提升。战后，婕恩冲破传统的桎梏，反抗婚姻的束缚，实现经济独立正是英国女性独立、勇敢的见证。同时，婕恩走出国门，环游世界开阔自己的眼界，丰富人生的经历来重构自我身份。在与新一代女性拉切尔的交谈中，婕恩展开了关于两性、婚姻、欲望、政治等相关主题的深入思考与对话。迟暮之年的婕恩，更是凭借超凡的勇气、智慧作出了乘坐飞机观看日落的伦理选择，以自身坦然面对死亡的态度与行动鼓舞儿子积极地面对生活。可见，婕恩终其一生都在对自我伦理身份进行重构。作为英国成长小说，值得肯定的是《凝视

[①] [美]罗斯玛丽·帕特南·童.女性主义思潮导论[M].艾晓明，等译.武汉：华中师范大学出版社，2002：43.

太阳》实现了对女性成长的关注和身份建构的使命。在一定程度上,巴恩斯既继承了英国经典成长小说关注青少年成长的传统,也在英国二战以来长达百年的语境下改写了成长小说,并传达了小说在新时代下重构女性身份和理性社会秩序的伦理意识。

在这两部作品中,巴恩斯通过呈现女性的伦理角色,来回应现实中的性别伦理秩序失衡问题,探索性别伦理危机的出路。在《唯一的故事》中,巴恩斯以女性大胆反抗传统性别观念的制约和束缚,对传统的性别道德伦理以颠覆性的反叛。在《凝视太阳》中,巴恩斯则刻画了懦弱的男性群像以及女性凭借理性的伦理选择,实现自我伦理身份重构和道德成长的过程,颠覆了刻板的性别印象,对两性差异以及两性伦理关系平等进行批判式反省。这两部作品都描述了20世纪60年代前后,英国女性在婚姻、家庭中遭遇了不平等的性别压迫、暴力等的伦理困境。实际上,巴恩斯将女性形象的思想变化放在整个时代的发展中进行考察,小说中的女性书写是对20世纪60年代英国动荡环境和多元文化冲突背景下的性别伦理危机的现实反映与艺术呈现。

因此,巴恩斯在小说中除了描述女性的伦理困境外,还探讨了个体在性别伦理危机面前该如何进行伦理选择的问题。其中《唯一的故事》的女性玛莎以当时的"性解放"思想为契机,以婚外情的方式逃避现实的困境,对传统的性道德进行质疑,追求所谓"自由的爱情、无限的性自由"。玛莎大胆地打破传统家庭、婚姻中的伦理禁忌,以极端、偏激的伦理选择逃避自身遭遇的伦理困境,结果在传统伦理的规约下,她不仅没有解决自身的问题,反而陷入了更大的困境之中。而《凝视太阳》中的女性婕恩则理性地作出了从家庭走向社会的伦理选择,由家庭主妇转变为职业女性,将"勇气"作为一种开放式自我塑造的伦理原则,实现对自我伦理身份的重新建构。可见,巴恩斯这两部作品中对女性伦理选择、身份重构的探寻,记录了女性对性别暴力的反抗、对传统性别观念的颠覆。

这两部小说分别探讨了婚外情、家庭暴力等主题,从伦理的角度审视了特定时期女性的人生。尽管小说的主题是陈旧的,但作者对它的处理是值得注意的。考察小说设定的性别伦理危机,其中一位女性的伦理选择不但没有解决危机,反而陷入更大的伦理困境之中;而另一位女性则突破伦理困境,实现自我伦理身份的重塑。从这个意义上说,巴恩斯在小说中分别探讨了一个失败以及一个成功的伦理选择案例，其用意在于剖析其背后的根源：《唯一的故事》中玛莎的伦理选择表面上给数千年以来的父权制哲学和文化造成了前所未闻的震荡，但并未能彻底推翻传统与权威，在本质上继承和认同传统的性别伦理规范。反叛仅仅显示了现代性革命的历史进程，并没有实现女性意识的觉醒以及女性主体性的建构，未能走出西方传统父权制性别等级秩序对她的规训。女性在这场激进的革命中被赋予了一定权利的同时，也再一次成为传统男性中心主义性别思想利用的工具。因此，我们必须意识到，所谓性解放的话语仍具有浓厚的意识形态，仅仅依靠在爱情、婚姻上的变革是无法取得真正的女性解放，更是无法彻底地、真正地建构起现代性别伦理观念的。而《凝视太阳》中的婕恩敢于挑战父权制社会对女性的约束，艰难地作出重塑自我身份伦理的选择，其中包括旅行，甚至是挑战身体的极限，坦然地直面死亡，探索人生的意义，不断地对自我的伦理身份进行重新建构。基于女性身份，她被限制、被束缚、被对象化在不平等的、不对称的性别伦理中，婕恩所能做的便是立足于当下英国的社会文化现实，逐步突破所面临的伦理困境。在此，巴恩斯并非要塑造一个离经叛道的女性形象。相反，这正是新时代的英国女性婕恩实现其伦理身份重构和道德成长的最正确的伦理选择。可见，作家巴恩斯十分关切女性在面对生活中的性别暴力时，作出的反抗父权制文化中男尊女卑的性别不平等意识、争取自我主体的认证与彰显自我价值的伦理选择。

作家的创作动机在于刻画女性凭借理性的伦理选择，颠覆刻板的性别印象，实现自我伦理身份重构和道德成长。在女性成长历程中，巴恩斯还展开了新旧两代女性的对话，两者一"激进"一"保守"，对性别伦理重构展开了深刻的反思。值得肯定的是，巴恩斯在两部小说中大胆地触及了女性身体、欲望等女性写作中的禁忌，展示了长期以来为传统习俗所不容的题材。巴恩斯以坦率、释放的方式表现两者，是对固有偏见的一大突破，凸显其女性主义立场。巴恩斯在描绘战后新女性形貌的同时，无疑是利用这两大题材对女性主体性及其伦理选择进行探索。此外，与同时代的作家对比，巴恩斯书写了革命启蒙在性别伦理意识上的复杂性，显示出新的伦理道德在女性解放问题上的冲突性和矛盾性：人类社会的演进中，不是简单地以新的性别伦理规范对传统的习俗、性别观念进行替换，多元文化的社会伴随着新的性别伦理秩序对旧的性别伦理的僭越和传统性别伦理对新观念的节制、人对传统哲学的挑战和权力对人的规训等，各种力量此消彼长、分化组合，以实现真正地、彻底地建立现代性别伦理观念的目标。除了探究女性解放外，巴恩斯小说的特色还在于对传统性别伦理身份定义的挑战与颠覆。巴恩斯没有以单一的维度对"性别伦理"进行处理，而是超越了性别二元论，展现出社会建构的伦理范畴之外文学的人性维度。难能可贵的是，巴恩斯的叙事重心并没有集中在对懦弱的男性气质及其错位的伦理身份的无情讽刺与强烈批判之上，而是进一步强调西方传统伦理身份观念的虚妄本质，以及在伦理意义上明确将"伦理选择"作为一种开放式自我塑造的原则，实现对伦理身份的重新建构，引发同时代的作家、读者重新思考新时代下重构女性身份和理性社会秩序的伦理意识。

第二章　巴恩斯小说中的种族伦理与伦理选择

　　巴恩斯的小说从未放弃对社会身份建构、种族意识与族性认同的关注与探讨，种族维度是巴恩斯小说伦理身份书写的另一个重要构成要素。众所周知，英国文学历来不缺乏对异国风情和东方的想象，以考察它与英格兰民族自我认知和文化身份建构的复杂关系。巴恩斯的多部小说是关于东方民族的想象与虚构，所涉及的东方人物形象、地理区域、风土人情体现出明显的种族伦理特征，其中蕴含着巴恩斯对种族伦理的批判与讽刺。巴恩斯的作品刻画了在欧洲中心主义和种族主义的伦理大环境下，普通人在日常生活中无法超越种族偏见、歧视的伦理困境以及少数族裔与其他民族、国家之间畸形的伦理关系，从而呈现出边缘群体、受压迫群体在种族伦理背景下的伦理选择、伦理身份的建构以及良好的伦理关系期许。

　　巴恩斯始终尊重历史和传统，对社会历史事件十分重视，尤其是灾难性历史，自觉面对人文历史上出现的道德滑坡、信仰危机和人文精神淡漠等亟须解决的重大问题，注重紧密联系具体社会历史语境下的伦理表达，从而寻找解决社会上重大社会问题和人生问题的方法。一方面，巴恩斯始终尊重历史和传统，他以小说家的艺术化方式把历史故事引入小说，以批判性的眼光对历史进行重构。小说侧重于对历史的重新阐释，不仅回应了传统的种族主题，而且从当代的角度丰富了内涵，具有强烈的时代意义和伦理内涵。另一方面，除了历史，巴恩斯还将阶级、性别等因素纳入作品之中，将种族伦理与性别、阶级相结合，多维度探析种族伦理的现实意义和伦理取向。小说不但呈现了边缘人物的生死完全掌握在统治阶级手里，弱者缺乏申诉的机会，充分体现出统治阶级对下层人民的霸权政治，而且巴恩斯还以女性的自述揭露出人类中心主义下受压迫者艰难的生存伦理困境，以反讽性对话来揭示现实中的杀戮和暴力，并明确地将边缘群体、弱势群体的艰难处境与集权社会联系起来。作为具有时代精神和文学责任的当代作家，巴恩斯的种族伦理书写展示了英国民族文化的建立和当代表达之间的深刻的连续性，将当代文学作品的种族书写向前推进了一步：他不但着眼于传统的种族主题，探讨了英帝国种族制度的政治、经济、宗教、文化来源、种族偏见及其带来的种族压迫等，而且将种族与阶级、性别、多元文化结合，从多维视域激烈地批判了当代伦理身份的种族主义，呼吁在文明平等的基础之上超越种族隔阂、超越文明冲突，实现文明的交流与互鉴，提倡民族、种族和谐相处，从而构建一种理想意义上的多维度伦理身份认同。

本章将聚焦巴恩斯的《亚瑟与乔治》和《10½章世界史》，探索多元文化下的种族矛盾和伦理身份困境。在《亚瑟与乔治》中，巴恩斯选取了典型案件文学化地再现了发生在19世纪英国的种族偏见事件——"大沃利帮派"案件。巴恩斯重提并解答了一个极具种族伦理取向的问题，即来自苏格兰和印度混血的英国黑人乔治为何身为英国公民却被视为"有罪的东方人"，并因此而遭受种族偏见与迫害？其背后根本的原因在于维多利亚时代伦理环境中东方和西方之间的两极对立：东方是野蛮、非理性、不正常的代名词，而西方则意味着文明、理性与成熟。他者文明与英国文明之间呈现出落后与进步、野蛮与文明之间的强烈对比。这种文化认识和价值的二元对立成为种族伦理的核心。这种种族伦理核心下的白人以高人一等的姿态强加给黑人的种族伦理关系，是英国种族主义者神秘化、他者化乃至妖魔化以黑人为代表的有色公民，暴力地将东方与邪恶、犯罪紧密联系起来，从而对其进行所谓的"法律制裁"。在《10½章世界史》中，巴恩斯从历史事件中汲取灵感，如1816年美杜莎号海南、1840年阿古里地震、1912年泰坦尼克号、1939年圣路易斯号悲剧、1985年圣尤菲米亚游轮被劫持、1986年切尔诺贝利核灾难等，将历史和虚构混合在一起，侧重于对历史进行重新阐释。其中巴恩斯对历史进行重访，不是从官方历史中占主导地位的群体（男性、胜利者、殖民者）角度来书写，而是从一系列被边缘化的群体（女性、受害者，甚至是微不足道的木蠹）的视角来展现边缘群体、受压迫者在压迫者暴力和凝视下的生存空间，展示了种族凝视下他者存在的身份伦理困境，以及种族他者反凝视、重塑自我伦理身份的伦理选择。

这两部探寻种族伦理的作品在叙事策略上具有鲜明的巴恩斯特色。巴恩斯的作品不但具有丰富的思想性和政治性，其在创作风格和形式技巧上的创新与突破也不容忽视。巴恩斯在《亚瑟与乔治》中将个体的伦理身份危机、建构与人物传记、福尔摩斯侦探等叙事策略紧密联系起来，企图通过侦探叙事加强对现实中不公正、不平等的种族压迫进行干预，是对基于白人父权制的种族伦理关系的一种挑战和解构。在《10½章世界史》中，巴恩斯更是大胆突破传统小说与其他文类的界限。该书由十章故事和一章"插曲"（所谓1/2章）构成，虽命名为"世界史"，却没有连贯的故事情节、核心人物等，反而是杂糅了寓言、故事、法律诉讼、书信体、散文等文体。全书在叙事上独具匠心，宛如一幅拼贴画，呈现出了文学实验色彩浓厚的寓言式世界史。因此，探析巴恩斯所运用的戏仿、拼贴、黑色幽默等后现代叙事技巧重返历史的伦理现场，展示了边缘群体在种族他者凝视下的伦理困境，并表现了边缘个体以及群体对极端权力和种族压迫等诸多社会不公现象进行反抗的伦理选择。

在文学伦理学批评的基础上结合后殖民批评来分析，本章的第一节主要以《亚瑟与乔治》为研究对象，聚焦于东方人乔治的生存伦理，实时展示了其在维多利亚伦理环境下所面临的伦理身份危机，讨论巴恩斯如何通过福尔摩斯探案的运用，对基于白人父权制的种族伦理关系进行挑战和解构，分析东方人作为西方文化的他者抗争主流文化，对他们生存的漠视与贬损的伦理选择。第二节以《10½章世界史》为研究对象，聚焦巴恩斯运用不同叙事策略呈现了灾难性历史伦理环境下的种族伦理，对种族、伦理身份、命运共同体等问题展开了深入探讨，对苦难、剥削和迫害背后的欧洲中心主义和种族主义进行强烈的批判。从《亚瑟与乔治》到《10½章世界史》可以发现，巴恩斯在种族伦理问题上关注的不同点与相同点。尽管《亚瑟与乔治》聚焦的是历史上单独的个体亚瑟与乔治的伦理困境与伦理选择；而《10½章世界史》则更多涉及被边缘化、被他者化的群体如何在种族歧视的伦理环境中作出伦理选择，从而建构自身的伦理身份。相同的是，巴恩斯关注历史上的边缘人物种族身份的困境及其作出的伦理选择。

第一节 《亚瑟与乔治》中的个体身份危机与伦理选择

在英国和美国，《亚瑟与乔治》被誉为"巴恩斯最优秀、最引人注目的小说之一"[①]。由英国剧作家大卫·埃德加改编的《亚瑟与乔治》，于2010年曾在伯明翰诺丁汉剧场上演。朱利安·巴恩斯将该小说献给了因创作福尔摩斯而闻名的英

[①] Schiff A J, Barnes J. A Conversation with Julian Barnes[J]. The Missouri Review, 2007, 30（3）: 60-80.

国作家亚瑟·柯南·道尔（Sir Arthur Conan Doyle），并将他与另一个鲜为人知的真实人物伯明翰律师乔治·艾达吉（George Edalji）联系在一起，后者被错误地判定犯有残害马匹罪，而亚瑟帮助他洗清了罪名。

在20世纪80年代，尽管英国经历了一个多元复杂的社会变化，但是试图确定英国民族身份的努力仍在继续。在《亚瑟与乔治》中，巴恩斯始终立足于英国文化、民族精神和民族身份，历史再现了19世纪英国轰动一时的伤马案。这段尘封了200多年的往事再次揭开了英国种族问题的疮疤，显示出浓厚的东西方文化差异与族裔身份认同焦虑。因此，他的作品虽然风格多变，但鲜明的主题是通过文化符号对自我伦理身份进行定位。《亚瑟与乔治》的身份问题蕴涵了丰富的文化内涵，不仅拓展了长期以来以文化为主的民族身份认同传统，而且凸显了人类文明的多样性，引发学界重新思考在文明之间平等的基础上，超越族裔和国家的文化边界，增进不同肤色、民族和国家的理解对话，实现文明的交流互鉴。

英国当代作家朱利安·巴恩斯的《亚瑟与乔治》是一部具有前瞻性地位的小说，但这部作品对历史问题的思考以及对东西方文化差异与族群身份认同的洞见，并未引起相应的关注。"非正统的英国人"亚瑟和乔治通过英国传统的文化表征对自我进行定位，悖论性的伦理身份透露着他们强烈的文化焦虑和认同危机。巴恩斯将西方与东方看作一个整体，在历史重现亚瑟平反伤马案的基础之上诠释了东方主义对民族内部团结带来的毁灭性灾难，在反权威话语和超越文明冲突的建构中为东方他者争取自由、人权的平等地位。作者敏锐捕捉到英国在种族、民族等问题上存在的种种矛盾，揭露了其文明外衣下的罪恶行径，揭开英国种族歧视的面纱，为英国超越族裔和国家的文化边界，重建多维度身份认同构建了理想蓝图。

一、人物传记与非正统英国人的伦理身份危机

身份问题是伦理乃至文化研究中的一个重要议题和视角，民族身份认同是众多伟大作家写作的重心。安德森（Anderson）在《想象的共同体》中指出"民族"只是一个"想象的政治共同体"①。民族身份认同的探讨，更多地通过回到特定的

---

① [美]本尼迪克特·安德森. 想象的共同体：民族主义的起源与散布[M]. 吴叡人，译. 上海：上海人民出版社，2011：6.

第二章 巴恩斯小说中的种族伦理与伦理选择

伦理环境和伦理现场，考察伦理身份在国家文化、民族性格、民族精神、宗教信仰等方面是如何被表征、想象和叙述的。在朱利安·巴恩斯那里，民族身份认同不是致力于历史的重现，而是基于现实情境的需要，借助历史有选择地征用和支配。换言之，巴恩斯取材于英国历史上的真实人物和真实案例来表述和叙述，聚焦于民族、国家的身份认同。其中，《亚瑟与乔治》中人物传记的运用是该小说的出色之处。小说中伦理身份的书写与传记元素联系在一起，按时间顺序叙述19世纪维多利亚时期亚瑟与乔治的生活，强化了文本的双重视角。《亚瑟与乔治》不仅体现了作家的传记创作观念，而且实现了通过两位传主回溯和梳理伦理身份书写的愿望。

《亚瑟与乔治》延续了巴恩斯早期小说中发展的身份主题。更为重要的是，它在清晰的人物传记框架内全面论述了英国维多利亚时代伦理环境下的个人、国家伦理身份的认同危机。这一点在巴恩斯对两位主人公血统的历史还原中可以清楚地看到。由于纯正的爱尔兰血统，亚瑟是地道的爱尔兰族裔身份；乔治·艾达吉则是苏格兰与印度混血儿，其伦理身份是典型的英印混血身份。小说亚瑟与乔治的"血统本身凸显了民族认同的复杂性和建构性"[1]，并延伸到了伦理身份本身的定义。亚瑟·柯南·道尔和乔治·艾达吉都是"非正统的英国人"。然而，亚瑟和乔治·艾达吉都为自己是英国人而感到自豪，但这种民族自信并不能掩盖亚瑟与乔治的伦理身份是依赖于英国文化、民族精神、宗教信仰等观念基础而表征和想象的，这无可避免地给亚瑟和乔治带来了严重的身份危机和伦理问题。作为巴恩斯创作中最根本的问题之一，身份危机和民族想象以不同的表现形式存在其创作中，深刻影响了其文学创作中的人物传记叙事策略和情节主题，表现出他对不同身份的认同与疏离、肯定与否定、接受与拒斥。

亚瑟与乔治是在英国文化的同一性中对自我伦理身份进行确认和想象，对英国民族身份进行找寻和建构。非正统英国人的亚瑟与乔治在对其自身伦理身份的追寻中，通过对英国文化和文明的认同，使"各种文化接触、交往、融合"[2]，从而确立自身的身份。首先，巴恩斯高度肯定了英国民族身份与骑士精神之间的关系，它关系着亚瑟如何通过英国式的文化建构来定位其伦理身份的问题：

---

[1] Krishan, Kumar. The Idea of Englishness: English Culture, National Identity and Social Thought, Burlington[M]. Ashgate Publishing Company, 2015: 310.

[2] 贺玉高. 霍米巴巴的杂交性身份理论研究[M]. 北京：中国社会科学出版社，2012：12.

爱尔兰血统，苏格兰出生，受到荷兰耶稣会士以及罗马教义的教导，亚瑟成为一名英格兰人。英格兰的历史鼓舞了他，英格兰的自由使他骄傲，英格兰板球让他有了爱国之心。英国历史上辉煌壮丽的时期——虽然有很多可以选择——但最伟大的是十四世纪[①]。

对于亚瑟来说，伦理身份不仅关乎国籍，也关乎英国特色的精髓，如自由、尊重法律、为正义而战等。亚瑟对伦理身份的建构，始于学校教育，是一种有意识的选择。在早期阶段，通过对英国历史文化、民族精神的学习，亚瑟从传统的英国价值观、信仰维度对自我伦理身份进行想象和叙述。同时，亚瑟对英国伦理身份的理解，深受其母亲的影响。小说第一部中写道："他永远不会忘记麦片粥搅拌棒子举起来时听到的故事。对于亚瑟来说，英格兰的根种植在永远发光、永不遗忘、历史悠久的骑士世界中。"[②] "骑士世界"一词实际上包含了亚瑟母亲以及大多数英格兰女性对男性气质的认定方式。她对儿子的伦理身份期待是按照英格兰文化体制的伦理标准，她希望儿子能够成为浪漫的骑士，拯救这个已经衰败、贫困的家庭。这个娇小、高贵的女性在亚瑟幼小的心灵根植下了勇敢直前、慷慨忘我的骑士精神，展示了骑士精神与身份认同之间的相互联系。

成年后的亚瑟更是明确地将英雄主义的概念与他创作的福尔摩斯联系在一起。他笔下的福尔摩斯是维多利亚时代的骑士，把侦探作为拯救他人的手段，体现了理性、敏锐、科学和英雄气概。现实中亚瑟本人更是以医疗工作者的身份志愿参与南非的正义之战。亚瑟参战的爱国行为受到了全社会的褒奖，并被国王授予爵位，成为现实中国王的骑士。如果说福尔摩斯侦探故事的成功迅速为亚瑟带来了金钱和名誉，那么爵士封号使亚瑟成为名副其实的现代英国骑士。事实上，"骑士精神"成为英国历史文化和民族精神的象征，亚瑟的伦理身份依赖于骑士精神的文化表征而存在，表明了英国文化是如何塑造民族伦理身份的。通过对英国民族、文化传统的指涉，亚瑟的自传性叙事表明了爱尔兰族裔的文化在场性，自觉将自我伦理身份的认同过程投射到英国的文化身份中去，从而对自我身份进行想象、表征和叙述。因此可以说，骑士精神开辟了一个伦理身份的想象空间，使文化身份的表征与建构成为一个想象、找寻与认同的过程。

---

① [英]朱利安·巴恩斯. 亚瑟与乔治[M]. 乐昊, 张蕾芳, 译. 北京：人民文学出版社, 2007: 29.

② 同上，第29页.

第二章　巴恩斯小说中的种族伦理与伦理选择

《亚瑟与乔治》是一部关于两个人的书，相对于亚瑟·柯南·道尔的声名远播，乔治·艾达吉却鲜为人知。因此，巴恩斯必须重建这位半印度律师的内心世界，历史再现乔治的出身、国籍、教育、宗教和职业。乔治出生在一个苏格兰人与印度人结合的家庭，父亲是郊区牧师，母亲是主日学校的教师。他们住在郊区牧师住宅，不但有花园、母鸡、草坪，还拥有全职女佣，属于典型的"英国中产家庭"。乔治从小被培养成一个典型的英国人：他接受英国教育，用英国人的思维方式思考，用英国人的说话方式说话；作为英国国教牧师的儿子，他深受英国教会思想的熏陶。成年后，乔治更是专心投入到英国法律体系之中，成为伯明翰律师和英国《乘客铁路法》的立法人。对乔治来说，他是一个"自由出生的英国人"。因此，他对英国伦理身份的定义是作为英国人出生和长大的人。在这里，巴恩斯全方位展示了乔治对伦理身份概念的探讨以及对作为一个英国人的意义、英国身份的理解。对于那些不了解他血统的读者来说，乔治是一个典型的英国人，具备典型的英国伦理身份。

在小说中，如果说亚瑟认为英国伦理身份的内核在于14世纪的骑士精神，那么对艾达吉家族来说，英格兰教会才是英格兰的命脉。乔治·艾达吉对英国民族身份内核的理解是由在英国教会担任当地牧师的父亲灌输给他的。乔治父亲与其对话具有很强的指向性，明显地在两种不同的文化中建立起桥梁，如因为肤色差异，担任牧师的父亲一直教育他要牢记自己是一个英国人，他们所在的英格兰是"帝国跳动的心脏"，并将英国教会称之为"通过帝国的动脉和静脉，甚至流到最远海岸的血液"①。艾达吉家族对英国教会的关注体现了民族认同的传统观点：英国民族身份的认同深深根植于基督教的基本原则。可见，艾达吉家族试图通过英格兰教会对自我伦理身份或文化身份进行定位，从侧面反映出其背后对英国伦理身份的强烈文化认同和心理归属感。

颇具讽刺意味的是，乔治对英国伦理身份的坚持与维多利亚时代的主流意识形态背道而驰。在维多利亚的主流意识形态看来，英国化的印度混血儿——乔治在其英国化的面具之后还有一个印度人的本质身份。第一次明确提到乔治的背景不是"正统的英国人"，源自当地的警官向乔治询问在他家门口发现的一把钥匙。

---

① [英]朱利安·巴恩斯.亚瑟与乔治[M].乐昊,张蕾芳,译.北京：人民文学出版社，2007：21.

"姓名？"

"你知道我的姓名。"

"我再说一遍，姓名？"

"……"

"乔治"

"好的。继续说全名。"

"厄耐斯特。"

"接着讲。"

"汤普森。"

"继续。"

"你知道我姓什么。和我父亲一样，我妈妈也是这个姓。"

"我让你接着说。你真是个傲慢的小家伙。"

"艾达吉。"①

巴恩斯通过警察与乔治的笔录工作，展示了乔治姓氏的全过程，强调了姓氏在识别个体身份中所起的重要作用。鉴于乔治的名字是典型的英国名字，所以他姓氏标志着他是东方人。乔治自认为是西方人即英国人，而在他人看来却是东方人。实际上，乔治是印度和苏格兰血统的混血儿，身上流淌着东方血液。有色人种是白人种族偏见的种族异类，该群体被排除在主流或盛行的英国民族身份之外。可见，巴恩斯隐蔽地掩盖乔治背景的过程，具有突出其背后种族、民族骚扰的效果。

因而，乔治的东方血统承载了东方人的生存伦理，实时展示了他们在维多利亚伦理环境下所面临的身份危机。在学生时代，不断有同学莫名地向乔治挑衅，他们不但用肩膀冲撞乔治，甚至蛮横地拽走他的领结。仅仅因为东方血统和肤色差异，乔治在学校遭受了同学们的排挤、孤立。更为严重的是，西方对东方怀着轻蔑、鄙视的情感，戴着种族歧视的眼镜考察东方民族和东方社会。西方有着对东方最负面的刻板印象，判定"东方是西方对立性他者"②。厄普顿警官认定乔治是堕落的、有罪的东方人。所以，他公然地在大马路上毫无根据地控告乔治偷了一把钥匙。面对"莫须有"的罪名，乔治惊慌失措地说他要当律师了。厄普顿警

---

① ［英］朱利安·巴恩斯著. 亚瑟与乔治 [M]. 乐昊、张蕾芳，译. 北京：人民文学出版社，2007：34.

② 罗如春. 后殖民身份认同话语研究 [M]. 北京：中国社会科学出版社，2016：62.

官听了这话，轻蔑地笑了笑，往乔治的靴子上吐了口唾沫，讽刺地回答："律——师？对像你这样的小痞子来说，这是多么了不起的一个词啊。如果厄普顿警官不同意，你以为你还有机会成为一个'律——师'吗？"尽管乔治还是个青少年，无法理解种族主义的本质，但是作为警官的厄普顿始终对乔治怀有根深蒂固的种族歧视和敌意，甚至觉得乔治是低人一等的"小痞子"，强调东方的堕落是与其生物基础的低劣联系在一起的。多年后，乔治如愿地成为伯明翰一个体面的律师，他以为会赢得渴望已久的独立和尊重。不幸的是，他一直都是种族偏见的受害者。乔治想通过蓄胡子获得新地位，反而被两个流氓的法律助理嘲讽为"满楚"[1]，他们甚至以臭名远扬的帕尔默投毒案件来例证"东方人都是有罪的"结论。面对来自法律同行的讽刺和羞辱，乔治天真地卷起袖子来比较他们前臂的肤色作为回应，从而证明他们彼此没有明显的区别。然而乔治所有的努力都是徒劳的，他们不但没有认可乔治的身份，反而嘲笑得更凶狠了。巴恩斯对乔治的传记叙事描述为当时维多利亚时代的社会伦理环境中种族偏见对他的伤害，一方面小说中详尽地展示了拥有东方血统的乔治在边缘化、他者化的生存环境中所面临的伦理身份危机，揭示了西方对乔治"英国伦理身份"的否定和拒斥；另一方面，乔治对自身伦理身份的坚持，唤起了人们对民族认同建构性的关注。

至此，乔治的伦理身份叙事无可避免地引入了种族偏见的新话题。有色人种的历史被巴恩斯重新纳入了历史，有色人种的身份建构与重写《亚瑟与乔治》中乔治的历史相对应。"东方人形象"的乔治不仅被用来审视维多利亚时代非正统英国人的伦理身份危机，而且勾勒出了对英国社会种族歧视的批判。小说在一定程度上探索了主宰西方思想的封闭观念，挑战了英国伦理身份的单一文化建构。

巴恩斯明确地将《亚瑟与乔治》中同名主人公伦理身份的想象、表征与传统的传记叙事联系起来，这种叙事的模式与瓦妮莎·吉涅利（Vanessa Guignery）所描述的相似："巴恩斯的新作将现实和想象混合在一起，这本书一部分是历史，一部分是传记，一部分是小说。"[2] 巴恩斯对人物传记的处理不仅体现了作家的史传创作观念，而且还探讨了他们在伦理身份建构上的意义。虽然对历史上两位真实人物的叙事模式继承了人物传记的书写传统，但巴恩斯最终揭示了《亚瑟与乔

---

[1] [英]朱利安·巴恩斯. 亚瑟与乔治[M]. 乐昊, 张蕾芳, 译. 北京：人民文学出版社，2007: 74.

[2] Vanessa Guignery. The Fiction of Julian Barnes[M]. Palgrave Macmillan. 2006: 129.

治》传记叙事的文化和历史特征，并将其与维多利亚时代的英国身份叙事联系起来。在揭示这种民族身份的建构过程中，巴恩斯从他们将自己作为英国人的伦理意义上探讨了新的历史、文化语境下的英国民族身份诉求。另外，他还继承了前辈侦探小说的传统，历史还原了一系列福尔摩斯侦探的过程。因此，巴恩斯的作品《亚瑟与乔治》蕴含了作者强烈的历史意识，以及坚守和发展当代英国伦理身份的努力。

二、福尔摩斯探案与种族他者的伦理选择

巴恩斯从未停止对形式、风格、主题的实验。除了人物传记外，《亚瑟与乔治》还套用了侦探小说的规约。《亚瑟与乔治》回顾了福尔摩斯探案的叙述惯例，历史重现亚瑟对轰动一时的伤马案展开调查的全过程。小说中这段尘封了200多年的往事再次揭开了英国种族歧视的疮疤。遗憾的是，伤马案中提到的英国种族主义问题至今仍未解决，反而愈演愈烈。所以，巴恩斯对福尔摩斯探案的运用，既是对基于白人父权制的种族伦理关系的一种挑战和解构，也是东方人作为西方文化的他者抗争主流文化对他们生存的漠视与贬损的伦理选择。在历史小说写作的颠覆性问题上，有学者曾说："颠覆是指对代表统治秩序的社会意识的颠覆。"[1] 小说顺应流行文化并试图从内部颠覆它，并以一种更容易为英国读者所接受的侦探小说形式付诸实践。因此，分析《亚瑟与乔治》福尔摩斯探案的叙述惯例，小说的主题似乎也很明确：这种流行的小说形式从内部颠覆了英国种族主义的存在方式，是一套反种族主义的话语代码，更是当时社会伦理环境中东方他者积极追求公平与正义的伦理选择与生存之道。

小说中亚瑟与乔治的生活本无交集。在1903年，这位当时27岁的东方男子因涉嫌对发生在他和家人居住的村子里的几起动物伤害案负责而被捕，这起案件现在被称为"大沃利帮派案"。尽管证据充其量只是间接证据，但乔治被定罪并被判处7年监禁，蒙受不白之冤，在服刑三年后获释。作为英国文化体系中被孤立、异化和放逐的文化他者，乔治积极地作出了向凭借夏洛克·福尔摩斯而声名大噪的作者亚瑟·柯南·道尔求助的伦理选择，希望亚瑟能为自己洗脱"莫须有"的罪名，讨回公道。在这部小说中，亚瑟像在历史上一样，着手证明乔治的清白。

---

[1] 赵静蓉. 颠覆和抑制——论新历史主义的方法论意义 [J]. 文艺评论，2002（1）：14.

第二章 巴恩斯小说中的种族伦理与伦理选择

在熟悉乔治的案宗以及与乔治初次见面之后，敏锐的作家亚瑟看到了案件中的种族因素，相信乔治是无辜的，甚至在他的自传《追忆与历险》中提到了这一点："一个带着混血儿子的有色人种牧师在一个粗野、未开化的教区工作，难免会造成令人遗憾的局面。"[①]然而，乔治对复杂的世界持一种天真的看法，他坚信自己是十足的英国人，所以能理解英国人的观点，将自身案件单纯地归结为民族性格的原因。案件中的种族主义主题被强化，亚瑟与乔治不同的观点指出了两者的区别，正如彼得·查尔兹（Peter Childs）所言："亚瑟是一个在英国把自己看作局外人的局内人，而乔治则是一个把自己看作局内人的局外人。"[②]尽管乔治不认为种族偏见是他所经历的苦难根源，一再拒绝看到伤马案与民族认同之间潜在的紧张关系，但是亚瑟创造了一种新的表达方式来联合他们的侦探事业："你和我，乔治，你和我，我们是……非正统的英国人。"[③]双方都是在非正统英国人的伦理身份下强调以英国侦探的方式追求正义，其在一定程度上具有反抗维多利亚时代权力原则和主流意识的内涵。

福尔摩斯探案是通过否认权威统治过程的策略性颠覆。种族与文化问题贯穿福尔摩斯探案始终，对维多利亚时代的文化研究在以种族为中心的知识和权力机制中显得尤为重要。所以，为了证明乔治的清白，亚瑟充当福尔摩斯，秘书伍德充当华生，并采用了他福尔摩斯探案小说的破案手法，私下侦查轰动一时的伤马案。当亚瑟与伍德乔装打扮暗访有色人种牧师家，牧师的主观陈述向亚瑟展示了在异国他乡，由于强烈的文化对比，种族伦理冲突以一种戏剧化的夸张形式表现出来。牧师和他的印第安家庭生活在英国，一个白人占绝大多数的国家。因此，他们选择居住在一个英国村庄——大沃利村，而不是更具包容性的城市。大沃利村被描绘成一个保守的地方，在那里并不是每个人都喜欢印度牧师。牧师的尊严遭到了蔑视、践踏，他被称为"黑人""黑人牧师"，其工作也遭到了当地居民的抵制："他们不想要一个黑人在讲坛上告诉他们自己是罪人。"[④]村庄居民们的蔑视

---

① [英]朱利安·巴恩斯.亚瑟与乔治[M].乐昊，张蕾芳，译.北京：人民文学出版社，2007：440.
② Peter Childs. Julian Barnes[M]. New York: Manchester University Press, 2011：153.
③ [英]朱利安·巴恩斯.亚瑟与乔治[M].乐昊，张蕾芳，译.北京：人民文学出版社，2007：285.
④ 同上，第105页.

性称呼和抵制行为都明显地指向种族主义色彩的伦理冲突。除此之外，牧师还详细地叙述了乔治及家人源源不断地受到各种骚扰的过程，包括纸条、假订单、以教区名义发布虚假广告和恶意诽谤等。与此同时，多年来一直有匿名信出现在牧师家，其中充斥着大量的辱骂、威胁、宗教咆哮甚至谋杀意图，如"我以上帝的名义发誓，我很快会杀死乔治·艾达吉。如果不引起伤害和流血，上帝也会置我于死地。"①这些都再次证明了英国大沃利地区严重的种族歧视与偏见的伦理环境。透过英国大沃利地区的落后、排外的伦理秩序以及人与人之间的伦理关系，可以观察到当地黑人作为文化他者的艰难存在方式。面对来自该地区各方面的迫害，他们选择向警察求助，并要求对一封威胁要谋杀乔治的匿名信进行调查时，警察无视了他们的请求。更为严重的是，警察被信件的内容说服，毫无证据地推断乔治对匿名信负有责任，以此论证了"这并不仅仅是种族偏见"②。可见，维多利亚时代以种族为中心的知识和权力机制，首先表现在漠视或默许白人对东方人的长期迫害之中。

接着，亚瑟对英国警察以及帝国刻板印象的洞察，不仅仅作为维多利亚时代价值观的表现，而且展示了维多利亚时代帝国主义在管理和统治社会方面，尤其是处理异质性文明时所扮演的角色关系。在乔治被列为匿名信怀疑对象之后，这一时期的另一重大案件——臭名昭著的伤马案开始困扰村子：沃利地区的牛羊马等动物在深夜被人"从肚子处撕裂。呈十字状，大部分只有一个切口。那些牛的乳房也受到损伤。还有一些伤害是在……它们的性器官上"③。这是一桩恶劣的犯罪案。歹徒作案手法暴虐，残忍伤害毫无还击之力的牲口，给整个郡造成了恐慌。警方认为，沃利大暴行是一个奇怪的案例，文明的英国人永远不会做这种事。在维多利亚时代的刻板印象中，英国文明与东方文明之间呈现出进步与落后、文明与野蛮之间的强烈对比：东方民族、东方人是野蛮、非理性、不正常的代名词，而西方则意味着文明、理性与成熟。总之，东方民族、东方人在"任何方面都与盎格鲁-萨克逊民族的清晰、率直和高贵形成鲜明的对比"④。亚瑟在分析伤马案

---

① [英]朱利安·巴恩斯.亚瑟与乔治[M].乐昊,张蕾芳,译.北京：人民文学出版社，2007：59.
② 同上，第54页.
③ 同上，第99页.
④ 罗如春.后殖民身份认同话语研究[M].北京：中国社会科学出版社，2016：62.

时指出，这些刻板印象在维多利亚时代的社会和文化中起着至关重要的作用，并将英国大沃利地区的伤马案与野蛮的东方之间建立起了一个紧密的联系。种族身份在判断一个人是否有罪方面起着重要作用。因而，警方将怀疑的目光转向了作为东方他者存在的乔治。与此同时，指责乔治是一个帮派头目，并且他要对穷凶极恶的伤马案负责的消息在这个地区蔓延开来。于是，基于一种文化他者和种族主义的话语形式，警方开始将乔治列为头号嫌疑人，"将所有的力气花在他身上"①，寻找他们认为能证明乔治有罪的证据。此处，学者韦弗（Weaver）曾一针见血地指出："警方花在证明艾达吉有罪的时间比追查真正的罪犯还要多，无论以何种方式证明艾达吉有罪，无论证据是否稀少。"② 至此，不难看出警察把种族他者和犯罪直接联系了起来。

由此可见，种族为中心的知识和权力机制还"存在于生产'罪犯'这一概念中"③。大沃利伤马案的整个故事是由支离破碎的情节、巧合和假设虚构出来的。因为在没有任何证据表明乔治离开牧师区、没有任何证据将他与被起诉的罪名联系在一起的情况下，在官员的操纵、警察和证人的故意歪曲下，乔治伤马案的"罪犯"身份被无中生有地创造了出来。实际上，警方从一开始就认定乔治是匿名信的作者和伤马案的凶手，所谓公正的法庭只是为了证实这一定论。亚瑟意识到，一个无辜的东方人现在被公然贴上了有罪的标签。因此，亚瑟公然挑战许多公认的乔治·艾达吉丑闻案中的官方事实，颠覆盛行的权势集团的操纵与掩盖，并对伤马案中的间接性证据——如匿名信、离开牧师区前往案发地点、衣服上的毛发以及作案动机——提出了自己的批判性解释和理解。

亚瑟对伤马案的调查以科学为基础，将科学原理和科学方法应用于侦探工作，进一步证明了既定机构所持的种族主义。首先，侦探是一门严谨的科学，亚瑟意识到匿名信和后来的马匹残害行为之间架起了一座桥梁，敏锐的亚瑟认为，匿名案是揭开伤马案背后真相的重要因素。因而，他将这些匿名信件寄给欧洲一流专家——曾参与法国德雷福斯案的林赛·约翰逊博士，让他对匿名信和乔治的笔迹

---

① ［英］朱利安·巴恩斯. 亚瑟与乔治 [M]. 乐昊, 张蕾芳, 译. 北京: 人民文学出版社, 2007: 118.
② Weaver, Gordon. Conan Doyle and the Parson's Son: The George Edalji Case[M]. Cambridge, England: Vanguard, 2006: 42.
③ 贺玉高. 霍米巴巴的杂交性身份理论研究 [M]. 北京: 中国社会科学出版社, 2012: 31.

作一个专业性的科学比较。果然不出所料，报告显示匿名信与乔治的笔记没有明显的一致性。林赛·约翰逊博士的权威鉴定报告颠覆了警察当局认为匿名信是乔治本人有意制造的迷惑行为的假设性判断，以专业方法战胜武断和直觉，用证据排除谎言和伪证，证明了乔治根本没有参与到匿名信之中。可见，警察顽固地把注意力集中在乔治身上，无疑是阻碍了抓捕真凶的过程，而且使他成为自己最大的敌人。事实证明，警察们对于乔治的种族偏见远大于大沃利地区的各种恶作剧和生命威胁。

其次，曾经作为眼科医生的亚瑟，依据自身的就业经验创新性地把自己的论点建立在乔治视力的基础之上，依靠视觉科学来判定乔治在动物残害案中扮演的被动角色。其中，乔治视力检查结果显示：

右眼：8.75 球体屈光度

1.75 圆柱轴心屈光度

左眼：8.25 球体屈光度[①]

视力检验显示乔治具有高度的散光近视。亚瑟认为乔治突出的视力缺陷是所有问题的症结，正如专业眼科医生司各特在信中的判断："像其他近视眼一样，艾达吉先生始终会觉得看任何离他几英尺远的物体都很困难，傍晚到他不熟悉的地方是绝对找不到路的。"[②] 在这里，科学再一次被亚瑟以及杰出的法医作为侦破案件的手段，促使伤马案司法证明中的"人证"让位于"物证"，即视力科学证据。这一证据毫无疑问地推翻了乔治·艾达吉在狂风暴雨的黑夜前往陌生的煤矿并剖开马肚子的判决，从科学的角度确保乔治是无辜的。

同样地，这种颠覆意识使亚瑟在谴责司法话语不公正、严重侵害乔治合法权益的同时，亚瑟对法医巴特在庭审中关于乔治衣服上有马毛的证词发出了疑问："衣服上找到的毛都来自同一部位，也就是肚皮，这偏偏是在安抚着马匹时不会碰到的部位。再说，同样的毛在衣服的不同部位找到——在两只袖子上和左胸上，难道医生一点也没有想过应该能找到马驹其他部位的毛？"[③] 亚瑟非常注重细节，善于利用自己细心观察所发现的痕迹进行逻辑推理。多年福尔摩斯侦探小说

[①] [英]朱利安·巴恩斯.亚瑟与乔治[M].乐昊,张蕾芳,译.北京：人民文学出版社,2007：317.

[②] 同上，第317页.

[③] 同上，第333页.

第二章 巴恩斯小说中的种族伦理与伦理选择

的创作经验，促使他对于警方寄往巴特医生的检测包裹（衣服和马毛）充满了疑问，而这些问题的答案主要是通过法庭外的问答式询问揭示出来的。针对巴特在法庭上提供的证词，亚瑟对巴特医生展开了律师式的盘问，巴特医生强调衣服和马毛是分开包装的，力保证词是建立在严格的科学分析之上。巴特医生排除了混淆证据的可能性，亚瑟意识到："现在只剩下两种选择：在东西分开包装之前警察的马虎，或者在包装时警察恶意混淆证据。"① 离开前，亚瑟询问包裹到达的时间，巴特医生表示在伤马案发生的 12 小时后收到警方的包裹。证据被警察整整扣押了 12 小时，亚瑟坚信这 12 小时里面隐藏着不为人知的答案，并将怀疑对象最终指向了整个斯塔福德郡警察局。可见，警方调查几乎没有给乔治提供司法公正机会的同时，整个警方调查过程充满了可疑性和操纵性。

为了揭开伤马案最后的真相，亚瑟立即登门拜访斯塔福德郡警察局局长安森，安森和亚瑟之间的对话，明显揭示了维多利亚时代伦理环境中根深蒂固的种族主义和极端的文化排他性。作为一名司法工作人员，警察局局长安森毫无根据地判定乔治对那些恶意匿名信和无情的虐畜暴行有罪。安森以一种专横的口吻向亚瑟叙述了乔治的犯罪动机：其一是血统论，安森认为混血会引发"野蛮的返祖现象"②，乔治的印度人血统会沾染上种族他者的野蛮。其二是性格论，安森公开表示乔治是一个孤独的年轻人，既不与异性交往，也不参加任何体育活动。过度膨胀的冲动使其犯下暴力、变态的罪恶。其三是外貌论，安森声称乔治眼球突出与不健康的性欲有关，乔治压抑的性天性是他所有罪行的罪魁祸首。由于维多利亚时代东西方文化差异以及帝国主义思维模式，安森理所当然地神秘化、他者化乃至妖魔化东方民族，暴力地从东方人的血统、性格和外貌判定其罪犯动机。正如文化理论家斯图亚特·霍尔（Stuart Hall）所说的"那种伟大的未言明的英国价值观——'白色'"③，霍尔认为这一价值观在后殖民时代依然存在。安森这种观看东方人的方式显然是"奠基于白人优越感之上的'种族凝视'"④。而安森局长的种族

---

① [英]朱利安·巴恩斯.亚瑟与乔治[M].乐昊，张蕾芳，译.北京：人民文学出版社，2007：335.
② 同上，第364页.
③ Hall, Stuart. Whose Heritage? Un-setting 'The Heritage', Re-imagining the Post-nation[J]. Third Text, 1999 (49): 7.
④ 罗如春.后殖民身份认同话语研究[M].北京：中国社会科学出版社，2016：67.

凝视将各具特色的"东方"抽象概括为类型化的东方形象的同时，还强调了东方人身份与邪恶的联系。小说在此处展示了这样的一种文化痕迹：白人以种族歧视的有色眼镜考察东方民族，东方民族逐渐被赋予了一种永恒的消极性。最终，亚瑟在调查中发现"局长的偏见已渗透到他的手下，致使整个警察局都笼罩在这种偏见之中。当他们逮捕乔治·艾达吉时，他们根本没有给他最起码的公正"[①]。也就是说，正是维多利亚时代大伦理环境下"种族偏见"的主流意识形态与保守的民族认同，造就了乔治·艾达吉的不幸。

有罪东方人的刻板现象在19世纪末的英国文学中经常出现。巴恩斯历史再现著名的伤马案，实现了通过在侦探中颠覆有罪的东方人形象，来对新的伦理环境下英国伦理身份进行反思的意图。巴恩斯以福尔摩斯侦探的小说形式来表现这个丑闻缠身的案例，它不仅展示了东方他者乔治向亚瑟·柯南·道尔求救的伦理选择，承载了维多利亚时代黑人在边缘化、他者化伦理环境中的艰难处境，而且挑战了官方关于乔治·艾达吉是伤马案凶手的定论，深入探讨了司法不公背后东西方文明的差异与冲突，对排他性的文化观念进行激烈的颠覆与批判。可见，《亚瑟与乔治》既保持了福尔摩斯探案的艺术魅力，又融入了作者对新的伦理环境下罪过与无辜、民族与种族的思考。这一切正如雷茨（Reitz）所指出的，"英国侦探，看似一个调查和分析纪律制度的理想代理人，但他本身是一个混合体，是一个关于英国权威意义的深刻文化斗争的场所"[②]。因此，巴恩斯通过探索犯罪小说和英国种族主义之间的联系来审视伤马案的问题，有助于解构而不是强化种族堡垒的这种社会价值，因为将种族主义作为针对种族他者的暴力根源只会加剧根本的种族差异。同时，在当时排斥种族他者的伦理环境下，对英国伦理身份的重新想象几乎是不可能的。在这两种情况下，英国伦理身份的概念仍然是封闭的和单一化的：种族他者以及他者文明应该得到尊重，但当文明冲突发生时，否定或排斥必须向增强不同肤色、民族、国家的理解、对话的伦理关系转变。

---

① [英]朱利安·巴恩斯.亚瑟与乔治[M].乐昊，张蕾芳，译.北京：人民文学出版社，2007：371.
② Reitz, Caroline. Detecting the Nation: Fictions of Detection and Imperial Culture[M]. Columbus: Ohio State UP, 2004：21.

三、重审虐畜案与多维度民族身份的重构

罗伯特·科尔斯（Suruton Roger）曾说："英国人不得不在历史的进程中用可行的方法和关系、现有的符号和概念重塑'英国性'。"[①]千禧年之初的英国不再是传统的、单一的民族，而是被多元文化和多民族的现代英国所代替。因而，当代民族的建构强调通过种族和文化等基本要素来打破权力、社会阶层之间的隔阂，形成各民族、种族和平共处的命运共同体。在某种程度上，《亚瑟与乔治》中的伤马案是维多利亚时代伦理环境下种族偏见的真实写照，因此重审伤马案的过程激烈地批判了英国民族伦理身份的种族主义，超越了种族隔阂、超越了文明冲突，呼吁在文明平等的基础之上实现文明的交流与互鉴，提倡民族、种族和谐相处，从而构建一种理想意义上的多维度民族身份认同。

首先，小说通过亚瑟公开发表的文章指出了艾达吉伤马案中的种族歧视，体现了对英国种族偏见的反叛与批判。亚瑟凭借英国名侦探柯南的名声，在权威的报纸《每日电讯报》上发表了关于大沃利虐畜暴行和恶意匿名信的报告文学，向大众发表了一个大胆颠覆官方权威的言论：被指控为大沃利伤马案元凶的"半印度人"乔治·艾达吉是被冤枉入狱的，对英国司法体系的官方审判进行了推翻。文章展示了19世纪英国黑人的真实状况，揭露了当局和权力机构种族偏见的意识形态：审判期间警察和陪审团立足于乔治的混血身份与原罪，将他定位为邪恶的文化他者，因而被笔迹相似的信件、违背常理的法医证词等旁证说服，从而造成了历史上的冤案。英国官僚制度和权力机制当中的武断态度直接表现出了种族主义者的真面目。

重审伤马案，这是内政部干预乔治案件不公正行为的标志。亚瑟的文章在报刊界不收取版权使用费，使得报刊纷纷转载亚瑟的文章，使得该案件受到了整个英国，乃至全世界的关注，彻底表明：夏洛特·福尔摩斯正在调查伤马案。这些报道在读者中引起了相当大的轰动，引发了公众对乔治不公正判决的强烈抗议。在民众高涨的热情呼应当中，名侦探亚瑟经过详细调查与合理性推断，发表了"针对罗伊登·夏普的调查报告"[②]，并向内政部提交了要求将乔治无罪释放的书面文

---

① Scruton Roger. England: An Elergy[M]. London: Chatto and Windus, 2000: 12.
② [英]朱利安·巴恩斯.亚瑟与乔治[M].乐昊，张蕾芳，译.北京：人民文学出版社，2007: 396.

件。亚瑟认为，乔治案件背后有一个基本的种族偏见动机，这个动机从夏普开始，一直持续到后来的整个诉讼过程。亚瑟不仅要证明乔治是无辜的，而且要将真正的凶手绳之以法。人们呼吁最高的官方组织——内政部采取相应措施，重新调查伤马案。为了平息大众的愤怒，内政部决定成立调查委员会，对乔治·艾达吉案中引起公众不安的事项进行重新审核，并对案件中的程序性问题进行裁定。

然而，内政部的两面性充分展现了英国文化价值体系中的文化一元论，"既有罪也无罪"的最终判决，则象征着当代英国文化一元论观念的信仰危机。迫于公众的愤怒已经上升到要求平反乔治的冤屈，内政部在1907年圣灵降临节之前的周五公布了报告。在官方报告中，委员会指出，由于长时间无法解开案件谜团，"警察从调查开始就是为了找到指控艾达吉的证据"[1]，急于将其抓捕归案。因而在庭审和诉讼过程中造成了一些"缺憾"[2]，即警察的证据存在"前后不符，而且确实是相互冲突"[3]的情况。从这个意义上说，官方公开承认了伤马案在调查过程中存在偏见因素。委员们宣扬了一种社会各种族裔、教会、社群自由而和平相处的宽容、开明的文化价值体系，实质上暗自将黑人的公平正义与自由人权拒之门外。正如凯瑟琳·韦斯（Weese Katherine）所指出的，《亚瑟与乔治》也许不是"一部后殖民小说"，但它可以被解读为"在英国帝国主义的背景下探索西方认识论"[4]的文本。他们拒绝探究背后的种族歧视原因，公然为警察的种族偏见行为辩解。委员会声称在亚瑟的帮助下，宣布给予乔治无罪赦免，但是他们坚持判定乔治是匿名信的作者，认为正是乔治匿名信的诡计使警察感到困惑，犯了错误，拒绝为其提供客观的经济赔偿。最后，政府报告判定乔治"既有罪也无罪"。案件的最终判决是含糊不清、没有明确答案的，这有悖于维多利亚时代英国法律体系所提供的秩序和正义。乔治为从未犯过的罪而获得无罪赦免，但同时被告知应该承受三年牢狱之灾。尽管原先法庭伤马案的错判得到了纠正，但报告不尽如人意，乔治的冤情没有得到真正的昭雪。可见，内政部具有超前性和批判性的同时，它也

---

[1] [英] 朱利安·巴恩斯. 亚瑟与乔治 [M]. 乐昊，张蕾芳，译. 北京：人民文学出版社，2007: 404.

[2] 同上.

[3] 同上.

[4] Weese, Katherine. Detection, Colonialism, Postcolonialism: The Sense of an Ending in Julian Barnes's Arthur and George[J]. Journal of Narrative Theory, 2015, 45(02): 301.

具有一定的妥协性和保守性。委员会的报告猛烈地抨击了维多利亚时代主流社会狭隘、偏见的民族身份认同，半印度人乔治"既有罪也无罪"，最终判决也象征着文化、价值之争背后的英国一元论文化陷入了面临崩溃的危机之中。

除了委员会的官方公告之外，社会大众的努力体现了英国公民对各种族裔、教会、社群和平相处的追求，以及对多种不同的价值观、文化体系秉持宽容、开朗、开放的自觉意识。如果说委员会报告洗脱了乔治不公正的凶手罪名，那么英国大众则从身份认同角度接受了乔治"英国律师"的身份。在英国，误判的案件只有赔偿和道歉才能让他们完全脱罪。很显然，乔治并没有得到真正意义上的公正审判。针对委员会报告，亚瑟气愤地在报刊上连写三篇文章证明乔治不是匿名信的作者，并强烈要求警察局、法庭和内政部为乔治的误判平摊赔偿金。尽管政府拒绝为乔治赔偿，但是媒体和民众都坚定地选择支持乔治完全地洗脱罪名，英国著名报刊《每日电讯报》甚至公开募捐三百英镑给乔治，彻底证明乔治是清白的。英国法律界的大部分律师更是公开为乔治发声，律师协会也同意其恢复英国律师的资格。巴恩斯对乔治与英国社会大众伦理关系的处理，不仅揭示了英国民众重新接纳乔治进入英国社会，对乔治"英国律师"身份的认可，而且更重要的是，英国民众成为否定文化一元论、超越族裔和国家文化边界、支持多元文化要义的主力。小说最终提出了乔治作为一个英国人的立场观点。这对一个三年前因种族偏见而莫名被投入监狱的人来说，意义非凡。此时，乔治的"英国律师"身份成为民族、种族和谐共处的象征，也就具有当代文化多元主义与族群身份认同的意义。

巴恩斯借鉴伤马案重审的历史道路，阐明了构建理想意义上多维度民族身份认同的现实路径。正如安德鲁·泰特（Tate Andrew）所写，"巴恩斯对英格兰的研究代表了一种对国家身份的滑坡和危险性质的探索性参与"[①]。《亚瑟与乔治》通过描写乔治所经历的从"有罪的东方人"到"英国律师"这一身份认同过程阐释了当代民族身份认同的建构。亚瑟呼吁重审伤马案的过程，不仅反映出在民族身份认同问题上维多利亚时代狭隘的、封闭的种族主义局限与危害，而且彰显出尊重他者文明，超越文明冲突，促进异质性文化交流与互鉴。小说的故事核心是关

---

① Tate Andrew. An Ordinary Piece of Magic: Religion in the Work of Julian Barnes[J]. Groes and Childs , 2011: 63.

于犯罪和寻求正义，由于乔治的身份不被认同，他成为英国主流社会中的"他者"和"异类"。无论是警察的态度、带有种族因素的犯罪还是最后官僚和政府的公告，都表明了亚瑟与乔治共同追求公平与正义的过程遇到了强大阻力。单一伦理身份认同所隐含的内在危机是造成乔治·艾达吉悲剧的主要原因。如小说中文森特·肯尼迪先生针对伤马案的判决向议会提出的质疑，蕴含着作者对乔治的人生悲剧与狭隘的伦理身份之间关系的思考："艾达吉先生受到这种待遇是不是因为他不是英国人？"[1]对于乔治来说，造成伤马案悲剧的原因就在于英国主流社会中守旧的、封闭的民族身份认同。作者通过这句质问把乔治的命运与其背后的身份认同联系在一起，其重要意义在于指明了艾达吉案件中的偏见，提出了民族和族裔归属的问题。可见，"半印度人"乔治伦理身份认同问题的症结不在于英国历史的连续性、民族和文化的纯洁性，也不在于自我文化与他者文化之间模糊、晃动的边界，而在于坚定文化自信，尊重他者文明，在文明之间平等的基础上构建多维度的身份认同。

贝奈戴托·克罗齐（Benedetto Croce）曾说过："历史不是关于死亡的历史，而是关于生活的历史……一切历史都是当代史。"[2]通过对重审伤马案的历史书写，作者旨在引起当代人重新思考民族、种族这些现实因素的当代意义。在他看来，传统意义上的英国身份认同已经不能体现当下个人、民族的身份，民族身份认同试图摆脱来自英国主流文化认知范式的束缚和抑制，英国文化应该保持开放的态势，建构一个更加多元的、包容的民族身份认同。通过乔治的不幸经历，巴恩斯旨在强调当代民族身份的构建过程应该是一个建构各民族、种族和平共处的民族共同体过程。对此，海德（Head）认为："在21世纪初出版这本书的姿态表明，100年后的我们如果要实现乔治·艾达吉所遭受的多变的、多元的文化社会，就需要在掌权者中建立一个类似的民族认同"[3]。

结语

朱利安·巴恩斯在福尔摩斯侦探中对伦理身份进行梳理、传承、颠覆和建构，是他对民族文化特征和民族身份进行充分认识与深刻理解的结果。巴恩斯把历

---

[1] [英]朱利安·巴恩斯.亚瑟与乔治[M].乐昊，张蕾芳，译.北京：人民文学出版社，2007：414.
[2] 贝奈戴托·克罗齐.历史学的理论和实际[M].北京：商务印书馆，1982：69.
[3] Head Dominic. Julian Barnes and a Case of English Identity[J]. British Fiction Today, 2006：25.

史、种族、权力等因素引入小说，所创造的小说不仅回应了传统的英国伦理身份，而且从当代的角度丰富了伦理身份的内涵，具有强烈的时代意义。巴恩斯始终尊重历史和传统。因此，他以英国历史上的真实人物为书写对象，通过梳理他们的人生经历，从而将人物与维多利亚时代具有民族文化和民族身份特征的伦理身份联系起来。巴恩斯在历史视域中对身份认同的书写，不仅表现了作者对民族文化传统浓厚的兴趣和感情，而且还表明了作家的时代责任和民族责任。在后现代语境中，巴恩斯试图以福尔摩斯侦探的方式思考英国身份的复杂性，融入了作者对新的历史条件下罪过与无辜、民族与种族的思考，在反权威话语和超越文明冲突的建构中为东方他者争取自由、人权的平等地位。巴恩斯认为"它是一部发生在一百年前的当代小说"[①]。因此，在他的笔下，乔治·艾达吉案已经成为一个隐喻，暗含着东西方文化在平等与尊重的基础上，超越族裔和国家的文化边界，增进不同肤色、民族和国家的理解对话，实现文明的交流互鉴，建构各民族、种族和平共处的民族共同体愿望。

第二节 《10 ½ 章世界史》中的民族身份危机与伦理选择

英国作家朱利安·巴恩斯的《10½章世界史》是当代英语小说的先锋之作，但这部作品对社会伦理问题的深切关怀，以及对种族主义的批判并未得到应有的关注。巴恩斯从灾难性历史事件中汲取灵感，运用了多种叙事策略实现其伦理关怀的诉求：通过戏仿的叙事手法，并置灾难、暴力和战争的历史片段，引导读者重返历史的伦理现场；边缘化群体的碎片拼贴见证了西方根深蒂固的种族主义，展示了种族凝视下他者存在的身份伦理困境；主观叙述者个人化的叙述声音成为种族他者反凝视、重塑自我身份的伦理选择。灾难历史下种族暴力的讲述，有助于在反权威话语和超越文明冲突中建构多元共生的命运共同体。作家力图通过充满人道主义关怀的"灾难书写"为备受种族压迫的边缘群体发声，从而消弭长久以来的偏见和歧视，而这种对各种族裔、社群和平共处的追求以及人类命运共同体的认同，在今天有着重要的启发意义。

---

① Merritt Moseley. Understanding Julian Barnes[M]. Columbia: University of South Carolina, 1997: 71.

1989年，英国作家朱利安·巴恩斯出版了小说《10½章世界史》（*A History of the World in 10½ Chapters*）。这部作品不仅是巴恩斯本人的代表作，被认为是"继《福楼拜的鹦鹉》之后的第二部后现代杰作"，甚至被誉为"一部雄心勃勃的悲喜剧小说"①。但这部在千禧年来临之际发表的英国当代小说，却被轻率地定义为一部缺乏故事连续性、沉迷复古主义以及质疑传统历史书写的后现代主义小说，未得到应有的重视。

《10½章世界史》关注一系列暴力、灾难和战争的历史事件，是一部杂糅了寓言、故事、法律诉讼、书信体、散文、艺术分析等多种文体的"非典型"小说。这种缺乏单一的情节、编年史混乱和叙事连贯性缺失的写作模式看似对新形式的过分追求，实则是对传统叙事范式的挑战，是巴恩斯对神圣历史的独白和极权主义的抵制。这部"非典型"的小说采用了不同叙事策略呈现了灾难性历史伦理环境下的种族伦理，对种族、伦理身份、命运共同体等问题展开了深入探讨，对苦难、剥削和迫害背后的欧洲中心主义和种族主义进行强烈的批判，具有象征性、社会性、文化性和历史意义，对同时代以及后来的文学创作都产生了深远的影响，是名副其实的当代英语小说的先锋之作。

一、戏仿灾难性历史：重返伦理现场

文学伦理学批评强调回到历史的伦理语境，站在当时的伦理立场上解读和阐释文学作品。在文本分析中，注重"在特定的伦理环境中分析和批评文学作品，对文学作品本身进行客观的伦理阐释"②。对于巴恩斯而言，重返伦理现场不仅是他重新审视历史事件和人物的独特视角，更是他对历史伦理问题的艺术表达。在这部作品中，巴恩斯运用了戏仿的叙事策略，重返幸存者、难民所处的伦理现场，重新思考他们在特定伦理现场中所面临的伦理选择。大学教授尼克·本特利（Nick Bentley）认为，"对戏仿、模仿、复古主义的迷恋，对以往形式的自觉意识以及对宏大叙事的普遍怀疑"③，是20世纪90年代流行文化中的普遍态度。戏仿，又称"滑稽的模仿"，是后现代主义文学创作的重要手法之一。作家通过对古典文

---

① Vanessa Guignery. The Fiction of Julian Barnes[M]. London: Palgrave Macmillan, 2006: 61.
② 聂珍钊. 文学伦理学批评导论 [M]. 北京：北京大学出版社，2014：256.
③ Bentley N. British Fiction of the 1990s[M]. London: Routledge, 2005: 4.

学名著、历史事件和人物以及日常生活中的现象进行扭曲变形的、滑稽可笑、夸张性的模仿,从而达到对历史、传统的权威以及小说的范式进行批判、否定和讽刺的目的。在小说《10½章世界史》中,朱利安·巴恩斯便运用了大量的戏仿来唤起读者对苦难、逃亡和死亡的历史记忆,引导读者以戏仿的方式来重构历史,重返集权统治的伦理现场,揭示了个体在强权政治伦理环境下的生存状态。

《10½章世界史》中,最明显被巴恩斯戏仿的文本是《圣经》中的洪水神话。洪水神话是有关受难与救赎的主题,讲述了上帝因为人类罪恶滔天而降下洪水毁灭人类,贤者挪亚得到上帝的启示,建造方舟避难,最终生灵万物得以生还的故事。在《10½章世界史》中,巴恩斯以偷渡者、幸存者木蠹的视角重返洪水灾难时期特殊的伦理现场,详尽地描绘了挪亚在方舟上领导的专横独裁、压迫和暴政。挪亚颁布了一个深不可测的分类法令,将整个动物王国分为"洁净的和不洁净的"①两个等级:洁净动物允许七个上方舟,不洁净的则两个。挪亚选拔动物的目的不是为了动物的异质性、多元性,而是更容易被消化。洁净和不洁净的标准是挪亚的胃口,因为洁净动物将意味着要被挪亚一家人食用。更为严重的是,挪亚"热衷于纯种之说"②,厌恶物种之间跨种族繁育,在航行过程中肆意残杀杂交性动物。偷渡者木蠹的叙述向读者展示了诺亚方舟与其说是一艘神圣的、浪漫的"自然保护区"③性质的游船,更像是惨无人道的"水上餐厅""囚船"④。木蠹的叙述解构了上帝版本或者说官方版本的洪水神话,揭示了洪水神话背后挪亚根深蒂固的种族偏见和歧视,展示了歧视与选择、洁净与不洁净等概念是如何起源于《圣经》和挪亚方舟的。

同时,巴恩斯戏仿的对象是洪水神话中塑造的人物,《圣经》中的挪亚被认为是一个贤明正直、敬畏上帝和拯救众生的形象。反观巴恩斯笔下的挪亚则自命不凡、冷酷狠毒、十分残暴,大肆屠杀地球上的物种,使动物们陷入水深火热之中。作为集权主义和种族主义的暴虐统治者,挪亚毫无怜悯之心:由于嫉妒,用砂锅炖了独角兽;为了惩罚驴和马的杂交,丧心病狂地将驴扔出波涛汹涌的海面强力拖行,导致驴面目全非、奄奄一息等。作者通过偷渡者木蠹观察和记录了动

---

① [英]朱利安·巴恩斯. 10½章世界史[M]. 郭国良, 译. 南京:译林出版社, 2012: 9.
② 同上, 第15页.
③ 同上, 第2页.
④ 同上.

物们在暴虐统治下一系列压迫、苦难和剥削的生存状态，对种族主义和集权主义的人类进行强烈控诉。所以，木蠹讲述了一个看似荒诞，实则充满现实批判的黑色幽默故事，从小人物、边缘者的视角映射出历史上的物种歧视，构建了一个复杂又真实的统治者与被统治者的伦理世界。所以，尽管这一章充斥着幽默、嬉戏，但其基调是阴郁、痛苦、忧愁的。依据弗兰克·克莫德（Frank Kermode）的说法，这意味着"一种机智的后现代悲伤"[1]。

作为一位具有强烈历史意识的当代作家，巴恩斯还戏仿了历史事件——切尔诺贝利核泄漏事件。《10½章世界史》在"幸存者"一章描述了一位女性遭受了核辐射从而展开海上逃离或疯狂幻想的旅程。凯瑟琳关注驯鹿，她的叙述始终围绕历史进程中人类迫害动物的主题。1986年，苏联切尔诺贝利核电站发生爆炸，核辐射被喷射到空气中，对周围的动物、环境和自然等生态环境造成了巨大的危害。除了人遭殃以外，距离俄国不远的挪威驯鹿也一样成为受害者。毒素随雨水降落地表，驯鹿赖以生存的地衣和水源都被辐射物所污染，以至于驯鹿也具有了放射性。幸存的驯鹿生存在高辐射的环境之下，饱受辐射之苦，生命危在旦夕。然而，事故发生后，驯鹿的生命安全被置之度外，人类只关心驯鹿肉核辐射是否危害到自身的安全。为打消大众的安全顾虑，挪威政府将驯鹿肉允许的核辐射含量标准从六百贝克勒尔提高到了六千，然而在一次农业部门的检测中，驯鹿肉的核辐射含量却高达"四万两千贝克勒尔"[2]，严重超过了安全阈值。最后导致的结果是，挪威当局决定屠杀驯鹿，在其"肉骨架上打一长条蓝印子，然后拿去喂水貂"[3]。可见，《10½章世界史》正是通过戏仿让读者反思新时期科技生态危机下动物遭受压迫的历史。

巴恩斯提到的苏联切尔诺贝利核泄漏事件是对真实历史事件的戏仿，他戏仿的灾难性事件批判了人类中心主义。核电站泄漏后给附近人类以及动物都造成了难以估计的伤害，然而在灾难面前，人类却冷酷无情地在杀害动物、残害动物，"把我们的罪过嫁祸于它们"[4]。由此可以看出相对于核辐射而言，人类对动物们的

---

[1] Frank Kermode. Stowaway Woodworm[J]. London Review of Books, 1989(22): 20.
[2] [英] 朱利安·巴恩斯. 10½章世界史[M]. 郭国良，译. 南京：译林出版社，2012：85.
[3] 同上，第86页.
[4] 同上.

伤害更为严重。巴恩斯笔下的主人公凯瑟琳患有持久性受害者综合征[①]，尚且怀有良心和怜悯之心，读者可以通过她对驯鹿悲惨遭遇的同情以及人类的暴力与残忍的叙述之中，体会到她内心深处敏感而又细腻的感情。凯瑟琳真切地、痛苦地体验着核事故以及人类中心主义所造成的一切，并最终精神失常。反观在人类中心主义价值观念驱动下的近代人类，比洪水神话中的挪亚还要凶残，暴虐无道，毫无怜悯之心，甚至不会对自我进行反思。作者通过凯瑟琳的自述以及驯鹿在毫无人性的人类统治下悲惨的生存状态，对极端人类中心主义所引发的生态危机进行强烈的批判，从而对人类文明进步的宏大叙事进行消解，如今暴君已经取代了上帝，天堂变成了"人间炼狱"。巴恩斯不仅将人们对生态环境的破坏归因于科学技术，而且一针见血地指出背后的原因在于人类对利益无底线的追逐。作者通过反讽来揭示杀戮和暴力的现实，否认了历史进程中20世纪高科技发展的因果关系，并明确地将其与集权社会联系起来。

　　小说还戏仿了历史上臭名远扬的圣路易斯号游轮事件，真实地还原了二战爆发前的一个可耻事件。圣路易斯号游轮事件，在历史上又被称为"被诅咒的航程"，讲述了拼命逃离大屠杀的犹太难民最后被送回死亡之地的悲剧。《10½章世界史》中，巴恩斯发挥大胆的想象，通过翔实表现犹太难民在航行过程的心路历程向读者展示了戏仿的叙事策略。这个戏仿的行动正是巴恩斯重回伦理现场的行动，而"圣路易斯号"游轮则是巴恩斯揭示犹太身份背后更深层次的西方种族偏见问题的媒介。小说从犹太移民登上圣路易斯号游轮开始，中间穿插了犹太难民逃离纳粹魔爪时的欢呼雀跃、中转站受挫、重燃希望、精神崩溃而万念俱灰的心理变化，最终被再次送回纳粹集中营，重新跌入"地狱"般的囚牢。历史上的圣路易斯号游轮事件严格按照时间、空间顺序书写犹太难民在西方国家惨遭拒绝的历程，但在《10½章世界史》中，巴恩斯则聚焦犹太难民的心路历程，这意味着犹太难民在反复遭受磨难之后也没有得到所谓的救赎。

　　事实上，巴恩斯在这一章节以高超的叙事技巧揭开了犹太难民悲剧命运背后西方宗教与种族歧视的伦理大环境。1939年5月13日，937名犹太难民搭乘德国远洋客轮"圣路易斯号"逃离纳粹魔爪，游轮从汉堡港出发，目的地是古巴的哈瓦那。他们大多数持有古巴的入境证和美国签证，计划游轮在古巴上岸后取道

---

① ［英］朱利安·巴恩斯. 10½章世界史[M]. 郭国良，译. 南京：译林出版社，2012：113.

逃往美国，寻求政治上的庇护。起初，犹太难民们成功逃出集中营，死里逃生，终于重获自由和光明。他们逃离德国就如同约拿从鲸鱼肚子逃脱，开始重新燃起了生活的希望。犹太难民在圣路易斯号上渐渐放下戒备，宛如"为娱乐目的的旅游者"①一般，尽情地享受整个旅途，甚至在乐队的演奏下举行了传统的化妆舞会，犹太难民们都穿着自己亲手制作的面具来跳舞，场面可是热闹非凡。可见，他们俨然从"原先受人鄙视的贱民转变为寻欢作乐的游客"②。当圣路易斯号驶入古巴的哈瓦那港口后却遭到了拒绝，这些犹太人不被允许上岸。由于古巴政府内部的政治斗争以及对金钱的贪婪，他们将犹太难民早前合法购买的入境证一律作废，强制每个犹太人缴纳五百美元的保证金方可登陆。殊不知，犹太难民们已经被纳粹德国敲诈了大量财富，一贫如洗的他们早已无力缴纳高昂的入境费用。巴恩斯以一种鲜明的英式特色嘲讽方式叙事，在充满狂欢色彩的开场后，轮船不能在古巴登陆，难民们的心情迅速变得沉重和压抑，人性的丑恶在这种尖锐对比中被刻画得无比鲜明。圣路易斯号上的犹太难民深知自由和希望近在咫尺却无法靠近，倍感沮丧。此时，犹太难民的亲戚朋友乘坐小船围绕在游轮四周以诉相思之苦。更感人的是，一只提前从德国过来的猎狐狗因为无法与主人团聚，被抱起来与主人隔着船栏杆深情对视。在这期间，船上绝望的犹太难民们几乎引起了骚乱，甚至有两名难民企图自杀。可见，犹太难民尽管逃出了德国，但是古巴政府却利用政治权力和金钱力量继续操纵着他们。

这艘"让全世界丢脸的船"③圣路易斯号很快证明了——没有一个国家是真心接纳犹太人，全世界的国家和民族未能超越民族、宗教的界限，更未能打破种族偏见的狭隘。在古巴哈瓦那港口上岸受阻后，圣路易斯号掉头向北，从哈瓦那开往迈阿密。犹太难民重新燃起希望，当晚的圣路易斯号重现了往日化妆舞会的欢快气氛。然而，美国以"高失业率和排外倾向"④为由，派遣快艇在海岸拦截圣路易斯号进入美国领海。后来，委内瑞拉、智利、哥伦比亚、阿根廷等整个美洲大陆都拒绝接纳犹太难民，犹太难民所谓逃离苦难的快乐之旅变成了诅咒之旅。走投无路的犹太难民在船上发动起义。他们挟持了船长，准备在靠近港口时火烧游轮，

---

① [英]朱利安·巴恩斯. 10½章世界史[M]. 郭国良, 译. 南京: 译林出版社, 2012: 189.
② 同上.
③ 同上, 第192页.
④ 同上, 第193页.

第二章 巴恩斯小说中的种族伦理与伦理选择

迫使救援国收下他们,但这个计划最终还是失败了。最后,由于无法在美洲大陆登陆,万念俱灰的犹太难民只能重返德国,其中英国、法国、荷兰、比利时勉强接受了部分犹太难民,但他们都再次被转移至各国的集中营,成了压迫和种族主义的牺牲品。犹太难民就是这样一个拼命逃离大屠杀而终究无法脱离暴力和宗教迫害的群体,圣路易斯号揭示了欧洲和西方国家是如何将犹太难民送往死亡之地的。巴恩斯对此进行了戏谑模仿以及猛烈的批判:"全世界的所谓关切只是虚情假意。"① 可见,在"总的欧洲难民形势大背景"② 以及种族偏见的历史语境下,世界各国没有犹太难民的安全避难所,西方主要国家不仅不向犹太移民开放,更没有对纳粹迫害犹太的举止进行谴责。犹太难民无法超越种族偏见和歧视的伦理困境,以及犹太民族与其他民族、国家之间畸形的伦理关系,这些都暗示了犹太难民们在历史的汪洋中孤独漂泊,最终无法实现自身救赎的命运。正如学者杰基·巴克斯顿(Jackie Buxton)所评论的那样,"当代的方舟被证明是对挪亚原始航行的恶意嘲讽"③,圣路易斯号作为"方舟"的当代变体,并没有将犹太难民从灾难中拯救出来,反而把他们送回了欧洲野兽的嘴里。巴恩斯将历史上犹太难民悲惨遭遇的片段呈现在读者面前,鞭挞了这种丧失人性的、不合理的伦理规则,批判了二战前西方国家种族歧视浪潮的荒谬性。

巴恩斯关注世界历史中的暴力、迫害和残忍事件,通过戏仿灾难性事件唤起读者对死亡、压迫等历史记忆,重返集权社会的伦理现场,观察和记录个体在暴虐统治的伦理环境下的生存状态。在巴恩斯看来,世界历史一直是一系列具有讽刺意味的巧合和不幸的事故,强调对文本实行政治、经济、社会的综合研究,改写甚至是重写文学史,对权力角色进行新的认同,张扬历史现实和意识形态的权力话语形成,从而实现文学上的意识形态性、反主流性和政治解码,试图对官方文化进行颠覆。正如格雷戈里·萨莱尔(Greogery Salyer)所说:"有了这种颠覆客观真理然后重新建构它的悖论,巴恩斯又回到了后现代思想的浓重中。"④ 对历

---

① [英]朱利安·巴恩斯. 10 ½ 章世界史[M]. 郭国良,译. 南京:译林出版社,2012:193.
② 同上.
③ Jackie Buxton. Julian Barnes's Theses on History (in 10 ½ Chapters)[J]. Contemporary Literature, 2000, 41 (01): 67.
④ Salyer Gregory. One Good Story Leads to Another: Julian Barnes's A History of the World in 10 ½ Chapters[J]. Literature and Theology, 1991, 5(02): 223.

史的戏仿中具有文化颠覆的意义，对传统的文化进行颠覆和抗争，向主导的意识形态挑战。重返伦理现场不是回归历史，而是"重在分析文学产生的客观伦理原因并解释其何以成立"①，提供一种对历史的阐释，实现伦理意义上的后现代主义。巴恩斯怀着强烈的责任感，对社会历史十分重视，尤其是灾难性历史，自觉面对人文历史上出现的道德滑坡、信仰危机和人文精神淡漠等亟须解决的重大问题，注重紧密联系具体社会历史语境下的伦理表达，从而寻找解决社会上重大社会问题和人生问题的方法。

二、碎片式拼贴：他者凝视下的伦理困境

那么，小说《10½章世界史》中的种族他者在这样特殊的伦理现场中所面临的伦理困境将是什么呢？巴恩斯运用拼贴这一后现代叙事技巧打破传统小说线性叙事的形式结构，将一些毫不相关的历史、生活碎片关联成为一个统一整体，给读者造成审美震撼的同时，更是强化了世界历史中东方在西方的他者凝视下所建构的歧视、偏见刻板形象的伦理困境。可见，作者笔下碎片式拼贴的文本并不是各个部分的简单组合，它们是相互依存的有机整体。正如美国作家唐纳德·巴塞尔姆（Donald Barthelme）所评论："拼贴原则是二十世纪所有传播媒介中的所有艺术的中心原则"，他还进一步解释道，"拼贴的要点在于不相似事物黏在一起，在最佳状态下，创造出一个现实"②。巴恩斯强调"拼贴"艺术手法，10½章，也就是十章以及一个半章插曲构成整部作品《10½章世界史》的一块块碎片，传统小说所遵循的整体性、逻辑性的线性叙事在该作品中无处可寻，展示在巴恩斯作品里的是一个具有片段性、割裂性、零散性的拼贴世界。与此同时，他笔下的文学世界不是封闭的、单一的，而是开放的、异质性的、多声部的。这些割裂又互相关联的碎片充分展示了后现代社会中的支离破碎、错综复杂以及后现代社会中种族他者所面临的种种民族信仰、种族问题和身份异化等伦理困境。

《10½章世界史》中相对于西方的民族、人民为何会面临身份困境的问题呢？这首先与世界历史中特定的价值观念、宗教信仰和道德规范不无关系，但更

---

① 聂珍钊，傅修延，等.文学伦理学与文学跨学科前言（笔谈）[J].华中师范大学学报（人文社会科学版），2022（02）：83.
② [美] 唐纳德·巴塞尔姆.白雪公主 [M].周胜荣，王柏华，译.哈尔滨：哈尔滨出版社，1994：331.

是和外在于西方的民族、人民沦为白人眼中的"他者"紧密相关。作为一部精致的拼贴文本,巴恩斯的《10½章世界史》在小说中运用碎片式拼贴的艺术技巧,把寓言、散文、游记、法律诉讼、书信体等融为一体,从而对多种文体背后的文化一元论进行了批判与反叛。《10½章世界史》以章节为单位,创造了一系列的片段拼贴。小说在第二、第六、第八章等分别展开了种族叙事,其中第二章关注阿拉伯人,第六章聚焦土耳其人,第八章关切印第安人。

首先,巴恩斯通过拼贴人物游记,描述了土耳其人被建构为西方的对立面,是被凝视、被观看、被界定的他者,展示了"自我与他者之间是一种暴力性的凝视关系"①,同时也是人与人之间、民族与民族之间不对等的伦理关系。文本第六章"山岳"讲述了1839年,一名爱尔兰女子阿曼达·弗格森前往土耳其东部的阿勒山朝圣,后来在那里去世的故事。老弗格森上校生前笃信科学,其女儿弗格森小姐则是虔诚的基督徒。《圣经》记载,大洪水过后挪亚方舟停靠在阿勒山。所以,弗格森小姐为了超度父亲的亡灵,雇佣了洛根小姐一同长途旅游去阿古里。在种族主义观念的生产中,包括土耳其在内的东方人成为欧洲和白人自我投射的对立面,尤其是上层社会的白人自我建构的黑暗心理基础。我们可以认识到西方人对包括土耳其人在内的东方人的看法和态度。弗格森小姐和洛根小姐眼中的东方男人是好色粗俗的:在土耳其首都,男人们会用"粗俗的目光盯着"②她们;当洛根小姐到轮船甲板上散步时,"不是一个,而是三个想献殷勤的男人向她搭讪,个个都是鬈头发,散发着一股很冲鼻子的香柠檬味"③。相对于诚信、正义与忠诚的西方人,东方人还被赋予了不讲信用、贪婪、无知、自大等负面的民族特质。在旅程中,土耳其当地不仅有心术不正的海关官员、言而无信的赶骡人、宰客骗钱的黑心旅店主人,还有无知而又狂妄自大的房东等。他们会跟弗格森小姐讨论"英格兰是不是比伦敦小,两者中哪一个属于法国,土耳其海军比英法俄三国海军加在一起还要大多少"④等愚蠢问题。同时,她们将当地居民的善良亲切之举表述为阿谀奉承和逢迎谄媚的代表。当修道院的院长带领她们参观院子时,礼貌性地触碰弗格森小姐的臂肘以示礼节,尽管同行的洛根小姐认为是和善坦诚之举,

---

① 罗春如. 后殖民身份认同话语研究 [M]. 北京:中国社会科学出版社,2016:49.
② [英] 朱利安·巴恩斯. 10½章世界史 [M]. 郭国良,译. 南京:译林出版社,2012:156.
③ 同上,第157页.
④ 同上.

弗格森小姐却"只看到了狡猾谄媚"①。到达阿古里村庄时，热情友善的牧羊人为她们送上酸牛奶，弗格森小姐却认为牧羊人热衷于跟白人打好交道，他们像"甲虫一样""动物式地讨好"②白人。这充分体现了欧洲中心主义思想以及白人优越论，歧视性地将东方定义为"低劣的""未开化"的种族，无法摆脱与生俱来的奴性的动物属性。东方被认为不能成为具有理性与道德的民族，因此也成为西方文明的对立面。事实上，她们还不断地抹黑土耳其人，其中以库尔德人向导为例。这次朝圣活动中，弗格森小姐和洛根小姐聘请了当地库尔德人担任登山的向导，她们将库尔德人想象成为一个邪恶残暴的东方魔鬼，谋划着惊天的阴谋，而且能轻易杀死白种人。当登山中途发生了地震，她们对"库尔德人会拔腿逃跑，但他还是和她们待在一块。说不定他是想等她们睡了再割她们的喉咙"③的阴谋诡计深信不疑，然而相安无事的两人证明了这完全是西方人的强烈种族偏见。所以，依据两位白人小姐的漫游旅程充分而又详尽地描述了作为东方人的土耳其人在西方人眼中的刻板印象：好色、贪婪、无知、狡猾谄媚、是邪恶的化身等。这种被扭曲的"想象性"东方成为验证西方自身的"他者"，这种刻板、贬化的东方形象反过来强加给东方，将东方纳入西方中心权力结构，从而完成对东方的建构。

此外，两位欧洲白人对土耳其文化和文明的期待依旧是按照欧洲父权制文化体系的伦理标准，巴恩斯深入挖掘长久以来以种族偏见为内核的欧洲社会伦理机制与东方生存伦理之间的悖论关系。在"山岳"这一章节中，巴恩斯用大量的篇幅来描写东方异教徒的风俗与宗教。由于阿古里村庄温和宜人，当地种植了大片葡萄园，并将其酿制成葡萄酒，成为附近有名的本地佳酿。然而，按照约定俗成的欧洲中心主义的社会认知，她们认为东方人犯下了不可饶恕的罪恶，东方村民私自"用挪亚栽种的藤上的葡萄"④酿制葡萄酒，老祖宗的葡萄纯汁已经被玷污了，认为这是对神明的"亵渎"⑤。同时，她们还详细地刻画了圣詹姆斯修道院的牧师形象，"身穿带有尖角风帽的蓝色哔叽便袍；胡子很长，已见花白；脚上穿着波

---

① [英]朱利安·巴恩斯. 10 ½ 章世界史[M].郭国良，译.南京：译林出版社，2012：164.
② 同上，第168页.
③ 同上.
④ 同上，第165页.
⑤ 同上.

第二章 巴恩斯小说中的种族伦理与伦理选择

斯羊毛袜和普通便鞋。他一手拿着念珠,另一手折在胸前做出欢迎姿态"①。弗格森小姐不但没有对东方牧师表示尊敬,反而将其做派斥之为"天主教式的"②宗教行为。在欧洲白人弗格森小姐和洛根小姐看来,东方教士纵容当地居民对人齿魔力的迷信,因为基督教堂的缝隙中填满了发黄的门牙和年代已久的磨牙。不容忽视的是,当地的牧师不但"恣意乱改经文的释义"③,甚至厚颜无耻地与他人进行经商行为。他们以黑色护身符假冒挪亚方舟上的文物,极力宣传其背后避邪驱祸的神奇力量,从而达到实现交易的目的。为此,弗格森小姐就东方的民间迷信和教士职责表明了措辞强硬的态度。在这个过程中,欧洲白人以一种居高临下的批判口吻和角度来凝视东方。她们把东方异教徒都描述成丑陋、邪恶的代表,所有的异教徒在欧洲白人的凝视下,都变成了一种与西方格格不入的东方异国形象。

事实上,在西方文明和文化背后,其实有着一种复杂的欧洲中心主义潜意识中对异质性文明、文化的歧视和排斥的伦理秩序。她们自认为欧洲是世界的中心,白种人是世界上最文明的种族,西方文明也是全天下最文明的文化,而东方文明愚昧而落后、东方人则是邪恶又可怕的"他者"。面对两位欧洲白人的阿勒山计划,当地长老遗憾地向她们说明,在当地传统文化当中,阿勒山是民间信仰的象征符号,村民们普遍相信"这座山是神圣的,谁都不应该攀爬到比圣詹姆斯修道院更高的地方去"④。对阿勒山的敬畏作为一种民间信仰的独特文化形式,成为东方传统文化和社会伦理的有机组成部分。可见,攀登阿勒山是对东方民间信仰和传统文化的亵渎,触犯了东方的信仰和文化禁忌。然而,长老却没有将当地的观念和信仰强加给她们,反而将一把手枪借给弗格森小姐,好让她们以备不时之需。相对于东方长老们的大度和宽容,弗格森小姐和洛根小姐反而没有尊重当地的传统文化和社会伦理机制,执意攀登阿勒山。不久,山下发生了剧烈的地震,修道院教堂和阿古里村庄所有的房屋都被摧垮了。两位欧洲白人不仅没有因此而中止攀爬的计划、返回当地援救幸存者,反倒幸灾乐祸起来,认为"这是他们早该料到的惩罚"⑤,理由是东方人违抗了天意,用挪亚栽种的葡萄酿酒,亵渎了神明。由

---

① [英]朱利安·巴恩斯. 10½章世界史[M]. 郭国良,译. 南京:译林出版社,2012:163.
② 同上.
③ 同上.
④ 同上,第167页.
⑤ 同上,第169页.

此可见，欧洲白人到亚洲旅行是为了"证明'上帝的选民'和《圣经》所描述的谱系是确实存在的"[①]。在弗格森小姐这样的欧洲白人看来，只有西方的信仰和文化才值得被尊重，而东方的文明与文化，乃至东方人的性命都是微不足道的。此外，巴恩斯以截然不同的民间信仰，不但展示了欧洲社会伦理机制与东方生存伦理之间的悖论，而且对西方人确立自身在文化上的自我本位进行了强烈批判。

小说的章节名"山岳"是一个高度的隐晦词。它通过以白色人种的西方人作为叙事的主题。除了从字面意思上说明两位西方白人未能找到挪亚方舟停靠的山岳的游记记录外，游记更是针对白人、西方的父权制文化伦理体系，展示了西方与东方、主体与客体、自我与他者的二元对立关系。西方人占据了凝视者的主体地位，而被凝视的土耳其人则成为被物化的客体。这尤其表现在西方对东方的凝视上。这些都表征了西方中心权力结构是横跨在西方与东方之间无法跨越的"山岳"。

此外，小说明显的拼贴还体现在一位现代美国演员查利向爱人讲述在委内瑞拉展开纪实电影《丛林》拍摄的书信体当中。它以书信形式描述了演员查利在纪实电影中饰演19世纪耶稣会中的一位传教士，他们遇到印第安部落，并试图使印第安人皈依传教。在书信中，美国演员查利展示了印第安文明不可思议的原始与落后：印第安部落过着与世隔绝的生活，他们赤身裸体地行走在森林里，身子矫健不凡，仍然保持着狩猎的生存方式。印第安人是没有名字的，他们以部落的名字称呼自己，甚至语言也是没有名称的。这里连收音机也没有，简直是彻底远离现代文明的原始部落的存在。在关于印第安部落的想象和构建中，查利毫不犹豫把它与愚昧、落后联系在一起，其中以当地蒙昧无知的信念最为典型。在印第安部落，往河里撒尿是被禁止的，因为当地人坚信"这里有一种很小的鱼，受到热或者不管什么的吸引，在你撒尿时会顺着你的尿游上来……然后，它就一直游进你的××里……"[②]《丛林》摄影组的工作人员和演员们根本不相信印第安部落这种天方夜谭般的民族习俗，认为这种说法违背常识，落后无知得出奇，甚至无情地嘲笑这是英国电视的玩笑话。美国摄影组人员和演员不顾当地人对河流的敬畏，反而更肆无忌惮地往河里撒尿，对当地的信仰进行任意践踏。他们的行为是

---

① [美] 萨义德. 东方学 [M]. 王宇根, 译. 北京: 生活·读书·新知三联书店, 1999: 99.
② [英] 朱利安·巴恩斯. 10½章世界史 [M]. 郭国良, 译. 南京: 译林出版社, 2012: 201.

对当地习惯和信仰的一种亵渎，这在当地是一种严重的犯罪。他们对印第安部落的认知不是建立在了解当地居民、当地文化的基础之上，而是西方高人一等的优越心理和认知下的一种表达。在美国演员查利这样的人看来，印第安部落本身的文化与信仰无关紧要，他们对印第安部落的认知和知识就是印第安部落。

在美国演员的凝视下，印第安部落除了表征落后、未开化，也与女性堕落的肉体联系在一起。为什么异域女性对西方男性具有如此独特的吸引力？实际上，西方人在踏上这片异域的土壤前，就已经存在一种对当地女性的根深蒂固的幻想。在西方文学中，这些人的生活是罪孽、骄奢淫乱的。他们"把做爱当成是世界上最自然不过的事情，到了生命的尽头就躺下死去"[①]。站在居高临下的视角，西方传统自然地塑造出一个性开放、性放纵的异域世界。美国演员查利的所有印第安部落经历中，不管是令人激动人心的拍摄还是令人失望的原始部落环境，几乎毫无例外地将印第安部落与性编织在了一起。在演员查利的书信里，印第安女人是堕落、淫乱的象征。在森林拍摄过程中，查利邂逅了一个印第安女孩，这个印第安女孩负责教查利学习他们当地的语言。在查利给爱人的书信中，曾多达四次描述到印第安女孩的身体："真的很可人，而且一丝不挂，但我说过，不用担心，小天使，浑身是病，我能肯定。"[②]查利毫不掩饰地夸张了印第安女性身体上的魅力和对她们的疯狂痴迷，却又用极度冷静、理性的语言表现出对她们的鄙视与厌恶。在查利的书信言语中，"漂亮""可人""浑身是病"等与身体关联的词语传达了演员查利对印第安女性的建构。这些称谓将欲望和美的成分与遥远的异域性联结在一起，并夸大了印第安女性的性特征，使得印第安女性成为性欲的代名词。相对于纯洁、文雅、独立的西方女性，查利不仅将西方女性与遥远东方的印第安女性对立起来，而且将她们完全等同于淫乱、病态的欲望肉体。印第安女性作为被暴力凝视的对象则被封锁在碎片化的特质中。正如学者罗春如所指出："暴力凝视的实质是将对象客体化……客体化指的是将某人看作定型化的对象，这个对象失去了自己的个性化差别，只有一般性的模糊本质。"[③]客体化的凝视不再表达的是肯定、关怀，而是要把对象变成物。正是在这种僵化的、客体化的凝视下，印第

---

① [英]朱利安·巴恩斯.10½章世界史[M].郭国良,译.南京：译林出版社,2012：219.
② 同上.
③ 罗春如.后殖民身份认同话语研究[M].北京：中国社会科学出版社,2016：55.

安女性在演员查利的书信中被物化为淫乱、腐败的肉体。印第安女性的形象被固化、捕捉，印第安女性变得既非真正的自我也非他性自我，而是他者绝对差异性想象下的异化群体。

后现代社会的东方在西方凝视下所建构的歧视、偏见的刻板化形象就是种族他者所面对的特殊的伦理困境。巴恩斯深知，只有回到当时的伦理现场，才能真正意义上地了解种族他者在世界历史中所面临的独特伦理困境。所以，作者打破了常规的叙事方式，通过拼贴把游记、书信体等融为一体，呈现出一些碎片、不连续的零散片段，而不是传统小说中连贯的、完整的故事情节，来表达种族他者处于被凝视状态的伦理困境。因此，小说首先要做的是全面、真实地展示种族自我在他人的凝视下成了不得已的对象，揭示他人将种族自我完全置于对象化的伦理境地。正是他人的存在造成了不同种族个体、民族自我世界的分裂，种族自我在他者的"凝视"下，遭到了自身的异化，自我变成了他的存在。少数族裔、边缘群体的身份不但是被建构起来的，而且是以某种"他者"建构起来的。他们深深地感触自身边缘、疆界处的不确定身份，陷入身份问题上的悖论与张力的伦理困境。正是深知这种伦理困境，巴恩斯《10 ½ 章世界史》的进步之处，正如学者生安锋在《霍米·巴巴的后殖民理论研究》中所指出的那样，敢于"质疑压迫者（种族主义者、家长制者、帝国主义者、独裁者）所声称的身份优越性，而边缘群体和受压制群体则可以藉此挑战并重新协商强加他们的他者身份，去争取生存权、叙述权、公民权"[1]。种族他者勇于打破他者的权利凝视，争取自身的解放，对他者的凝视做出反凝视的伦理选择。

三、黑色幽默：反凝视的伦理选择

文学伦理学批评认为伦理选择是文学作品的核心构成。在文学作品中，"伦理选择往往同解决伦理困境联系在一起"[2]，因此伦理选择需要解决伦理困境的问题。面对身份伦理困境的边缘群体必须打破他者的权利凝视，争取自身的解放，对他者的凝视做出反凝视的伦理选择。巴恩斯采用黑色幽默的叙事策略向集权主义的社会意识形态挑战，以一系列边缘化的群体（受害者、妇女，甚至是木蠹虫）

---

[1] 生安锋. 霍米·巴巴的后殖民理论研究 [M]. 北京：北京大学出版社，2011：93.
[2] 聂珍钊. 文学伦理学批评导论 [M]. 北京：北京大学出版社，2014：268.

的高度个人化的荒谬叙述,来颠覆官方历史和政治权利下的他者凝视。在《10½章世界史》特定的伦理环境中,小人物或者说边缘群体的选择并非基于善恶观念的道德选择,而是基于活着的迫切需求,从本质上说是一种生存伦理。作为一个具有思想深度和人文关怀的作家,巴恩斯不但以充满喜剧性的"反英雄人物"发出被排除在上帝、官方历史之外的声音,因此他还重现暴力事件,目的是揭示集权伦理环境下必然导向的伦理选择。

木蠹是这个荒谬世界中的偷渡者,它以高度个人化的主观叙述,不仅对集权主义发出了强烈批判的声音,而且表述了和官方历史截然不同的民族文化认同过程。木蠹回顾了自己因为偷渡得以幸存的残酷记忆。在挪亚方舟的动物选拔中,卑贱、懦弱、不起眼的木蠹一开始就是被挪亚排除在外的他者:"从来没有人选中我。事实上,我和其他几种动物都属特意不选的。"① 为了保全性命,木蠹机智地通过"造船的木匠"② 得以偷渡、幸存和逃脱,全然没有与上帝或挪亚签订不可靠的契约。木蠹的叙述之所以形成幽默感,是因为作为被抛弃者的它们以荒谬的口吻为边缘的、贬化的他者发声,敢于对人类的凝视做出反凝视的伦理选择,对抗挪亚强加给边缘者、小人物的种族伦理进行反抗。木蠹以道德上优越的、自以为是的第一人称口吻讲述了不为人知、不被承认的过去,呈现出"另类"的历史。木蠹首先指出统治者人类利用手中的权力,对于历史记载进行大肆篡改。事实上,上帝降下洪水毁灭世界,雨其实连下了一年半,大水淹没世界的实际时间甚至长达四年,而不是官方宣传的"四十个昼夜"和"一百五十天"③。木蠹的叙述点明了人类随意歪曲历史的荒谬理由在于他们对数字"七"的倍数的特殊癖好。同时,"方舟"实际上是由八条船组成的船队名称,不是众所周知的一条船,这种误导其实是在掩盖挪亚在导航决策上犯了重大失误,八条船丢失了四条,委托给他的动物也丢失了三分之一。木蠹特定的记忆对集权主义的官方历史展开了反凝视的叙述,对官方历史进行纠正,表明了历史是由胜利者书写的。其次,方舟停靠在山顶之后,挪亚从方舟上分别放出一只乌鸦和一只鸽子,让它们探明陆地上的洪水是否已经消退。由于乌鸦的空中飞行能力比鸽子强,乌鸦最先将橄榄枝带回方舟,然而挪亚认为鸽子更适合担任此英雄壮举。所以鸽子以及橄榄枝作为灾难已

---

① [英]朱利安·巴恩斯. 10½ 章世界史 [M]. 郭国良, 译. 南京:译林出版社, 2012:2.
② 同上, 第 7 页.
③ 同上, 第 4 页.

过,大地复苏的珍贵历史记录与象征背后,其实源于挪亚对动物乌鸦的歧视,从而歪曲了历史事实,对客观历史随意篡改。叙述的最后,木蠹对人类的罪行进行了强烈的控告,指出其以谣言来推卸责任的黑色宣传模式:"堕落归罪于蛇;诚实的乌鸦变成好吃懒做;山羊诱使挪亚变成醉鬼。"[①] 人类将责任推到边缘的、懦弱的动物身上,殊不知其阴谋诡计被唯一的叙述者木蠹所粉碎。巴恩斯采用典型的黑色幽默叙事写作手法,以木蠹高度个人化的、自以为是的荒谬声音描述动物们在集权统治下所遭遇的一系列欺骗和压迫,使读者感到滑稽好笑、幽默讽刺,但在阅读过后可以体会到它们所遭遇的恐惧心理和生存焦虑。

与生还者木蠹的遭遇相似,凯瑟琳是从苏联核导弹世界危机中幸存下来的女性。患有持久性受害综合征[②]的凯瑟琳,以幻想的形式对官方历史作出反向凝视的伦理选择。凯瑟琳曾经在挪威的北方生活,因为性格敏感,而且脆弱多疑,核战争爆发的阴影加上因核事故而被毒死后来被屠杀的驯鹿,让她患上了严重的迫害症和抑郁症。凯瑟琳焦虑不安,无法以麻木的、坐以待毙的心态来面对这个疯狂而不可理喻的世界,并为此作出了遗弃大陆、躲入海上方舟逃生的漂流计划。凯瑟琳的精神一直处于高度紧张的状态,尽管她与两只小猫一起在船上度过了最艰难的时光,然而她始终害怕睡觉,因为有关恐怖的梦魇始终困扰着她。由于一直处于发烧的状态,头发"大把大把往下掉"[③],皮肤也在"剥落"[④],手指甚至蜕化成"角斗公鹿的犄角"[⑤],凯瑟琳相信自己也像驯鹿一样中毒了,因此一直活在中毒程度是否"严重到可以在我的背上打一长条蓝印,拿去喂水貂"[⑥] 的生存焦虑当中。依据逻辑可以推测出,凯瑟琳的噩梦乃至迫害症都是核战争的化学物质和精神创伤的结果。

针对幸存者凯瑟琳"口述"的历史,当局正式作出了官方的解释。他们从医学角度证实凯瑟琳是一名精神病患者。病人在"个人生活中的严重压力再加上外部世界的政治危机"[⑦] 的双重压力下身心失调,从而产生了幻想的心理疾病,目前

---

① [英]朱利安·巴恩斯. 10 ½ 章世界史[M]. 郭国良,译. 南京:译林出版社,2012:30.
② 同上,第113页.
③ 同上,第108页.
④ 同上,第106页.
⑤ 同上.
⑥ 同上,第108页.
⑦ 同上,第116页.

在医院接受持久性受害综合征的治疗。关于她经历的叙述，当局认为这一切都是凯瑟琳"虚构"[1]的。他们声称凯瑟琳带着两只猫在海上漂流是出于逃跑所产生的内疚，甚至谎称战争从未发生。然而，对于当局的狡辩，凯瑟琳驳斥道："如果没有发生战争，我干嘛在船上？"[2]正是因为当局的否认与狡猾，凯瑟琳可笑而又讽刺性地采用了"我要装糊涂，再带点忧郁"[3]的策略，幽默地以虚幻的梦中对话形式对当局进行批判："你不能欺骗自己……我们一定要看事物的真相；我们不能再依靠虚构。这是我们的生存之道"[4]。事实上，凯瑟琳还是典型的"末日历史唯物主义者"[5]。在她对所在社会的反抗中，有关迫害、污染的环境意识一直像噩梦般冲击着她的大脑，使她不断地承受着生命中不能承受的压力。在她噩梦般的历史叙述中，"对真实历史进程进行截然相反的描述"[6]，拒绝看到科技发明与历史进步联系起来。针对聪明过头的人类发明这些武器来毁灭自身的做法，凯瑟琳幽默、讽刺地以一只聪明活泼的熊挖陷阱最后自己丧命的寓言故事，来对人类"自己炸自己"的笨蛋行为进行猛烈的批判，认为以生态和人类生命为代价的科技进步不能形成人类历史进程的有效模式。凯瑟琳所讲的故事变成了对人类造成的历史灾难的强烈指控。小说通过幸存者凯瑟琳受害者的形象以及"幻想症"般自述式的描写，揭示了官方历史"虚构"的本质，表明了作者对以集权主义为主体内涵的官方历史的反抗，也表明了作者深刻的忏悔意识和"忧愤深广"的人道主义关怀。作者以彻底的、边缘的、女性的、受害者的立场对世界历史进行了深刻反思，同时对人类的前途表明了深广的忧愤。

除了木蠹、女性受害者凯瑟琳等以荒谬的、好笑的叙述为他者发声外，巴恩斯还表现出了一种种族主义伦理困境下的极端暴力伦理。《10½章世界史》讲述了一个发生在地中海的恐怖袭击故事：黑色雷电组织的几位阿拉伯恐怖分子挟持了"圣尤菲米娅"号游轮，控制了游轮上的所有乘客，要求西方政府释放关押在法国和德国监狱的三名组织成员，否则就杀害人质、炸毁游轮。请求被严词拒绝

---

[1] [英]朱利安·巴恩斯.10½章世界史[M].郭国良，译.南京：译林出版社，2012：116.
[2] 同上，第115页.
[3] 同上，第116页.
[4] 同上，第118页.
[5] 同上，第71页.
[6] 同上.

后，恐怖分子开始杀害人质而逼迫西方政府谈判与妥协。但西方政府并没有退让，反而迅速派出美国特种部队击毙恐怖分子，成功救出了游客们。从传统道德的视角来看，这一章节的故事情节表面上没有聚焦于残酷的种族迫害，相反讲述了阿拉伯恐怖分子挟持游轮的故事。阿拉伯人的暴力冲动不仅不能表现出东方男性的气质，相反很符合被西方白人长期歪曲的"携一杆大号冲锋枪，戴一条红条格头巾"[①]的滥杀无辜的阿拉伯恐怖主义分子形象。那么，巴恩斯为什么要塑造这样一些极端的反英雄人物呢？

其实，巴恩斯在"不速之客"一章中给出了明确的回答。作者正是要用阿拉伯人不道德的极端暴力行为来质疑西方主流文化的道德性，从而开创了一种与白人文化抗争的伦理选择。作为一种豪华的旅游度假方式，"圣尤菲米娅"游轮是西方国家经济实力的象征，主要搭载了美国、英国、加拿大、瑞典、法国、意大利等世界各国富有的游客。这艘游轮将带领游客们展开一场浪漫欧洲的文化之旅。从物质享受到精神升华，所以游轮承载的是西方先进文明与文化的符号意义。因而，对于文明有序的西方世界而言，不速之客——阿拉伯人恐怖分子的到来，中断了这场西方文化盛典，象征着野蛮而恐怖的东方对西方文明、文化的威胁与破坏。

对阿拉伯人来说，暴力行动是他们在无法实现公平正义的西方文化伦理环境下的一种极端伦理选择。在高度紧张的恐怖氛围下，阿拉伯恐怖分子挟持了游轮上的客座讲演者弗兰克林·休斯，可笑又可悲地借讲演者之口，向船上的游客们讲述了被西方世界选择性遗忘的阿拉伯历史、传统文化以及他们对阿拉伯人犯下的暴虐罪行：他们带领游客们回顾了田园般的 19 世纪，阿拉伯民族以游牧为生，素有热情好客的习俗文化，他们宽容地接纳了前来定居的犹太人。然而，英国的"贝尔福宣言"、欧洲犹太移民、第二次世界大战、"六日战争"等灾难事件的连续性爆发，给中东、阿拉伯世界带来灭顶之灾。阿拉伯人谴责以色列掠夺他们的土地，斥责美国扶持以色列经济的行为，认为他们在历史上都对被掠夺者阿拉伯人犯下了"残暴罪行"[②]。极具讽刺性的是，阿拉伯人苦心向游客们宣讲不为人知的、被西方官方历史排除在外的声音，但是"听众中一部分人闷声不响的敌对情

---

① [英]朱利安·巴恩斯. 10½章世界史[M]. 郭国良，译. 南京：译林出版社，2012：40.
② 同上，第59页.

绪……更多的人则是无精打采，好像他们以前听过，而且当时就不信"①。那些过去不被承认的历史记忆，当下仍旧无法被游客们认同。西方始终牢牢地控制着世界上关于国际政治、经济、文化等大事件的流行知识和公众舆论。不言而喻，西方人关于东方阿拉伯人的异国形象早已写就了历史。实际上，西方对东方人的知识进行了轻松而有效的管理。正如萨义德所言，"知识带来权力，更多的权力要求更多的知识，于是在知识信息与权力控制之间形成了一种良性循环"②。可见，在西方霸权控制下的伦理环境中，西方政府在构建伦理秩序中从未以公平、正义的方式对待阿拉伯人，阿拉伯人不得不承受西方的主流文化强行的宣传，以及对阿拉伯世界的污名化、边缘化。

而当下，他们更是有三个自由战士被西方政府非法监禁：战士们搭乘的"民用飞机被美军空军迫降在西西里岛，意大利当局违反国际法，纵容这一海盗行为，逮捕了这三个自由战士；英国在联合国替美国的行为辩护；这三个人现在还囚禁在法国和德国的监狱里"③。西方政府的行为已经触犯了东方与西方之间和平交往的伦理禁忌。阿拉伯人希望西方政府捍卫国际公平正义，希望双方展开谈判，推动国际伦理秩序朝着更加公正合理的方向发展，但是西方大国却拒绝了与他们和谈的机会。可见，在西方文化占主导的伦理环境中，想要展开东西方平等对话的可能性是非常渺茫的。

巴恩斯注意到阿拉伯人身处压迫、荒诞的伦理环境之中，世界历史疏离于本民族的历史与文化。同时，《10½章世界史》也对西方文化和影视传统中反映西方文明有序的主流文化作出回应和回答。他按照屡见不鲜的暴徒形象去反击西方对东方人长期以来的身心的摧残和性格的扭曲。他们正是这样一群荒谬、可笑的"反英雄人物"，以极端的方式与西方文化抗争，尽管殊死一搏，也企图将不为人知、被世界历史遗忘的阿拉伯世界的苦难公之于众。巴恩斯描写暴力，其目的是要促使西方重新考量其建构的文化伦理体系是否真正地合乎道德、合乎国际公平正义。

相似地，第八章"逆流而上"中同样展示了印第安人一种有预谋的、反抗的伦理选择。美国拍摄组前往印第安部落拍摄纪实电影，历史重现两百年前

---

① [英] 朱利安·巴恩斯. 10½章世界史 [M]. 郭国良, 译. 南京: 译林出版社, 2012: 59.
② [美] 萨义德. 东方学 [M]. 王宇根, 译. 北京: 生活·读书·新知三联书店, 1999: 45.
③ [英] 朱利安·巴恩斯. 10½章世界史 [M]. 郭国良, 译. 南京: 译林出版社, 2012: 59.

两位耶稣会牧师前往原始的印第安丛林，并试图使他们皈依基督教的经历。原著居民热情地帮摄影组制造木筏，甚至有十来个印第安人自愿为远道而来拍摄的白人划桨撑篙，用木筏送演员们在河流中逆流而上，从而拍摄成电影。电影主要通过演员马特、查利真实还原历史上两位耶稣会牧师在木筏上争论印第安人"是否有权接受洗礼，使他们的灵魂得到拯救"[1]的观点。其中马特扮演的牧师宣扬要给印第安人洗礼，传播上帝的福音，让野蛮的印第安人变得文明，而查利扮演的牧师则表示反对。按照既定的拍摄计划，两位牧师在木筏上展开针锋相对的激烈争论，争执过程中两位牧师意外从木筏上掉落川流不息的河流之中，其中反对给印第安人洗礼的牧师演员查利不幸去世，而幸存下来的牧师则留在当地驯化印第安人。然而，在实际的拍摄过程中，印第安人并没有按照原计划掀翻筏子（假装）害死反对洗礼的牧师演员查利，反而是坚持传播基督教的牧师演员马特落水后身上的绳子莫名被割断了，演员马特本人真真切切被水淹死了。印第安人不动声色地谋杀了前来传教的传教士。与此同时，印第安人还拿走了摄影组几乎所有的物资，包括衣服、食物、无线电话机等设备，之后便在丛林之中消失得无影无踪了。信奉基督教的西方白人强行为这些异教徒施行洗礼，在拍摄中遭到了印第安人出其不意的攻击，反而拒绝洗礼的白人幸存了下来。可见，这是印第安人一种有预谋的反抗行为。其中发人深思的是，当下传教士在印第安部落的遭遇与两百年前的历史如出一辙。然而，巴恩斯为什么要让拥有先进文明设备的传教士重蹈覆辙，再一次成为野蛮人印第安人手下的受害者呢？

首先，追溯西方文化发展史，白色皮肤和基督教是西方文明与文化的象征和标志。作为传播基督教的白人传教士不远万里前来不开明的原始部落宣传基督教义、传播上帝的福音，宣扬文化艺术。在西方人传统的文化观念中，印第安人被建构为西方文明的对立面，是被观看、被凝视的他者。作为西方文明的推进者和改良者，白人传教士前往印第安部落传播基督教成为一套具有明显种族歧视标志的文化特征。可见，传教士已经构成了一种高度隐晦的文化符号。西方白人意图通过基督教对印第安部落进行文化制裁，从而达到对少数种族的支配地位而捍卫白种人优越性的目的。其次，印第安人清楚地知道，基督教不是简单的宗教信仰，

---

[1] [英]朱利安·巴恩斯. 10½章世界史[M]. 郭国良, 译. 南京：译林出版社，2012：217.

第二章 巴恩斯小说中的种族伦理与伦理选择

传教士也并非"和平的使者",而是与帝国主义、殖民主义并辔而行,充当西方列强文明入侵的先锋队。面对西方国家利用基督教渗透进印第安部落的本土文化,从而对其文化进行彻底同化的强盗行为,印第安人在不动声色的配合演出中给予西方白人以出其不意的反击,从而捍卫自身民族的历史文化。从这个意义上说,印第安人杀死传教士是种族主义伦理环境下必然导向的伦理选择。印第安人的反击行为反映出了数百年以来印第安人对白人的种族心理特征——对白人的恐惧和仇恨。同时,它作为一种伦理选择,证明了印第安人对白人的恐惧和仇恨并非个人情感的产物,而是数百年以来印第安民族以"集体无意识"的形式反抗西方文明入侵,以及西方殖民主义势力扩张的结果。正是白人高高在上的优越感以及东西方文明冲突不断升级,促使印第安人产生了反抗的民族心理,从而促使他们丧失理智而犯罪乃至杀人。巴恩斯利用白人蔑视和界定中"原始得出奇"[①]的印第安人,让这群"文明太原始,甚至还没有认识到表演"[②]的野蛮人可笑地参与到白人拍摄过程中,最后"原始"的印第安人反而轻而易举地反击了白人对其种族歧视和文化入侵。作者以此消解和挑战白人文化传统赋予印第安人的伦理身份,让读者意识到白人是如何自食他们亲自播种的种族偏见恶果的。他们对印第安人进行种族歧视和文明入侵的伦理环境中,白人为自身建构了文明、自由的文明身份,用文化入侵的策略企图对其落后、原始的文明进行彻底的皈化。因此,当高高在上的白人传教士与被禁锢在各类种族伦理的印第安人相遇后,必将成为双方走向悲剧命运的导火线。

《10½章世界史》采用了黑色幽默的叙事策略,表现出边缘化的群体(受害者、妇女、阿拉伯人、印第安人,甚至是木蠹虫)想要挑战、重新协商强加给他们的他者身份,去争取叙述、公平和生存权利的强烈愿望。巴恩斯聚焦这些"反英雄人物"的可笑言行,无论是木蠹、精神病患者凯瑟琳自以为是、荒谬的讲述策略,还是阿拉伯人、印第安人主动对西方作出的反击行为,其实都是被压制的边缘群体在悲观绝望的伦理环境中,为了生存而作出的伦理选择。作为灾难的幸存者,木蠹和凯瑟琳把对人类中心主义的荒诞性和对生存的渴望和意志淋漓尽致地呈现了出来。对于在生死边缘他们得以保命而言,其可笑又荒谬的叙述表征了

---

① [英]朱利安·巴恩斯. 10½章世界史[M]. 郭国良,译. 南京:译林出版社,2012:209.
② 同上,第221页.

被排除在上帝、官方历史之外的声音，选择了为遭受种族歧视的他者发声，揭示了集权主义的一系列种族欺骗和压迫，是一种自由而又艰难的伦理选择。在当时霸权主义和种族偏见的伦理环境中，阿拉伯人和印第安人因备受种族压迫、控制，注定无法通过单方面的叙述获得西方文化所赋予白人公民的自由、平等、民主、公正的权利。于是，反抗成为不受理性意志约束和控制的极端伦理选择。这种极端的伦理选择，不管它是多么的病态与恐怖，但它确确实实地成为当下文化伦理环境的病症。它将数百年以来不为人知的西方霸权主义和种族压迫赤裸裸、血淋淋地公诸于世。从文学伦理学的角度来解读，阿拉伯人和印第安人的命运是与他们生存的伦理环境紧密相连的。它以暴力行为再现了这个充满压迫、危险的以西方主流文化为中心的国际伦理秩序；展现了阿拉伯人的真情实感，刻画了阿拉伯民族以及东方人在西方构建的伦理关系中所承载的暴力、凝视的生存空间以及挣扎在生死边缘的生存困境。而突破这些困境、苦难的方法是依据西方传统文化构建和界定的阿拉伯、印第安人形象去对抗白人强加给他们的种族伦理，从而挑战长久以来偏见、歧视和贬化的他者刻板印象。不可否认，非理性的伦理选择拷问了国际上每一位公民的良心，质疑官方历史对东方、少数族裔妖魔化、他者化的行为。边缘群体阿拉伯人和印第安人非理性的伦理选择，正如学者雷武锋所言，是"对'他者'的压抑和遮蔽"的结果，是"从世界史的荒诞中挣脱出来的"[1]产物。巴恩斯所想要达到的文学效果正是促使读者们不再以简单的善恶、道德与不道德的标准，来看待历史中霸权主义和种族压迫的恶果，而是在真实的、愤怒的边缘群体的极端反抗中，重新考量国际文化伦理秩序的现实和未来。

朱利安·巴恩斯关心社会伦理问题，艺术再现历史上各种不平等的种族主义现象，关注包括一系列边缘群体以及受压制群体在内的伦理困境和伦理选择，《10½章世界史》是其通过书写灾难性历史，表达人道主义伦理关怀的重要方式。朱利安·巴恩斯在叙事上独具匠心，采用了戏仿、拼贴、黑色幽默等的后现代叙事技巧引导读者重返历史的伦理现场，展示了边缘群体在种族他者凝视下的伦理困境，并表现了边缘个体以及群体对极端权力和种族压迫等诸多社会不公现象进行反抗的伦理选择。迄今为止，边缘群体对权威话语和种族偏见的抵制仍然具有积极的现实意义。海登·怀特曾说："当代历史学家必须确立对过去研究的价值，不

---

[1] 雷武锋. 在过去与未来之间：《10½章世界史》中的历史话语 [J]. 外国文学研究，2020：122.

是为过去自身的目的，而是为了提供观察现在的视角，以便帮助解决我们自己时代所特有的问题。"[①]作家力图通过充满人道主义关怀的"灾难书写"为备受种族压迫的边缘群体发声，让读者深刻体会到所谓多元文化主义外表掩盖下的种种偏见和歧视，而在反对霸权主义和强权政治的今天，追求各种民族、国家和平共处以及重建国际道德伦理秩序才是构建人类命运共同体的根基所在。

小结

本章关注小说《亚瑟与乔治》和《10 ½ 章世界史》设定的具体历史背景下人物面临的伦理危机、伦理困境与伦理选择。其中巴恩斯种族伦理书写对种族主义的批判，以及对社会伦理问题的深切关怀主要表现在以下四个方面：

第一，种族伦理书写以非典型人物、被边缘化的群体为主角，聚焦作为种族他者的个体、群体面临的独特伦理困境。在《亚瑟与乔治》中，巴恩斯聚焦了维多利亚时代"非官方的英国人"——具有印度血统的黑人乔治在边缘化、他者化的伦理环境中，因为肤色差异、种族歧视而深陷伤马案的丑闻之中，被定罪并被判处 7 年监禁，蒙受不白之冤。乔治的东方血统承载了东方人的生存伦理，实时展示了他们在维多利亚伦理环境下所面临的身份危机和伦理困境。相似地，从文学伦理学批评的视域审视《10 ½ 章世界史》，学界一直关注的非典型人物、边缘人群在灾难性历史背景下面临的伦理困境、生存伦理等问题均呈现出了全新的历史和现实意义。在文学伦理学批评视域下，巴恩斯塑造一系列被边缘化的群体（受害者、妇女，甚至是木蠹虫）的过程，恰恰是赋予他们尊严与权力的伦理书写过程，并在这个过程中使得边缘群体获得救赎与重生。

第二，种族伦理书写将政治意义和伦理意义相结合，从伦理的意义上明确关注"伦理选择"作为个体能动性地重塑自我生活方式的伦理原则，从而对抗权力机制对主体的塑造与规训。在《亚瑟与乔治》中，巴恩斯以福尔摩斯侦探的小说形式来表现这个丑闻缠身的案例，它展示了东方他者乔治向亚瑟·柯南·道尔求救的伦理选择，不仅承载了维多利亚时代黑人在边缘化、他者化的伦理环境中的艰难处境，而且挑战了官方关于乔治·艾达吉是伤马案凶手的定论，深入探讨了司法不公背后东西方文明的差异与冲突，对种族歧视、种族压迫的文化观念进行

[①] [美]海登·怀特.话语的转义[M].董立河，译.郑州：大象出版社，2011：44.

猛烈的批判。作为西方文化的他者，乔治抗争主流文化对其生存的漠视与贬损的伦理选择最终平反了冤屈，有效地洗脱、颠覆了"有罪东方人"的"莫须有"罪名和刻板印象，达到了追求公平正义的目的，成功地解决了困扰其十多年的伦理困境。在《10 ½ 章世界史》中，作者以深刻的历史意识和"忧愤深广"的人道主义关怀彻底的、边缘的、女性的、受害者的立场，分别从种族、阶级、性别、性、国家等角度以对世界历史进行猛烈的批判。面对集权主义、种族主义的社会意识形态，边缘化的群体（受害者、妇女，甚至是木蠹虫）抑或以高度个人化的叙述，抑或以有预谋的反抗，抑或以暴力复仇等伦理选择去挑战、重新协商强加给他们的种族他者身份，去争取叙述、公平与生存的权利。

第三，巴恩斯种族伦理书写反映了多元文化主义外表掩盖下根深蒂固的种族主义，更是指出了主流社会狭隘的、单一的伦理身份认同背后更深层次的文化价值体系中文化一元论的现实问题。在《亚瑟与乔治》中，巴恩斯历史再现了英国历史上臭名远扬的伤马案，实现通过在侦探中颠覆有罪的东方人形象，来对新的伦理环境下英国伦理身份进行反思的意图。巴恩斯从犯罪小说和英国种族主义之间的联系，来审视多元文化背景下伦理身份构建的现实路径，反映了维多利亚时代伦理环境中根深蒂固的种族主义，更是指出了维多利亚时代主流社会狭隘、偏见的伦理身份认同背后，更深层次的当代英国文化价值体系中文化一元论的现实问题，从而呼吁英国公民、读者们对各种族裔、教会、社群和平相处的追求以及对多种不同的价值观、文化体系秉持宽容、开朗、开放的自觉意识，彰显尊重他者的文明，超越文明冲突，促进异质性文化交流与互鉴，在文明平等的基础上构建多维度的身份认同。

在《10 ½ 章世界史》中，巴恩斯对历史上的种族主义、集权主义下对个体、群体的压迫进行批判。值得注意的是，边缘群体的非理性伦理选择不仅未能解决当下的伦理困惑，反而陷入了更深困惑之中。反英雄人物以非理性的行为来质疑西方主流文化的道德性，从而开创了一种与白人文化抗争的伦理选择。此处，作者的用意并非在于宣扬非理性的伦理指向，而是呈现历史问题来反思当下，促使读者去反思、重新考量西方建构的文化伦理体系是否真正地合乎道德、合乎国际公平正义。巴恩斯所想要达到的文学效果正是促使读者们不再以简单的善恶、道德与不道德的标准，来看待历史中霸权主义和种族压迫的恶果，而是在真实的、

第二章　巴恩斯小说中的种族伦理与伦理选择

愤怒的边缘群体反抗中重新考量国际文化伦理秩序的现实和未来。

第四，巴恩斯种族伦理的书写在叙事策略上具有鲜明的特色。本章不仅重点考察了巴恩斯小说的思想性与政治性，而且也注重其作品中创作风格与形式技巧的探讨。巴恩斯从未停止对形式、风格、主题的实验，在《亚瑟与乔治》中，巴恩斯继承了传统人物传记和侦探小说的叙述惯例规约。正是这种流行的福尔摩斯侦探小说形式，从内部颠覆了英国种族主义的存在方式。作为一套反种族主义的话语代码，侦探形式对基于白人父权制的种族伦理关系的一种挑战和解构，也是东方人作为西方文化的他者抗争主流文化对他们生存的漠视与贬损的伦理选择。总体而言，巴恩斯试图通过侦探叙事策略批评和整合当代伦理身份认同与建构的理论，重构一种多维度民族身份认同范式——超越种族隔阂、超越文明冲突，呼吁在文明平等的基础之上实现文明的交流与互鉴，提倡民族、种族和谐相处，从而构建一种理想意义上的多维度民族身份认同，来纠正社会不公正与种族不公正。在《10½章世界史》中，巴恩斯在叙事上独具匠心，采用了戏仿、拼贴、黑色幽默等的后现代叙事技巧引导读者重返历史的伦理现场，展示了边缘群体在种族他者凝视下的伦理困境，并表现了边缘个体以及群体对极端权力和种族压迫等诸多社会不公现象进行反抗的伦理选择。通过这些叙述策略，传统小说所遵循的整体性、逻辑性的线性叙事无处可寻，展示在巴恩斯作品里的是一个具有片段性、割裂性、零散性的世界。通过这些碎片化、多样性、混杂性和重塑的形式风格，他笔下的艺术世界不是单一的、封闭的，反而是开放的、异质性的、多声部的。这些割裂又互相关联的碎片，充分展示了后现代社会中的支离破碎、错综复杂，以及后现代社会中种族他者所面临的种种民族信仰、种族问题和身份异化等伦理困境。

第五，巴恩斯小说的种族伦理书写，擅长将历史叙事与小说叙事并置、历史事件与当代政治文化并置、小人物的遭遇与官方宏观陈述并置，在真实与虚构、宏观与微观的文学世界中，对社会上不公平的种族歧视、霸权主义等现象进行探析。在两部小说中，巴恩斯大胆地将历史事件融入小说的塑造当中，种族伦理秩序生成与重构、人物的道德取向与伦理选择都离不开历史事件背后特殊的、具体的政治伦理环境，种族伦理书写与政治权力之间有着密切的联系。不同于官方历史由占主导地位的群体（胜利者、男性、殖民者）来书写，巴恩斯种族伦理书写则关注一群被边缘化的群体（幸存者、女性、被迫害者、懦夫，甚至是木蠹虫等）所记录、所见证的那些真实的边缘化经历，呈现出与官方历史截然不同的、互相矛盾的历史版本、叙述声音。木蠹、幸存者、阿拉伯人等与官方历史截然相反的叙述，是对集权主义的抵抗与种族歧视的反抗，颠覆了读者们的传统期待，质疑了历史事实的真实性，还引发了关于谁有权利讲述边缘群体、受压制群体的历史以及如何讲述的问题。与同时代的其他作家一样，巴恩斯的种族伦理小说中也具有鲜明的后现代主义。他们更为关注作为个体经验的、边缘化的、反主流的历史，甚至是充满偶然性、不可知的历史。"历史"不再是没有主体的冰冷空壳，而是由一个个有温度的个体、群体构成。他们聚焦历史语境下个体人生命运故事的同时，并提出了我们能否正确认识过去的问题。不同的是，巴恩斯对历史题材、历史事件等的引入，并非模仿历史学家以科学的方式、客观性地呈现历史，而是通过小说回看历史，对历史进行重新阐释，在与历史进行反讽性对话的过程中，彰显小说的历史批判功能和伦理教诲功能。此外，巴恩斯种族伦理的特色还在于关注暴力、灾难和战争的叙事，探讨重复的灾难历史背后的霸权主义、种族主义等，因为这些事件在整个 20 世纪、21 世纪的当下仍旧充满了回响，它们具有象征性、文化性、社会性、历史性和现实意义。

第三章 巴恩斯小说中的空间伦理与伦理选择

空间研究历来是文学研究与批评的重要议题之一。巴恩斯在小说创作中以"空间"作为切入口，探讨空间所对应的具体历史场景以及空间自身所涉及的生命性与伦理性。20世纪中后期，伴随着"空间转向"的兴起而生发了空间的概念术语与相关的空间研究。空间转向的两位先驱列斐伏尔和福柯肯定了地理学在空间认知中的关键作用，并以社会学视角作为基本方法对空间问题进行重新评判，为人们通过空间问题来审视人类社会提供了一个重要的视角。随着时代的发展与学术研究的不断推进，空间的研究早已突破了空洞的、抽象的现代物理空间维度，不再将空间概念限定在特定范畴内的研究倾向，而是在人文社科领域不断延伸，成为涵盖社会、哲学、心理、美学、文化等维度的广延性概念。除了"传统的空间哲学""空间诗学""空间美学"和"空间理论"[①]等已有的空间研究范式，空间研究也开始逐渐探讨空间形态背后的伦理价值和人文关怀。空间问题与文学伦理学批评的结合，为当下空间的理论范式发展指明了可能的方向。空间视角对文学伦理学批评所关注的伦理困境和身份认同等问题具有重要的借鉴意义，因为伦理身份的建构、伦理选择的困境、伦理身份的重构等一系列文学伦理学批评的重要概念都与空间紧密联系。鉴于空间形态是伦理秩序的一种反映，在当代语境中重新反思空间的伦理性质和伦理干预的切入口，重新思考空间与伦理的特性成为当代作家的叙事自觉和空间指向。

在探讨空间伦理问题时，巴恩斯提倡一种面向人类具体生活的伦理情景，个体选择与道德实践等具有伦理症候的空间研究。空间伦理意味着"空间"与"伦理"之间的内在关系，它不仅指向作品中对空间叙事形式技巧的整合与运用，还蕴含了空间生产过程中的伦理属性。空间是人类生存与发展的基本场域，"人类从根本上来说是空间性的存在者，总是忙于进行空间与场所、疆域与区域、环境

---

① 吴红涛. 空间伦理：问题、范畴与方法 [J]. 深圳大学学报（人文社会科学版），2017（4）：59.

和居所的生产"①。同时，空间也是延续人类伦理道德秩序的场所。空间的主体是有伦理意识的个体，需要伦理的规范。人类的空间性存在包括原始追问：我是谁？我来自哪里？有现实的追问：我该如何生存？又有伦理的追问：人应该如何规范自我行为？伦理关系正是在空间中得以形成与发展，个体的存在方式是由物质空间与伦理空间共同创造的。空间伦理的核心问题是人的问题，空间的问题必然涵盖人与人之间的伦理关系，空间生产最终也将指向人的生存伦理与道德伦理意义。

巴恩斯的作品建构了一系列城市空间、家宅空间、精神空间、文化空间等错综复杂的空间类型，来探讨身份困境与伦理选择。任何伦理性的行为都在特定的空间中得以展开，叙述者、叙述物体的空间位置及其动态转换，展示了伦理主体的生存境况、变换了的伦理规范以及由此产生的伦理困境。一定程度上，空间实践与身份的定位互为表征，巴恩斯作品呈现了在多维空间错综复杂的交织中，人物的伦理身份建构遭遇了各种伦理困境，再现了个体伦理身份建构的艰难历程。主人公的成长经历与空间变化、自我身份探索结合起来，彰显出巴恩斯对后现代社会背景下个体生存状态的伦理关怀。其中，文本空间流动背后蕴含的是个体乃至民族的创伤、记忆与历史，潜藏着人们无意识深处的心理活动与情感张力，历史还原个体在特定的伦理环境中追寻空间归属感与自我伦理身份建构的过程。作者在作品中对形式大胆创新，对现代的历史观念大胆质疑。作品先锋性的形式实验背后凸显了人物巨大的情感张力与所面临的艰难伦理困境。巴恩斯以个人碎片化的叙事方式讲述历史，并通过拼贴、意识流动等方式营造共时性的空间感来追溯特定的伦理环境，蕴含着深刻的伦理指涉。

作为英国作家，巴恩斯继承了英国文化与文学的传统，作品呈现出英国文学的民族特色；同时作家还具有全球视野，对现实世界个体的生存伦理问题进行探讨。巴恩斯文本的空间既指向后现代主义社会下英国人民对自我身份的确认与归属的伦理焦虑，也对文化背景庞杂的社会现实中个体的生存伦理进行重新呈现。同时，空间是各种社会关系的表征，"是社会性的"，"牵涉到再生产的社会关系，亦即性别、年龄与特定家庭组织之间的生物—生理关系，也牵涉到生产关系，亦

---

① [美]迪尔. 后现代都市状况 [M]. 李小科，等译. 上海：上海教育出版社，2004：5.

即劳动及其组织的分化"[①]。空间是意义和价值的载体和表现形式,它不仅关涉政治、经济、文化问题,更是关注其背后深层的伦理问题。作家还呈现了文化遭受权力压迫的历史,压迫性政治制度下的个体回忆其背叛的生活,将自我重新纳入社会历史结构之中,在当代语境中重新反省空间的伦理属性以及空间生产过程中的伦理介入,为重新建构自我伦理身份提供了某种可能性。

本章以《福楼拜的鹦鹉》和《时间的噪音》两部作品为研究对象,巴恩斯通过对空间类型的探索,探索空间生产过程中的伦理介入,回应现实中的空间伦理危机的出路。《福楼拜的鹦鹉》之所以能赢得读者、批评家和学者们的一致好评,除了文本在形式上的实验性和先锋性,如颠覆了传统小说的线性叙事、结合小说与非小说元素,运用了拼贴的手法等;更为重要的是文本所蕴含的深刻伦理哲理,以及在悲痛与平静的叙事中所彰显出的种种人性之美。空间是作品重要的叙事元素,作家设计了多维度的空间形式。巴恩斯以布拉斯韦特在故事空间转换中的身份危机与伦理困境为主线,揭示了叙述者对过去历史真实性的追寻和自我伦理身份建构的诉求。同时,巴恩斯通过考察多维度的文本空间和碎片式的记忆对布拉斯韦特造成的心理创伤和伦理困境,探讨了布拉斯韦特在物理空间和心理空间并置组合从而形成多场域的彼此角力下进行伦理选择的心路历程,从而对多维度空间建构的伦理指向进行了追寻与探讨。在《时间的噪音》中,巴恩斯将"时间"与"空间"紧密结合,以小说独特的时空体形式对现实世界生存伦理问题进行探讨。作家在文本中建构了一个时间浓缩在空间中,空间成为时间见证的时空体形式。通过电梯时空体、飞机时空体和汽车时空体等时空体形式,作品揭示了特殊的历史环境对作曲家肖斯塔科维奇造成的心理创伤与伦理困境,探讨了作曲家艺术追求与艰难的伦理选择过程。

第一节 《福楼拜的鹦鹉》中的空间书写与伦理选择

作为当代英国小说作家,巴恩斯的小说聚焦于记忆选择、身份认同、性别压迫、种族冲突以及历史书写等主题,展现了后现代人类的生存状况与伦理困境,具有重要的文学价值和现实意义。1984年,巴恩斯出版了在形式实验上具有先锋

[①] 包亚明. 现代性与空间的生产 [M]. 上海:上海教育出版社,2003:48.

性的作品《福楼拜的鹦鹉》(*Flaubert's Parrot*)，讲述了退休医生布拉斯韦·特在福楼拜鹦鹉标本的寻访之旅中挣扎生存、找寻自我的故事。作为巴恩斯"在世界范围内最著名的一部作品"[1]，《福楼拜的鹦鹉》赢得了读者、批评家和学者们的一致好评。凭借该部作品，巴恩斯成功跻身英国当代文坛三巨头之列。相较于巴恩斯线性叙述的小说，该作品以英国退休医生布拉斯韦特为核心角色，从空间、伦理等维度为读者描绘了一幅多元场域、混杂流动和协商对话的伦理身份图景。就目前的研究成果而言，学者们较为一致地肯定了布拉斯韦特形象在巴恩斯作品中的特殊性，并以此为切入点进一步发掘文本背后颇具创新意识的叙事手法。通过梳理布拉斯韦特的人物形象，多米尼克·海德（Dominic Head）和彼得·查尔兹（Peter Childs）认为，巴恩斯是以叙述者布拉斯韦特与福楼拜事实和故事之间的关系表现其后现代性，即"互文性、元小说、形式或文本的多样性，以及小说对历史与艺术交叉"[2]。实际上，布拉斯韦特人物形象的积极意义不仅在于对传统文本空间的突破，更在于对多维度空间伦理的建构。空间视角对文学伦理学批评所关注的伦理困境和身份认同等问题具有重要的借鉴意义，因为伦理身份的建构、伦理选择的困境、伦理身份的重构等一系列文学伦理学批评的重要概念都与空间紧密联系。伦理关系正是在空间中得以孕育发展，个体的存在方式由物理空间和伦理空间共同锻造而成。实际上，空间伦理指向的是"人情伦理的空间问题回归"[3]，提倡一种面向人类生活、个体感知以及道德规范等伦理症候的空间研究。在文本《福楼拜的鹦鹉》中，空间是重要的叙事元素，作家设计了多维度的空间形式。巴恩斯以布拉斯韦特在故事空间转换中的身份错位与伦理困境为主线，揭示了叙述者对过去历史真实性的追寻和自我伦理身份建构的诉求。同时，巴恩斯通过考察多维度的文本空间和碎片式的记忆对布拉斯韦特造成的心理创伤和伦理困境，探讨了布拉斯韦特在物理空间和心理空间并置组合，从而形成多场域的彼此角力下进行伦理选择的心路历程，从而对多维度空间建构的伦理指向进行了追寻与探讨。

---

[1] Vanessa Guigner. The fiction of Julian Barnes[M]. Palgrave Macmillan, 2006: 37.
[2] Sebastian Groes & Peter Childs. Julian Barnes Contemporary Critical Perspectives[M]. Continuum International Publishing Group, 2011: 32.
[3] 吴红涛. 空间伦理：问题、范畴与方法[J]. 深圳大学学报（人文社会科学版），2017（04）：61.

一、物理空间的转换与伦理身份建构

《福楼拜的鹦鹉》是一部凸显空间形式的文本。巴恩斯以时间时序的断裂和空间的转换，讲述了布拉斯韦特对福楼拜的鹦鹉标本真实性的空间寻觅的故事。在空间的寻觅中疑团重重，不仅是福楼拜创作中的鹦鹉形象乃至自己作为福楼拜爱好者的身份在陈年旧事中没有越发清晰，反而愈发模糊。空间是"充满了各种意识形态的产物"[①]，"空间分布、地理经验和自我认同三者之间存在相互影响"[②]，空间场所、地理景观与伦理身份认同紧密关联，折射出人与空间之间的道德模式与伦理情景。据此，《福楼拜的鹦鹉》是一部以空间形式来探讨伦理身份的作品。巴恩斯以空间形式的凸显与地点的不断转换揭示了伦理身份的建构。

从文学伦理学批评的角度来看，"所有伦理问题的产生往往都同伦理身份相关。伦理身份有多种分类，如以血亲为基础的身份、以伦理关系为基础的身份、以道德规范为基础的身份、以集体和社会关系为基础的身份、以从事的职业为基础的身份等"[③]。小说文本中，布拉斯韦特在法国多元文化背景下对福楼拜的鹦鹉标本展开调查与遭遇的一系列伦理问题，皆因其独特的伦理身份而引起。在《福楼拜的鹦鹉》开篇，巴恩斯展示了布拉斯韦特对福楼拜感兴趣并因此而展开空间追寻福楼拜的鹦鹉标本真实性的一个原因，是其作为退休医生以及福楼拜爱好者的伦理身份。正因为其福楼拜狂热爱好者的伦理身份，叙述者杰弗里·布拉斯韦特使用侦探的方法，追踪所有已知的线索，试图在现实空间的探寻中揭开福楼拜的生活之谜，以及福楼拜在写作中使用过的鹦鹉标本的真实依据，期望对福楼拜的一生有可靠的认识和了解。然而，恰恰是这么一个没有影响力的、非专业传记作家的退休医生，对福楼拜产生了高度个人化的兴趣，并承担起了探寻福楼拜历史真实性的伦理责任。

首先，巴恩斯最大限度地使用动态的空间迁移和固定的地理定位绘制了一幅空间流动图景。现代文化批评理论认为，"空间并不是人类活动发生于其中的某种固定的背景，因为它并非先于那占据空间的个体及其运动而存在，却实际上为

[①] Lefebvre, H. Reflections on the Politics of Space[A]. In R. Peet (ed.). Radical Geography[C]. London: Methuen. 1978: 341.

[②] Wagner, P. Foreword: Culture and Geography: Thirty Years of Advance[A]In K. Foote(ed.). Re-reading Cultural Geography[C]. Austin: University of Texas Press. 1994: 7.

[③] 聂珍钊. 文学伦理学批评导论 [M]. 北京：北京大学出版社，2014：263.

它们所建构"[1]。文本《福楼拜的鹦鹉》的空间建构正是通过开篇便指涉真实人物和现实的地点——福楼拜和他的故乡，以主人公布拉斯韦特空间迁移的特别视角建构起来的。作为20世八九十年代雄心勃勃的英国小说，《福楼拜的鹦鹉》"对历史有着敏锐的意识，对其意义以及潜在的意义高度关注"[2]。因此，巴恩斯以现实中的地理位置——福楼拜的雕像展开，正是从这个充满着历史时间的场所，主人公布拉斯韦特踏上了探寻福楼拜写作中的一只鹦鹉模型真伪性问题的旅程，整个故事情节脉络都精确地与该地理场所交织在一起。布拉斯韦特前往位于法国鲁昂的主宫医院，这里的博物馆展出了福楼拜当年写作《一颗质朴的心》时曾借出的一个鹦鹉标本："羽毛亮绿，目光炯炯，探着脑袋"[3]，并以福楼拜的书信复印件作为佐证，表明鹦鹉的真实性。然而，当布拉斯韦特到达克鲁瓦塞的福楼拜故居时，他看到了有着"鲜艳的绿色"[4]"温婉而直率"[5]的第二只鹦鹉标本。面对高度相似的两个鹦鹉标本，却只有主宫医院的标本最符合小说《一颗质朴的心》中对鹦鹉的描写，因而主人公布拉斯韦特对第二只鹦鹉的真实性表示质疑，持怀疑的态度。多次社会空间探寻无果后，布拉斯韦特决定到安德里先生家中拜访。作为福楼拜学会的秘书、最资深的会员，安德里先生表明博物馆建立之初曾在馆藏区存放了"五十只鹦鹉"[6]标本。他高度肯定了福楼拜的艺术创造性，驳斥了布拉斯韦特参照小说判定鹦鹉真伪的做法，并指出动物标本的现实保存问题：即标本会随着时间的流逝不可避免地遭到"分解破损"[7]，这种凝聚着历史、记忆和文化的物品本身具有强烈的不确定性。带着疑惑，布拉斯韦特重返博物馆，发现未展藏品区充斥着杀虫剂的味道，原先的五十只鹦鹉标本"如今只剩下三只"[8]。小说《福楼拜的鹦鹉》第一章和小说中的最后一章，主要围绕布拉斯韦特对福楼拜鹦鹉模型的探寻，从法国的城市雕像、医院、博物馆、秘书长的家中，再到博物馆的储

---

[1] 卡瓦拉罗.文化理论关键词[M].张卫东，等译.南京：江苏人民出版社，2006：187.
[2] Del Ivan Janik. No End of History: Evidence from the Contemporary English Novel[J].Twentieth Century Literature. 1995, 41(2): 161.
[3] [英]朱利安·巴恩斯.福楼拜的鹦鹉[M].但汉松，译.南京：译林出版社，2016：8.
[4] 同上，第16页.
[5] 同上，第17页.
[6] 同上，第251页.
[7] 同上，第253页.
[8] 同上，第255页.

藏室，各式各样的物理空间都同样表征着布拉斯韦特试图解开两个地点中鹦鹉标本的谜团问题，向历史真实的主流价值观靠拢的伦理取向。然而，布拉斯韦特的努力并没有收获预期的回报，空间探寻并未能让他寻找到答案，反而揭示了过去没有统一的、唯一的真相，而只有多样性、不确定性的历史观。

其次，小说中布拉斯韦特的空间流动性，不仅体现在他追寻鹦鹉标本的印记，而且还表现为试图在现实空间的探寻中揭开福楼拜的生活之谜。在随后的小说章节中，关于城市空间意象被反复强调。福楼拜的历史伴随着布拉斯韦特的空间置换而确定性丧失的经历，这在历史可靠性和城市空间的关系中可见一斑。小说第三章《谁捡到，就归谁》中，布拉斯韦特专程前往英国伦敦与学者埃德·温特顿会面，原因在于埃德发现了朱丽叶·赫伯特和福楼拜鲜为人知的信件往来，并宣称两人"关系很诱人"[1]。布拉斯韦特将福楼拜传记的追寻比喻成拖网，将福楼拜外甥女的英国家庭教师朱丽叶作为线绳，企图通过这份具有文学价值的一手材料更加准确地打捞起福楼拜的真实形象。二人相约到饭店，埃德向布拉斯韦特描述了福楼拜与朱丽叶之间不为人知的信件内容。与此同时，信件还涵盖了作家福楼拜对"其他作家和公共生活的看法"[2]。布拉斯韦特听后兴奋到不禁开始构想一本名为《福楼拜的英国未婚妻》[3]的书稿。基于资料的重要性，布拉斯韦特打探信件的所在地，埃德却回复"我把它们给烧了"[4]。布拉斯韦特听后，其强烈的不满以及愤怒的内心活动揭露了他对福楼拜私人历史"高度个人化的兴趣"[5]："这个罪犯、骗子、失败者、谋杀犯、秃头的纵火犯知道他在对我做什么吗？"[6] 显而易见，埃德的疯狂行为一定程度上消除了布拉斯韦特寻找关于福楼拜真相权威性的可能。

文本中另一个反复强调的空间意象是火车。火车这一意象触发了关于身份的联想，福楼拜身份的认同与追寻在很大程度上来自他与现实的地域关系和空间距离。铁路对于福楼拜传记来说是重要的，因为福楼拜在旅行日记中记录了他与情人露易斯·科莱通过火车约会的事实。因而，布拉斯韦特决定重走福楼拜的旅程，

---

[1]　[英]朱利安·巴恩斯. 福楼拜的鹦鹉[M]. 但汉松，译. 南京：译林出版社，2016：41.
[2]　同上，第51页.
[3]　同上，第49页.
[4]　同上，第51页.
[5]　Emma Cox. "Abstain, and Hide Your Life": The Hidden Narrator of *Flaubert's Parrot*[J]. Critique: Studies in Contemporary Fiction, 2004, 46(1): 55.
[6]　同上，第51页.

企图以空间意象火车为媒介重访福楼拜与情人露易斯·科莱的感情纠葛。布拉斯韦特从鲁昂坐上火车前往二人曾相约位于芒特的大赛尔夫酒店。到达芒特时，他惊讶地发现曾经的酒店仅剩下"两根高高的石头门柱"[1]，取而代之的是全新的公寓楼。对此，布拉斯韦特不禁感慨："我们对于过去太蛮横无理，总指望以此种方式获得强烈快感。可是它凭什么要配合我们的游戏呢？"[2] 布拉斯韦特的朝圣之旅，"火车"带来的稳定性看似与前文被他人戏弄的空间探寻经历形成鲜明的对比，然而火车的空间意象在不断接近的同时又不断地被解构，这显示了追寻福楼拜生活的不可靠性和历史的不确定性。对此，巴恩斯巧妙地运用荒诞的幽默，利用讽刺和怪诞来对"历史"进行定义："有时过去可能是一头被抹上油的猪；有时是一头躲在洞穴里的熊；有时只是鹦鹉的惊鸿一瞥。"[3] 可见，空间与伦理批评有效地结合起来，不仅涉及空间转换的相关问题，而且还将历史、文化、伦理等纳入研究范围。

此外，反复强调的火车空间、频繁出现的地点名词、源源不断的铁路旅行也带来科技与道德关系的思考。布拉斯韦特在探讨19世纪铁路的发明时，强调了它对淫乱的影响，"假如说这个时代的电话让通奸变得更容易也更困难（幽会倒是更方便，但也更容易被人管着），那么上世纪的铁路也有类似的效果"[4]。铁路的出现一定程度上冲淡了家园所具有的稳定、安全、可靠的特性。科技与道德的叙事悖论由此形成。福楼拜甚至在书信中列举了现代文明的罪愆："铁路、毒药、灌肠气泵、奶油馅饼、专利使用费和断头台"[5] 等。布拉斯维特指出，相对于科技的发展，福楼拜更青睐于道德的进步。对"火车"空间意象的凸显，传达的正是科技、文明进步下对道德的重视。

巴恩斯在小说中的空间建构，既源于人物的空间迁移和叙事的空间转换，也体现在其多形式隐喻上。在追寻福楼拜传记的空间经验中，城市具有独特的符号意义。对于布拉斯韦特来说，城市是追寻历史真实的开放性空间，同时也伴随着

---

[1] Emma Cox. "Abstain, and Hide Your Life": The Hidden Narrator of *Flaubert's Parrot*[J]. Critique: Studies in Contemporary Fiction, 2004, 46(1): 144.

[2] 同上，第145页.

[3] 同上.

[4] 同上，第141页.

[5] 同上，第139页.

对过去真实性和历史可靠性等传统文化和伦理价值进行大胆的质疑。现实城市具有肯定和否定空间的双重特性，既是侦探、传记小说历史真实的体现，也是后现代混乱战胜秩序、模糊战胜清晰的角力场。在空间的历史探索中，布拉斯韦特愤怒地指责斯塔基博士过于傲慢自大、注重表面的字句用词和事实的忠诚而无法理解艺术创作的"文学之误"[①]，因为她批评了福楼拜对爱玛·包法利眼睛描写不一致的文学错误。业余爱好者对批评家进行批评，反映了主人公布拉斯韦特对客观与权威质疑的尝试。斯塔基博士作为福楼拜的权威批评家，关心其作品的真理内容，是官方和权威的批评代表。权威批评家背后代表的是坚定的过去、对事实的忠诚和统一的真相。而布拉斯韦特依据杜康的《文学回忆录》，提供了完整的爱玛原型，并揭露了爱玛的眼睛颜色变化实际上是源于光线。业余爱好者对专业学者文学质疑的反驳，凸显了身为非专业人士的布拉斯韦特对历史真实性、充分性的自我质疑和反思。"现在你知道我为什么讨厌批评家了吧？我可以试着向你描述此刻我眼里的神情；但是因为愤怒的缘故，眼睛的颜色大大地改变了。"[②] 换句话说，专业的批评家得表现出挑剔、傲慢的态度。相反，业余爱好者则有着清醒的专业性。业余爱好者与权威批评家对爱玛眼睛颜色意义的对比，一定程度上反映了追寻历史真相的探寻者面临空间流动后的历史真实。空间转换不仅涉及地理位置，而且无可避免地伴随着巴恩斯对当代批评理论进行无情嘲讽的结果。

在多重空间的交叠中，巴恩斯以机智而冷静的笔调讲述了后现代语境下个体的社会空间移动所带来的过去的变化无常、事实的不确定性与不可验证性以及身份建构失败的经历。布拉斯韦特追寻历史真实的渴望落空，在后现代的历史语境下艰难地探寻福楼拜的生活以及自我的伦理身份。布拉斯韦特流动的、碎片的、受挫的空间体验建构了否定性的物质生存空间，而不是确定性的、固定性的，其结果就是剥夺了主人公追寻历史真实以及建构自我伦理身份的权利。他在失去历史真实性的同时，也失去了确定性的空间和身份。空间与个体的冲突在社会空间叙事中不断反复。可见，布拉斯韦特在不同的社会空间中定位其伦理身份过程总遭遇种种伦理困境。对此，布拉斯韦特渴求在与异质文化的交流和碰撞中来解构目前所面临的伦理困境，进而重新寻找伦理身份的定位。

---

① Emma Cox. "Abstain,and Hide Your Life": The Hidden Narrator of *Flaubert's Parrot*[J]. Critique: Studies in Contemporary Fiction, 2004, 46(1): 92.

② [英]朱利安·巴恩斯.《福楼拜的鹦鹉》[M].但汉松,译.南京：译林出版社,2016：99.

二、多维的文本空间与伦理困境

通过打破传统的线性结构，巧妙地解构成各种类型的文件，以空间上接近、主题上相近的主题集合起来，巴恩斯建立了文本的空间形式，为空间叙事的研究提供了独特的案例。在此基础上，巴恩斯利用叙事中典型的后现代自我意识叙述者，进一步建构多重文本空间。主人公布拉斯韦特对福楼拜的高度兴趣与他自己个人生活中的创伤密切相关，以碎片化的记忆展现出其异常强烈、难以控制的痛苦、压抑、沮丧等心理空间，不断地将文本空间与之进行并置组合，从而形成多元场域的彼此角力。

除了上述的物理空间形式建构外，巴恩斯还相当自觉地打破了传统小说的线性解构，从而使文本呈现出鲜明的艺术空间特征。《福楼拜的鹦鹉》将年表、传记、动物日志、评论文章、火车观察者指南、字典、试卷、故事、侦探等多种文体结合在一起。学术界的学者们一致认可文本空间的多样性和混合性，学者瓦妮莎（Vanessa Guignery）将本书定义为"一种拼贴"，"小说、批评和传记的结合之旅"，认为它"对任何分类、体裁和流派的尝试都提出了质疑"[①]。虽然作品在形式和体裁上都是混合的，展示了各种风格的语域，混合了多种矛盾的内容版本、叙述声音和焦点，但是作品关注了一些重复的主题，并应用于整部作品，这些主题和主题重复的叙事模式具有统一性。如果说混合文体的拼贴构建了一个追寻福楼拜及其生活的历史空间，那么重复的主题也描绘了主人公布拉斯韦特历史探寻中自我的精神空间。作品在多种文体的建构中分析了一个重复的主题——通奸与死亡，探讨了婚姻关系中夫妇之间的通奸与背叛行为，对丈夫的心灵造成了巨大的创伤。文本叙事中对福楼拜的传世名作《包法利夫人》进行戏仿：在父亲的安排下，爱玛嫁给了外科医生查尔斯·包法利先生，刚开始二人过着快乐且幸福的生活。很快，爱玛发现丈夫无法满足其对浪漫爱情的渴望，所以她开始出轨情人并一步步深陷高额债务之中，最终爱玛绝望地选择了自杀。爱玛成为一个极具空间寓意的符号，它既是代表着忠诚与背叛的文本符号，也是连接现实空间与想象空间、过去与现在的空间媒介，是贯穿全书的精神象征。布拉斯韦特对福楼拜作品的互文，通过《包法利夫人》来探讨通奸与死亡主题，对虚妄的爱情与婚外情进行无情的批评。这里，我们读到布拉斯韦特以冷静的语调、平淡的口吻述说着普

---

① Vanessa Guignery. The Fiction of Julian Barnes[M]. Palgrave Macmillan, 2006: 37.

通人一生当中普遍面临的困境：理想与现实、忠诚与不忠、理性与非理性之间的深刻矛盾。此时《福楼拜的鹦鹉》的意义得到进一步深化，"成为对真理、知识、艺术和爱情的复杂而微妙的审视"[1]。同时，这也是作为后现代叙事者——布拉斯韦特在多维的文本空间建构中对艺术与生活伦理关系进行反思的过程与结果。

其实，空间不仅是故事发展的物理维度，而且还是情感、意识形态的重要载体。他在空间中追寻历史的真实，既是对历史的反思，也是对伤痛的转移。聂珍钊教授认为："伦理困境指文学文本中由于伦理混乱而给人物带来的难以解决的矛盾与冲突"[2]。布拉斯韦特对福楼拜作品及其生活的兴趣与他内心深处的婚姻创伤、妻子的不忠与自杀的伦理困境密切相关。布拉斯韦特在论及通奸事件时情不自禁地触及了内心深处难以启齿的痛苦："我心里有三个故事争着要蹦出来。一个是关于福楼拜，一个是关于埃伦，一个是关于我自己。我的故事是这三个中最简单的——它几乎就只是一个证明我活着的有力证据——但我觉得这个最难开头。我妻子的故事更复杂，也更迫切；但我也不想讲那个。把最好的留在后面吧"[3]。文本的大部分内容是关于福楼拜其人其事的追寻，布拉斯韦特对自身的故事、妻子的故事则讳莫如深。实际上，布拉斯韦特及其妻子的故事，"虽然可能被认为是一组离题小说，但是构成了叙述的核心"[4]。布拉斯韦特有意将自身的故事、妻子的故事与《包法利夫人》并列，是因为两者之间有着高度的相似性，主人公在情感上引起了共鸣。首先，布拉斯韦特自身的经历与包法利医生具有诸多相似之处：他们的职业都是医生，都对妻子十分宠爱，妻子名字都有相同的首字母（A），然而妻子均选择背叛了婚姻并最终都走上了自我毁灭的道路。显然，作品中爱玛形象与女性不忠相联系的文学叙事在当下叙述中再次被重申、被强化。《包法利夫人》中通奸的爱玛显而易见指向了布拉斯韦特已故妻子埃伦的不忠，而现实中被戴了绿帽子的布拉斯韦特则取代了文学中的包法利医生。由此可知，"福楼拜的作品和生活的矛盾、间接和讽刺的景象也反映了布拉斯韦特对他自己的生活、他

---

[1] Merritt Moseley. Understanding Julian Barnes[M]. University of South Carolina Press, 1997: 71.
[2] 聂珍钊. 文学伦理学批评导论[M]. 北京：北京大学出版社，2014：258.
[3] [英]朱利安·巴恩斯. 福楼拜的鹦鹉[M]. 但汉松，译. 南京：译林出版社，2016：106.
[4] Tomasz Dobrogoszcz. Getting to the Truth. The Narrator of Julian Barnes's Flaubert's Parrot [J]. Acta Universitatis Lodziensis. Folia Litteraria Anglica, 1999(3): 27.

的婚姻和他对埃伦的记忆的态度"①。布拉斯韦特在空间中对福楼拜作家作品的历史探索,更直接的原因是指向其婚姻中的伦理困境以及内心深处的心灵伤痛。

为了更好地反映主人公的情感状态以及整合破碎的心理空间,巴恩斯将人物视角与记忆碎片联系起来。视角本身具备空间的特性,"视角是提供空间信息和建立空间叙事节奏的主要方式。空间是依据感知而着眼的地点"②,肯定视角在文本空间建构中的作用。因此,人物视角所呈现的空间不但展现了现实社会空间,而且还反映了人物的主观情感。布拉斯韦特作为文本唯一的叙事者,不仅不是稳定的、可靠的、无所不知的人物,反而是犹豫的、保守的叙述者,更多地以碎片化的、片段的回忆叙述展开自身的故事。如主人公以第一人称视角追忆妻子埃伦的碎片化描写颇多,字里行间流露出对妻子的责备之情,"至于说我的妻子,她并不理性"③"我爱过埃伦,也曾想知道最糟糕的一面……埃伦从不以柔情来对我"④等。文本中出轨的隐喻反复出现,表明布拉斯韦特备受通奸事件的困扰和破碎的心理世界。在如下探讨生活最糟糕的事件中,布拉斯韦特在独白中感慨道:"对一个爱人,一个妻子而言,当你发现了那最坏的一面——无论是她出轨或是不爱你,无论是她精神错乱或有自杀倾向——你几乎会感到松了口气"⑤,在真实与虚构的回忆叙述之间,主人公触及了意味着传统家庭伦理陨灭的通奸话题。鉴于具有自我意识的叙述态度,布拉斯韦特坦言自己是"犹豫不决的叙述者"⑥,并将之归结为"英国人"⑦的性格使然。然而,学者则一针见血地指出主人公是"不情愿的叙述者,严格来说是可靠的……但他看过、经历过或造成了如此痛苦的事情,他必须通过间接、面具和欺骗来讲述它"⑧。追溯布拉斯韦特不可靠的第一人称叙事视角的原因,正是因为不幸的家庭生活给他带来了巨大的创伤。布拉斯韦

---

① Del Ivan Janik. No End of History: Evidence from the Contemporary English Novel[J]. Twentieth Century Literature, 1995, 41(2): 170.
② 董晓烨.《家园》的空间叙事与种族伦理 [J]. 山东外语教学,2018(4): 77.
③ [英] 朱利安·巴恩斯. 福楼拜的鹦鹉 [M]. 但汉松,译. 南京:译林出版社,2016: 131.
④ 同上,第 166 页.
⑤ 同上,第 167 页.
⑥ 同上,第 112 页.
⑦ 同上.
⑧ Tomasz Dobrogoszcz. Getting to the Truth. The Narrator of Julian Barnes's Flaubert's Parrot [J]. Acta Universitatis Lodziensis. Folia Litteraria Anglica,1999(3): 29.

第三章 巴恩斯小说中的空间伦理与伦理选择

特未能以一种开诚布公的直接方式诉说个人生活当中的创伤，而是以一种对福楼拜生活、作品的文学调查、历史追寻的间接方式，来逃避自身在家庭伦理困境中所遭受的压抑、痛苦和创伤记忆。学者布兰尼·科尔（Bran Nicol）指出巴恩斯小说中的这种设置，被精神病学家称之为一种"置换活动"①，即将无法表达的悲痛与爱转换成向读者诉说他所知道和发现的关于福楼拜一切的执着欲望。因而，通过视角的运用，主人公将话语空间和故事空间相联系，将追寻福楼拜作家作品的历史记忆糅合在个人经历之中，重新体验自我的经历和情感，以此对抗不幸的婚姻给他造成的心灵伤痛，在福楼拜其人其事历史和文化的真相探索中寻求自我创伤疗愈的途径。人物视角和空间的并置，"最明确地说明了他对福楼拜的兴趣和他个人创伤之间的联系"②，突破了作品文本的界限和人物的心理空间，将过去与现在、历史和现实、集体无意识和个人记忆融合在一起，从而表达了叙述者的创伤经验，放大了文本的物理和心理空间，加强了作品的隐喻意义和伦理属性。

在布拉斯韦特心理空间的创伤叙事中，家庭伦理构成了其主要的精神焦虑，他只能通过逃避的方式来获得自主的可能。然而，创伤记忆具有"强迫性重复"的特征，尽管布拉斯韦特和妻子埃伦已经早已阴阳两隔，但仍旧无法摆脱创伤的阴霾，致使其不断地通过间接的生活方式来逃避现实、麻痹自己。据卡鲁斯（Caruth）所言，创伤叙事的重心是一种关于死亡威胁及生存危机之间摇摆的双重叙述，即"介于一个无法承受的事件本真的故事与其中无法承受的生存的故事之间"③。也就是说，主人公不仅要面对过去的创伤，还要承受幸存者的阴霾。正是他意识到了自身的心灵创伤和悬而未决的悲痛，使得布拉斯韦特在"纯粹故事"一章中尝试以一种虚构故事的方式讲述埃伦的故事和自我的婚姻。在这一章中，布拉斯韦特承认了埃伦婚外情的事实，指责妻子的伦理身份早已发生了错位："她急忙往电影院冲，而我俩都知道那里要关门了；她七月份就去买冬季打折特卖商品；她要去堂姐家同住，可是第二天早上人家从希腊度假地寄来的卡片就到了。"④

---

① Bran Nicol. The Cambridge Introduction to Postmodern Fiction[M]. Cambridge University Press, 2009: 190.
② Emma Cox. "Abstain, and Hide Your Life": The Hidden Narrator of Flaubert's Parrot[J]. Critique: Studies in Contemporary Fiction, 2004, 46(1): 58.
③ Cathy Caruth. Unclaimed Experience: Trauma, Narrative, and History[M]. Johns Hopkins UP, 1996: 7.
④ [英]朱利安·巴恩斯. 福楼拜的鹦鹉[M]. 但汉松，译. 南京：译林出版社，2016：218.

在妻子不忠的情况下，布拉斯韦特以荒诞的幽默、巧妙的讽刺来肯定妻子埃伦并没有像爱玛夫人一样债台高筑："她并未欠债累累。两位包法利夫人（人们忘记了查尔斯结过两次婚）都是毁在钱的手上；我的妻子从来不会那样。据我所知，她也不接受别人的礼物。"① 相对比放纵堕落的埃伦，遭受背叛的布拉斯韦特反而坚守家庭伦理道德。在他所讲述的记忆文本中，布拉斯韦特不由自主地多次重复道："我们曾经幸福过；我们曾经不幸福；我想念她"②，甚至开门见山地指出家庭伦理秩序的失衡给他的生活造成了重大的影响："但你仍旧天天想她……或者，你试着回避她的模样。现在，当我想起埃伦，就会试着想起1853年鲁昂遭受的一场冰雹。"③ 由此可见，布拉斯韦特表面上以自己一直信奉的寻找历史真相的处事方式，主动选择以虚构故事来讲述自身的家庭悲剧，是一种逃避和隐藏现实的迂回策略；但实际上，这是布拉斯韦特从婚姻创伤的伦理困境中突围出来的自救之路，并由此得以重新恢复正常的生活。面对婚姻中的家庭伦理悲剧，布拉斯韦特选择以虚构的方式来讲述埃伦或者自己的故事，实质是为了缓解自我的伦理困境与身份焦虑。

作为一个在空间中追寻历史真相的探索者，妻子"埃伦有婚外情"④的家庭伦理创伤成为布拉斯韦特生活中不可化解的核心。文本空间中重复主题的分析描绘了主人公布拉斯韦特在过去真相探寻中对通奸世界的执着，而他回忆中对于妻子反叛婚姻伦理历史的虚构，揭示了他对现实伦理困境的反抗和排斥。福楼拜虚构作品和布拉斯韦特的真实生活、过去创伤和当下阴霾促使他同时遭受着艺术与生活、历史与现实、过去与当下等心理空间上的焦虑和痛苦，造成了"我必须去虚构……虚构并非我的本意……凭借虚构来抵达真相"⑤的叙述目的，强化了他的创伤和痛苦，而深受伦理困境的主人公也开始了寻找身份认同的探寻之旅。

三、空间的伦理指向、伦理选择和身份认同

除了上述的心理空间建构外，《福楼拜的鹦鹉》在主题内容上体现出伦理回

---

① [英]朱利安·巴恩斯.福楼拜的鹦鹉[M].但汉松，译.南京：译林出版社，2016：218.
② 同上，第216页.
③ 同上，第213页.
④ 同上，第216页.
⑤ 同上，第219页.

归的空间指向。作者以此表明主人公致力于寻找自己的空间归属，实现自我伦理身份的重构。列斐伏尔和福柯肯定空间的社会性和政治性，认为地理范畴之上的社会空间充斥着权力、科技、消费、欲望、道德沦丧等现代科技的产物。同样地，也有学者强调社会空间的伦理指向性，指出"叙事中的空间具有现实空间的伦理性"[1]。当代英国小说的空间书写中往往凸显空间异化与现实道德的问题。鉴于空间形态是伦理秩序的一种反映，在当代语境中重新反思空间的伦理性质和伦理干预的切入口，重新思考空间与伦理的特性成为当代英国作家的叙事自觉和空间指向。同其他当代英国文学的建构者一样，巴恩斯热衷于通过空间的伦理书写来探索过去与现在的可能联系，重新挖掘被隐匿在历史中的伦理选择，再现主人公伦理身份建构的过程。空间的变化与自我道德完善、身份认同结合起来，并在一定程度上形成空间伦理诗学。

伦理选择是文学文本的核心构成要素，"往往同解决伦理困境联系在一起"[2]。伦理选择不仅是伦理主体通过选择实现自我道德完善的途径，还指主体在同一条件下面临两个及以上的道德选择，强调不同的选择具有不同的伦理教诲意义。对伦理选择的探讨，同时也是一种内在的身份认同过程。伦理困境的内核是后现代叙述者布拉斯韦特与自身创伤记忆之间挣扎与纠结，也就是人物在历史不确定性、不可验证性的后现代身份思维与当下重新建构新型的伦理身份之间作出伦理选择。

巴恩斯依据西方的社会现实选取了具有普遍意义的伦理问题——安乐死问题，并将其融入文本空间之中。《福楼拜的鹦鹉》在"纯粹的故事"一章中描绘了布拉斯韦特在面对妻子埃伦死亡危机时面临的两难选择，在当代语境中重新反省空间的伦理特性以及当代伦理干预的切入口。晚年身患不治之症的埃伦躺在医院的病床上插着呼吸机，"一根管子插在喉咙里，一根棍子连着加了保护垫的前臂"[3]。尽管埃伦的情况十分稳定，却也没有了任何希望，她的病历上甚至标注了"NTBT——不予复苏"，即"病危时不做抢救"[4]的字样。面对病入膏肓的妻子，布拉斯韦特面临一个伦理选择的问题，即是否延续毫无希望的妻子生命成为他的伦理难题。在同一条件下，对是否关掉埃伦呼吸机开关（是否对埃伦实行安乐死）

---

[1] 刘保庆.论空间叙事的形式及伦理意义 [J].南京师范大学文学院学报，2017（03）：76.
[2] 聂珍钊.文学伦理学批评导论 [M].北京：北京大学出版社，2014：268.
[3] [英] 朱利安·巴恩斯.福楼拜的鹦鹉 [M].但汉松，译.南京：译林出版社，2016：222.
[4] 同上，第223页.

的价值判断出现两种在伦理上互相矛盾的结果。《福楼拜的鹦鹉》中，安乐死是典型的伦理两难。"伦理两难即伦理悖论。伦理两难由两个道德命题构成"[①]。对于作为丈夫的布拉斯韦特而言，继续让妻子的生命延续，是他作为家人、亲属的伦理责任和义务，无疑是符合道德的。但是，这无疑是让她度日如年地承受着毫无意义的生命痛苦。如果布拉斯韦特停止了埃伦的呼吸机，在终止妻子痛苦的同时也结束了她的生命，那么他就犯下了杀死妻子的大罪，因此停止呼吸机（对妻子实行安乐死）又是不道德的。安乐死不仅关乎人的生命、尊严与权利，更是涉及社会、家庭不同的伦理、道德观念。显然，文本在此提出的是一个关于人的两难抉择问题，即为妻子实行安乐死是道德的，但是如果实行安乐死则又是不道德的。在《福楼拜的鹦鹉》中，伦理悖论以一种是否安乐死的形式存在。传统社会的伦理道德观念与现代生命科学进步两者都具有各自的合理性，两项选择中的每一项都是符合道德的，都是正确的。

在整体上，埃伦的故事直接提出了家庭空间的伦理内涵问题。简而言之，在布拉斯韦特自我家庭空间的建构中，无论是妻子埃伦的出轨事件还是埃伦的死亡问题等都具有鲜明的伦理色彩。本质上，这是空间探寻背后所触及的人与人之间的伦理关系问题，重新反思空间建构和伦理的关系特征，重新探明空间的伦理属性和伦理介入的出发点和落脚点。首先，《福楼拜的鹦鹉》中布拉斯韦特家庭空间中的伦理选择具有深刻的道德伦理色彩。在"纯粹的故事"一章中，布拉斯韦特艰难地为妻子举行安乐死的伦理选择清晰地在文本世界中呈现。文本描写了主人公布拉斯韦特事先知晓妻子患有不可治愈的疾病并且遭受着痛苦折磨，清醒地认识到结束病人的痛苦、维护其生命尊严的同时无可避免地带来终止病人的生命后果，仍在伦理道德观念和生命科学、人类理性与情感之间的矛盾与冲突中，做出了停止延续妻子埃伦生命的器械的伦理选择。布拉斯韦特追忆到"我给她关掉开关……这并不复杂。你按下呼吸器上的按钮，然后读到心电图最后那一段轨迹：这是一个告别的签名，结尾就是一条笔直的线"[②]。布拉斯韦特在叙述中肯定了自我作为亲属强烈的伦理意识和责任。在夫妻的亲属关系之上，布拉斯韦特从道德、责任和义务等价值方面对丈夫的身份进行了重新确认，从而生成了以道德规范为

---

① 聂珍钊. 文学伦理学批评导论[M]. 北京：北京大学出版社，2014：262.
② [英]朱利安·巴恩斯. 福楼拜的鹦鹉[M]. 但汉松，译. 南京：译林出版社，2016：223.

第三章 巴恩斯小说中的空间伦理与伦理选择

基础的伦理身份，充分表达了其终止妻子痛苦的伦理诉求，"我觉得她会希望由我来做这件事"①。对于布拉斯韦特而言，他的伦理选择是主动的，他明知事不可为而为之，在生和死之间勇敢地作出了死亡的选择，坚定为妻子埃伦实行了安乐死的仪式。巴恩斯在这里肯定了布拉斯韦特伦理选择和行动的勇气，他作为患者的丈夫，在面对理性与道义、现实与传统、道德与科学等的两种正义之争时，意志坚定地在两难抉择中作出了自我的选择。从这个意义上讲，布拉斯韦特为妻子实行安乐死的行动是自由的，不是上天注定的。在一定程度上，埃伦的命运是其丈夫布拉斯韦特伦理选择的结果。

布拉斯韦特的选择是一种伦理选择，经过选择，他自身的身份发生了转换。布拉斯韦特在伦理两难的选择中作出了自我的选择，但是巴恩斯并没有从单一维度处理该伦理选择，其复杂性在于，伦理选择所"反映出来的'关系'（伦理）及其存在的'法则'（道德）"②等问题，即家庭空间中的伦理选择导致了伦理关系的变化和新的道德规范的形成。换言之，布拉斯韦特"重视人的生命与道德，尤其是重视人的道德生命"③。在他的伦理意识里，通过伦理选择，他的伦理身份由被戴绿帽子的丈夫转变成了谋杀出轨妻子的复仇者，牵涉家庭伦理背后深层的生命道德问题。为了帮助病入膏肓的妻子埃伦实现彻底的解脱和保留其最后的尊严，布拉斯韦特选择为埃伦关掉了呼吸机的开关，彻底结束妻子的痛苦。然而，他也陷入了杀死妻子（为妻子实施安乐死）的道德愧疚和伦理不安之中，遭到传统伦理的惩罚与谴责。布拉斯韦特的独白中不动声色地揭露了这种强烈的罪恶感和愧疚感："病人，埃伦。回到早先那个问题，你也许可以说，我杀了她。你可以这么说。我关掉了她。我终止了她的生命。的确如此。"④布拉斯韦特自白、直率的语调向读者呈现了自我内心的伦理忧虑，甚至一针见血地指出了安乐死所导致的伦理身份转变（从丈夫到复仇者）以及新的伦理关系（谋杀关系）的产生。显然，巴恩斯笔下的主人公布拉斯韦特"聪明、有趣、完全有自我意识"⑤。在关于妻子故事的家庭空间建构中，布拉斯韦特不再掩饰自己对妻子埃伦实行安乐死而感受到沉

---

① [英] 朱利安·巴恩斯. 福楼拜的鹦鹉 [M]. 但汉松译. 南京：译林出版社，2016：223.
② 乔国强. "文学伦理学批评"之管见 [J].《外国文学研究》，2005（1）：26.
③ 张厚军. 当代社会空间伦理秩序的重建 [J].《伦理学研究》，2018（1）：111.
④ [英] 朱利安·巴恩斯. 福楼拜的鹦鹉 [M]. 但汉松，译. 南京：译林出版社，2016：223.
⑤ Rafferty Terrence. Watching the Detectives[J]. Nation, 1985, 241(1): 21.

重的伦理道德压力的事实。这里，"纯粹的故事"一章最终仍然要回归到人与人之间的伦理道德关系和道德规范、原则之上，意味着对传统生命道德伦理秩序的认同。可见，伦理选择的过程也导致了主人公内在精神的现实对抗。无疑，这对于主人公布拉斯韦特来说是痛苦和艰难的。在叙述过程中，我们逐步建构起接近布拉斯韦特强烈生命意识与伦理责任的道德形象。更确切地说，一直以来困扰布拉斯韦特的是其伦理选择背后伦理关系的变化和新的道德规范的产生。作为人类活动的场所，空间承载的是人们生活、交往、工作等一系列活动。人因空间而存在，空间因人而被赋予意义。空间是"以'人'的存在为基础，这就决定了空间自身也必定涵容了人与人之间的伦理表征"[1]。实际上，布拉斯韦特在《福楼拜的鹦鹉》家庭空间的建构中，指向的正是其与妻子之间错综复杂的伦理关系，其中起关键作用的是叙述者的道德信念和伦理意志。

巴恩斯善于利用空间变换推动故事情节的发生、发展，创造性地将空间的流动与自我身份探索、社会责任、伦理道德意识结合起来，并在一定程度上形成了独特的空间伦理诗学。

在这一章的结尾，布拉斯韦特向读者表达了他伦理选择的忏悔和不安，然而他的坦诚却没有给予他更大的安慰，相反他以戏谑的方式表明了自身与妻子关系的陌生以及试图了解过去的局限性："埃伦，我的妻子：我觉得我对她的了解，还不如对一个已经死去了一百年的外国作家。书上说：她这么做是因为，生活说：她这么做了。书总会把原因解释给你听；生活不提供任何解释。我对于一些人更喜欢书毫无意外。书让生活合理化。唯一的问题是，它们所弄明白的生活，不过是别人的生活，从来都不是自己的"[2]。布拉斯韦特对历史真相的探寻和现实伦理道德的反思结合在一起，而贯穿其中隐约可见的线是叙述者深刻的历史观念。在此，布拉斯韦特充分表达了他的历史观：许多问题本身是没有答案的，倡导"过去的变化无常以及事实的不确定性和不可验证性"[3]。可见，在自我家庭空间故事的叙述中，布拉斯韦特对传统历史确定性、单一性进行大胆质疑与颠覆，使自身和读者重新审视过去和历史观念，体现出不确定性、多样性和不可验证性的后现

---

[1] 吴红涛. 空间伦理：问题、范畴与方法 [J]. 深圳大学学报（人文社会科学版），2017（4）：60.
[2] [英] 朱利安·巴恩斯. 福楼拜的鹦鹉 [M]. 但汉松，译. 南京：译林出版社，2016：223.
[3] Vanessa Guignery. The Fiction of Julian Barnes[M]. Palgrave Macmillan, 2006: 37.

代历史观念。无独有偶，在小说结尾，当布拉斯韦特再次前往自然历史博物馆查看未展藏品中的鹦鹉标本，惊讶地发现"原先的五十只如今只剩下三只"[1]。对此，他不禁得出了"这既是答案，又不是答案；这既是终结，又不是终结"[2]的结论，对文本开头"我们如何抓住过去？"[3]的疑问隔空作出了自我的回应。与此同时，这种过去不可知的历史观念的转变一定程度上有助于布拉斯韦特摆脱婚姻生活中妻子不忠的创伤，以及自身为妻子实行安乐死的道德不安与伦理愧疚。正是不确定性、不可验证性、不可知等的历史观念，让他意识到历史真理是难以捉摸的，过去的真相早已无处寻觅。一定程度上，布拉斯韦特因探索鹦鹉的真实性问题而从过去生活的创伤中解脱出来，不再偏执于妻子埃伦通奸的历史，也将自身从杀死妻子的杀人犯或者复仇者的身份中脱离出来，回归到一个为帮助病入膏肓的妻子埃伦减轻痛苦而实行安乐死的丈夫身份上。

可见，巴恩斯笔下的人物布拉斯韦特有意追求过去的真相，对历史确定性的执着探寻，都指向了其最终是一种对自我伦理身份的内在认同感。巴恩斯的关注点是广泛的"认识论和伦理的……中心问题是审视无数宏大叙事的功效：艺术、宗教、科技的承诺、政治、历史、自我的主张和'爱的实际效果'"[4]。作品的中心是关于空间与伦理关系的本质问题，"空间"一词中隐含着一种对伦理秩序的追求。从本质上说，这是空间形态所触及的如何调节社会与人、人与人乃至人与自我之间的关系问题，其焦点在于地理空间背后深层的伦理问题。《福楼拜的鹦鹉》表面上展示了主人公在物理空间上对福楼拜其人其事历史真实性的持续关注和迷恋，实质上是主人公布拉斯韦特作为一种了解过去的方式和一种试图重新确认自我身份的方法，从而塑造了一种当下自我的身份感。正如学者指出布拉斯韦特"虽说为福楼拜写了一部作品，但经历了一个'个性化'的过程，并创作出了他自己的带有自传色彩的文本"[5]。其实，主人公布拉斯韦特在福楼拜以及鹦鹉真实性的空间探寻中不仅有着越来越多的自传性元素，而且他还创造性地在叙述中发出了自己的声音，对自己生活的真相进行了探索。《福楼拜的鹦鹉》不是机械、简单

---

[1] Vanessa Guignery. The Fiction of Julian Barnes[M]. Palgrave Macmillan, 2006: 255.
[2] 同上，第253页.
[3] 同上，第113页.
[4] Peter Childs. Julian Barnes[M]. Manchester University Press, 2011: 10.
[5] Vanessa Guignery. The Fiction of Julian Barnes[M]. Palgrave Macmillan, 2006: 46.

地进行空间转换，而是一次确定个人伦理身份的成长之旅。更为重要的是，他将空间变换与自我成长、伦理重构结合起来，强调个人在塑造过去过程中身份的建设和重建过程，具有强烈的伦理意味。通过在家庭空间中探索过去与现在的可能联系，重新挖掘被隐匿在历史中的伦理选择，布拉斯韦特机智地处理了婚姻家庭中难以启齿的悲伤、痛苦情绪，从杀死妻子（为妻子实行安乐死）的愧疚中解脱出来，结束在婚姻创伤中自我放逐的逃避状态，从而回归到为减轻妻子痛苦而艰难做出选择的丈夫身份上。从这个角度上说，布拉斯韦特不再执着于求证福楼拜鹦鹉、妻子不忠等的真实性，与为妻子实行安乐死的过去和解，在历史文物的不可靠、过去不可知的后现代历史观念下实现了自我伦理身份重构。如果说"福楼拜的鹦鹉"是一个充满文学审美的乌托邦的后现代空间伦理理想的话，那么"埃伦"就是空间伦理的答案了，即重新思考空间的伦理属性，以探明空间生产中人与人之间的伦理关系作为落脚点。

在当代英国文学中，大部分作品都以历史、记忆、身份等问题为主题，虽然各有侧重，但都可以归类为新型历史小说，无论是题材的选择还是叙事手法都显得千篇一律。对比之下，巴恩斯的笔下以家庭创伤为伦理维度的空间书写模式使人耳目一新。在空间视阈下，《福楼拜的鹦鹉》中人物的空间上探寻历史真相的足迹，展示出蕴含着布拉斯韦特的社会、心理、家庭空间的构建过程。通过将伦理维度加诸这些空间建构之中，巴恩斯开创了独具特色的空间书写模式：这一创作模式以人物物理空间上探寻福楼拜鹦鹉的真实性为主线，质疑传统的历史观，传达了后现代历史的文本性、多样性；同时，这一模式以独特的视角传达了微观个体的历史创伤与伦理困境，是当代英国文学创作中具有开拓意义的书写方式。

第二节 《时间的噪音》中的时空体建构与伦理选择

在代表作《时间的噪音》中，英国当代作家朱利安·巴恩斯彰显了小说独特的时空体形式和对现实世界生存伦理问题的探讨。作家在小说中建构了一个时间浓缩在空间中，空间成为时间的见证的时空体形式。通过电梯时空体、飞机时空体和汽车时空体等时空体形式，作品揭示了特殊的伦理环境对作曲家肖斯塔科维奇造成的心理创伤与伦理困境，探讨了作曲家在艺术追求与生存伦理下艰难的伦理选择过程。《时间的噪音》的时空体不仅体现了巴恩斯对小说形式的创造和丰富，而且重新呈现了作曲家隐匿的生活，赋予作曲家尊严的伦理书写过程，展现了时空体书写的伦理价值。

英国文坛巨匠朱利安·巴恩斯是2011年英国布克奖和2021年耶路撒冷文学奖获得者，迄今为止已发表了13部长篇小说、3部短篇小说集、4部侦探小说、3部散文集、一部回忆录以及一系列的文学评论。作为当代英国作家，巴恩斯的作品聚焦于记忆、历史、种族、艺术与现实等主题的同时，创新性地融合了文学体裁、形式和风格上"不同寻常的、反常的实验性"[①]，展现了后现代社会个体、民族和国家的生存现状，具有重要的文学价值和历史、现实意义。2016年，巴恩斯出版了《时间的噪音》(*The Noise of Time*)，这是一部对作曲家肖斯塔科维奇人物传记的创造性改编，讲述了肖斯塔科维奇在特定的伦理氛围环境中挣扎生存、寻找自我的故事。与呈现肖斯塔科维奇历史"纪录片"的人物传记不同，巴恩斯刻画了肖斯塔科维奇复杂的道德与伦理问题困境，传达的是对历史、艺术进行重新评估的伦理思维体系，引起了一些小说评论界和学者们的关注。与这部作品在西方学界和读者中受到了很高的关注相比，国内小说评论界对巴恩斯小说《时间的噪音》关注度偏低，迄今为止仅有个别学者探讨了其中的人物形象、后现代叙事技巧、空间叙事等问题，而国外学者大多聚焦创伤书写、生存困境、自我压抑、不可靠叙事、后现代反讽理论、后现代主义历史观等主题。在既有的研究中，有学者注意到了《时间的噪音》中复杂的道德和伦理困境，但对于小说中的伦理书写与时空体建构的关系仍缺乏深入的探讨，而这正是作者独具匠心的艺术风格。本书将结合巴赫金的"时空体"理论以及文学伦理学批评审视《时间的噪音》，尝试通过电梯时空体、飞机时空体、汽车时空体的时空转换分析，从伦理选择的角度来揭示时空体形式背后的伦理效果。

一、电梯时空体：特定伦理现场下的历史观照

巴赫金在《长篇小说的时间形式和时空体形式》一文中对文学"时空体"的概念作出了明确的界定："艺术地把握了时间关系和空间关系相互间的重要

[①] Peter Childs. Julian Barnes[M]. Manchester University Press, 2011: 5.

联系……是形式兼内容的一个文学范畴"[1],并进一步指出时空体中时间和空间不可分割的艺术特征:"在文学的艺术时空体里,空间和时间标志融合在一个被认识了的具体的整体中。时间在这里浓缩、凝聚,变成艺术上可见的东西;空间则趋向紧张,被卷入时间、情节、历史的运动中。"[2]时间和空间无论在小说情节还是人物形象中,都融为不可分割的统一体。一方面,时间在空间中具象化,另一方面空间具有时间流动性。《时间的噪音》独具特色的电梯时空体书写蕴含了肖斯塔科维奇重返伦理现场的历史观照。

文学伦理学批评强调"从历史的视角对文学中各种社会生活现象进行客观的伦理分析、归纳和总结,而不是简单地进行好坏和善恶评价"[3]。《时间的噪音》最鲜明的特征在于巴恩斯在文本中建构了一个特殊的电梯时空体,来重返肖斯塔科维奇生活的伦理现场,重新思考了肖斯塔科维奇在特定的伦理语境中面临的两难问题。对于巴恩斯而言,重返伦理现场不仅是他重新审视历史上传奇作曲家的立足点,而且也是小说电梯时空体建构的外在投射。里斯本大学教授埃琳娜·博林格(Elena Bollinger)肯定"该文本挑战了历史时间、历史地点和自我的虚幻本质"[4],但是埃琳娜·博林格没有就该作具体是如何挑战历史时间、历史地点的展开深入探讨。实际上,巴恩斯在《时间的噪音》中建构了一个不具备自然界和日常生活周期性的电梯时空体形式,其中历史时间浓缩在空间中,空间成为历史时间的见证。作为两者相互具体化、彼此渗透的结果,时空体中的世界和时间不但没有缩小、贫瘠,反而变得充盈、丰富,为人物重返历史现场创造了无限的、切合实际的可能性。

首先,时空体在固定的属于特定的伦理环境或时空背景中生成,并且在不同历史阶段中时空体凝聚着不同的时代精神与文学内涵。时空体具有时代性、历史性和特殊性。肖斯塔科维奇的"时空体"建构行为是巴恩斯陌生化的小说叙事策略,目的是重返人物生活的历史时期与伦理现场,在特定的、具体的时空伦理环

---

[1] 巴赫金. 巴赫金全集(第三卷)[M]. 白春仁,晓河,译. 石家庄:河北教育出版社,2009:269.
[2] 同上,第270页.
[3] 聂珍钊. 文学伦理学批评导论[M]. 北京:北京大学出版社,2014:256.
[4] Elena Bollinger. "Life Comes as Spring Comes, From All Sides": Constructing and Reconstructing Silence in *The Noise of Time*[J]. Sociology Study, 2018.8(3):138.

第三章 巴恩斯小说中的空间伦理与伦理选择

境中分析和批评文学作品,对人物进行客观的伦理阐释,而非抽象或主观的道德评价。值得注意的是,"时空体"建构的用意并不是要呈现肖斯塔科维奇履历的个人历史"纪录片",而是把时间和空间变成了历史书写之地,将虚构与想象融入传记之中。对此,学者西莫那·埃利萨贝塔(Catană, Elisabeta Simona1)认为《时间的噪音》独特的小说结构和风格,向读者展示了"历史真理只不过是一个可供我们解释的故事"[1]。历史真相不仅与事实相联系,而且也是想象的再创作。因此,小说时空体建构的过程是一个再创造的历史空间,从历史的观点考察文学,在具体的、特殊的伦理环境、伦理语境理解人物的困境与选择。

其次,时间作为小说时空体中的主导因素,被限定在具体的空间之中,都打上了空间的印记,实现时间的空间化建构。《时间的噪音》没有按照从幼年到老年的时间序列描述肖斯塔科维奇完整的传记性生活,而是描绘了他人生中完全异乎寻常的时刻。巴恩斯聚焦肖斯塔科维奇一生中三个重要的传奇时间:"1936年""1948年"和"1960年",采用了青年、壮年、老年的三个时间点分别对应"在电梯旁""在飞机上""在汽车里"三个具体的空间,整个情节脉络都精确地与这些地方及其他历史变迁交织在一起。以《时间的噪音》第一部分"在电梯旁"为例,小说开篇便描写了肖斯塔科维奇在人生的第一个转折点——1936年在电梯旁等待被问话的场景。小说以第三人称视角聚焦肖斯塔科维奇浓缩在电梯空间的历史时间,再现30年代的伦理时空环境。作曲家肖斯塔科维奇创作了《姆钦斯克县的麦克白夫人》,该歌剧在海内外获得了成功。不久,歌剧却受到了报纸的公开谴责:"混乱代替了音乐"[2],以及"焦躁不安、神经质的音乐"[3]。由于没有创作出"真实、流行和悦耳的音乐"[4],作品被贴上了"形式主义"[5]等标签。显而易见,小说表明音乐的主流精神与作曲家艺术创作之间出现了巨大鸿沟的历史语境、伦理环境。因此,高度紧张、极度痛苦的肖斯塔科维奇连续10天在狭窄的电梯等待着被召唤:"就这样,他开始了在电梯前的守夜。"[6] 在文学伦理学视域中,这一历史语境

---

[1] Catană, Elisabeta Simona1. History as Story and Parody in Julian Barnes's *The Noise of Time*[J]. Romanian Journal of English Studies. 2019.16(1): 26.
[2] [英]朱利安·巴恩斯. 时间的噪音[M]. 严蓓雯,译. 南京:译林出版社,2018:33.
[3] 同上,第34页.
[4] 同上,第37页.
[5] 同上,第34页.
[6] 同上,第64页.

正是肖斯塔科维奇生活的伦理现场。值得强调的是，巴恩斯对历史时间的书写是以对空间的深刻、具体感知为基础的。因此，作为充满历史时间的时空体，电梯空间无处不渗透着肖斯塔科维奇过去历史的见证，更是当时历史语境和伦理环境的微观缩影。

值得强调的是，巴恩斯对历史时间的书写是以对空间的深刻、具体感知为基础的。在持续了10天的电梯守夜中，《时间的噪音》遵循内心独白、意识流的叙述模式，在肖斯塔科维奇时间感受的发展过程中，把过去和现在融成了一个整体。叙述没有贯穿一个具有自然规律性和必然性的时间序列。时间失去了统一性和完整性，时间被分裂为个别段落，每个段落包含个别的情节。这个世界是一个分散的、支离破碎的时空体，碎片化地重新呈现了作曲家肖斯塔科维奇私人生活的空间。小说展现了肖斯塔科维奇自我动态的成长经历，例如顺从的父亲，性格强势、有着极强控制欲的母亲，小肖斯塔科维奇9岁开始学习钢琴，19岁便年少成名、十年来事业一帆风顺，成年后的爱情经历、甜蜜的家庭生活等。正如学者所述："故事在主人公对过去的美好回忆和他所经历的当下恐惧中来回切换。"[①] 正是电梯时空体中这种时间的非线性，才使得在这狭窄的电梯时空体中展现肖斯塔科维奇的日常生活成为可能。可见，肖斯塔科维奇个人隐秘的生活事件在叙述中所占的比重开始增加，这些事件几乎不全然具有社会政治意义，对他人的意义也是微乎其微，但对肖斯塔科维奇个人而言具有深刻的伦理意义，彰显出时空体中自我意识发挥了重要的作用。

此外，肖斯塔科维奇有效地利用电梯时空体中时间的非线性，揭示了爱情、艺术、生活之间相互交织的有机联系。为了表达"理想中的爱情"，他引用了莫泊桑短篇小说中"驻扎在地中海沿岸的一个要塞小镇"[②] 的警备司令为爱疯狂的故事：这位年轻军官爱上了一位已婚妇女，为了与情人共度良宵，不惜捏造紧急军事事件将外出归来的情人丈夫隔绝在城门外。在肖斯塔科维奇看来，"理想中的爱情"就是"你应该这样去爱，没有恐惧，没有障碍，不用去想明天。之后没有遗憾。"[③] 叙述将肖斯塔科维奇刻画成为一个为爱执着、不顾后果的人。同时，肖

[①] Deniz Kirpikli. Irony and (Dis)Obedience to Authority in Julian Barnes's *The Noise of Time*[J]. Cankaya University Journal of Humanities and Social Sciences, 2020.14(2): 265.
[②] [英] 朱利安·巴恩斯. 时间的噪音 [M]. 严蓓雯，译. 南京：译林出版社，2018: 64.
[③] 同上，第43页.

斯塔科维奇强调文学与艺术的相似性和共同性，认为创作应该是"艺术家们出于他们的自由意志"①，坚持艺术自由的观念。然而，一直主张"为艺术而艺术"的作曲家肖斯塔科维奇却陷入了疑惑之中，这主要通过其内心独白揭示出来："所有的斗争、理想、希望、进步、科学、艺术和良知，都这样结束了，剩下一个男人站在电梯旁。"②通过这种反讽，展示了特定伦理背景下肖斯塔科维奇艺术观的苍白与无力。因此，肖斯塔科维奇的叙述，在肖斯塔科维奇的周围形成了一个过去与现在并置、美好与恐惧并存、公共外在性与私人生活隐秘性相结合的特殊时空体、特殊的伦理现场。

二、飞机时空体：艺术还是生存的伦理困境

那么，特定时代下的作曲家肖斯塔科维奇所面临的伦理困境是什么呢？在具体的时代，作曲家肖斯塔科维奇关注的不仅是艺术形象生产问题，更是对他艺术信仰与道德良心的质疑。换言之，作曲家肖斯塔科维奇在特定时代首先面临的是艺术还是生存的伦理困境。聂珍钊教授指出："伦理困境指文学文本由于伦理混乱而给人物带来的难以解决的矛盾与冲突。伦理困境往往是伦理悖论导致的，普遍存在于文学文本中。"③同一条件下，人物对事情的价值判断出现两种在伦理上互相矛盾的结果，同时两者都具有其各自的合理性，两项中的每一项都是符合道德的，都是正确的。小说《时间的噪音》中最具特色的飞机时空体中正是探索了作曲家肖斯塔科维奇复杂的道德与伦理困境。因此，对飞机时空体的分析就落脚在小说主人公肖斯塔科维奇艺术追求还是生存伦理的两难困境上，并从作品中抽离出艺术背后暗含的深层意蕴。

首先，在《时间的噪音》第二部分，巴恩斯采用意识流叙事展开空间叙事，以空间整合时间，书写具体时代下小人物作曲家肖斯塔特科维奇对个体命运的思考与挣扎。1949年，当作曲家肖斯塔科维奇结束纽约之旅，踏上返回祖国的航班时，小说就已经从电梯时空体转向了飞机时空体。小说主人公飞机时空体的叙述主要是从肖斯塔科维奇作为代表团访问美国，推进和平事业开始的。在卫国战争

---

① [英]朱利安·巴恩斯.时间的噪音[M].严蓓雯,译.南京：译林出版社,2018：51.
② 同上，第52页.
③ 聂珍钊.文学伦理学批评导论[M].北京：北京大学出版社,2014：258.

期间，肖斯塔科维奇创作的《第七交响曲》，作为反法西斯主义的象征，给他带来国际声誉。因此，当美国纽约将要召开世界和平文化与科学大会时，作曲家以"乐观的肖斯塔科维奇"[1]的艺术家形象参加了大会。

其次，肖斯塔科维奇1949年的纽约之行被具体化为两种截然不同的空间形式，其中物理空间与心理空间的互相交织，揭示其遭受的伦理困境与精神焦虑。巴恩斯在小说中拓展了空间在现代社会的境遇和意义。1967年福柯在巴黎演讲《不同空间的正文与上下文》（Texts / Contexts of Other Space）时提出了"异质空间（Heterotopia）"的概念，意指存在于社会文化领域的具有差异性、异质性、颠覆性的空间。这一概念既可指"现实空间，也可针对虚幻的空间。它特别关注的是兼有现实性和虚幻性同时包含体验和想象的空间及其文化实践"[2]。这也就是巴恩斯在作品中所呈现的充满异质性、差异性的可直接感知的物理空间与虚拟的、想象的精神文化空间。在现实的物理世界——纽约的世界和平文化与科学大会上，他在会上公开发表关于世界和平方面的讲稿，宣扬和平共处的原则，为了善、自由和世界的和平而奋斗，"谴责美国政府在离家万里的地方建造军事基地，谴责它对国际义务和条约的挑衅与践踏，谴责它研发新型大规模杀伤武器"[3]；在艺术观方面，他以音乐家的身份对资本主义堕落的艺术观进行猛烈的批判——"对所有这类音乐家的泛泛谴责"[4]。实际上，纽约之行中肖斯塔科维奇的艺术观念与其内心的真实想法相悖，而心理世界则是他情感状态和心理景观的外部投射，反映了肖斯塔科维奇的真实想法，重新呈现出其不为人知的真实形象。

肖斯塔科维奇现实世界的荣誉与其内在世界的精神折磨形成了鲜明的对比，呈现出截然不同的两种空间状态。对于肖斯塔科维奇本人的情感状态而言，纽约成为他"最耻辱、最充满道德羞愧"[5]的地方。巴恩斯聚焦肖斯塔科维奇在大会上的内心活动，细腻地刻画出肖斯塔科维奇对于批判斯特拉文斯基所产生的"内

---

[1] [英]朱利安·巴恩斯.时间的噪音[M].严蓓雯，译.南京：译林出版社，2018：114.
[2] 福柯在此文中指出"异质空间"的六个原则。他同时还说巴什拉（Barchelard）在《空间诗学》里教导我们：我们并非生活在一个均质的和空洞的空间中。相反的，却生活在全然地浸淫着品质与奇想的世界里——不过，福柯指出这些都是内化的"意识空间"，而他要谈的是"外部空间"。
[3] [英]朱利安·巴恩斯.时间的噪音[M].严蓓雯，译.南京：译林出版社，2018：126.
[4] 同上，第127页.
[5] 同上，第122页.

心翻江倒海,羞耻和自蔑如潮汹涌"[1]的真实情感。小说通过巧妙的内心活动,展示出主人公肖斯塔科维奇良心所强加的道德价值观。此外,在会议上,肖斯塔科维奇成了西方人攻击的目标,他们严重质疑他的立场。会上纳博科夫对肖斯塔科维奇的艺术观进行三诘问。面对纳博科夫的公开羞辱,肖斯塔科维奇接受并容忍了所有的耻辱和所有的道德折磨。出于生存的欲望,他未能坚持艺术的自洽,保持对自我的真实,不顾道德败坏、精神堕落地否认了纯粹唯美主义,对艺术进行背叛。由于无法捍卫艺术的自由和艺术家的尊严,他以战争期间自己在列车中脖子和手腕上戴满蒜头来防备伤寒的滑稽形象,讽刺性地来指涉当下的自己只是为了"防备敌人,防备伪君子,甚至防备好心的朋友"[2]。肖斯塔科维奇以一种诙谐的、讽刺的方式来表达自身的绝望,将自我描述成了一个在道德、精神上遭受折磨的"懦夫"。对于特定伦理环境下的艺术家而言,生存的代价则是对艺术的背叛。这也正如叙述者所评价的"这是背叛……他也背叛了音乐。后来他告诉姆拉文斯基,那是他生命中最糟糕的一刻"[3]。主人公心理世界的细腻刻画,预示了生存的黑暗面,常常伴随着怯懦、自欺欺人、良心谴责、荒谬的感觉以及从焦虑、恐惧、痛苦到麻木绝望的情绪。作品中主人公肖斯塔科维奇所感受到的身份困惑和因此而产生的痛苦迷茫,其实就是艺术家身份意识的一种表征。从根本上说,主流艺术观下的作曲家是痛苦而悲剧性的。这一场艺术家的反法西斯集会,对于肖斯塔科维奇本人而言,是一场公开的成功。因此,巴恩斯在小说中打破了物理空间和心理空间的界限,自由地呈现人物肖斯塔科维奇内心的思想、意识、情感与主观体验,与文本叙事的物理时空产生共鸣。通过物理空间与心理空间两种空间的并立,对肖斯塔科维奇和现实之间关系的探索,也展示出肖斯塔科维奇在其真实的艺术观念与人们所期待的陈述之间的无声对抗。

最后,同行艺术家的伦理选择与人生经历对于理解肖斯塔科维奇的伦理两难具有很大的启发作用。作为艺术家、作家,他追求艺术的自洽,对自我的道德和对尊严、自由、人类的目的进行不断的探求。肖斯塔科维奇清醒地认识到艺术家如果捍卫了艺术的创作精神,坚持了自我和灵魂的纯真,将与主流艺术观念背道而驰,那么他身边的事物都会受到影响。叶夫图申科在诗歌《职业生涯》中表明

---

[1] [英]朱利安·巴恩斯.时间的噪音[M].严蓓雯,译.南京:译林出版社,2018:128.
[2] 同上,第139页.
[3] 同上,第140页.

了这种相似的心态:"在伽利略的时代,一个科学家同行,并不比伽利略笨。他很清楚地球是旋转的,但他还有一大家子要养活。"[1] 在这里,诗歌表明了艺术家妥协的逻辑在于其伦理身份。鉴于保全家人的伦理责任,艺术家无可避免地为了家人而妥协。对此,叶夫图申科强调诗歌中的良心与忍耐,暗示艺术将会在时间、历史当中幸存下来,艺术家应该将艺术创作留给永恒的时间,"时间会有办法来证明"[2],并指出艺术抱负与坦诚之间的区别以及艺术家面临的艺术与生存之间伦理两难的平衡问题。可见,巴恩斯精心塑造的艺术家叶夫图申科夫等人,无一不是具有理想品格的道德英雄。尽管其中道德英雄的独特艺术个性逾矩传统理念,但他们与肖斯塔科维奇相似的人生历史与崇高的品格,都传达着巴恩斯的道德诉求。更为重要的是,反映在这些人物身上的道德理想,本身就充斥着复杂的价值冲突与伦理两难。这两个人物显然有助于帮助读者理解肖斯塔科维奇关于生存还是艺术的两难困境。从这个意义上说,巴恩斯及其笔下的作曲家肖斯塔科维奇首先是一位道德家,其次才是艺术家。

　　对历史时间的观照以及物理空间与心理空间两种空间形式的重叠,表明《时间的噪音》中飞机时空体中并不是按照现实自然界与生活中的物理周期性展开叙述,但这并不意味着小说没有贯穿一个特殊规律性和必然性的时间序列。实际上,飞机时空体表达了一种与伦理两难相关的情感。它们反映了在不同时代艺术家所遭遇的两难伦理困境,更是揭示了荒谬的、怪诞的、冷酷的世界背后的生存与伦理维度。可见,肖斯塔科维奇的伦理困境并非基于对与错的艺术观念的道德困境,而是生存的需要,从根本上说面临的是一种关于生存的伦理选择困境。

三、汽车时空体:伦理选择与身份重构

　　小说第三个时空体是从1960年肖斯塔科维奇坐在公家小轿车后座反思他人生的伦理选择与身份建构开始的。时空体的转换强化了小说画面感、故事感,使得篇幅不大的作品充满了历史的厚重感。实际上,小说人物的伦理选择、身份建构和主题的表达在极大程度上是和时空体的变换紧密关联的。封闭的汽车时空创造出了别具一格的叙事空间,巴恩斯在关于汽车时空体的叙述中,强调汽车空间

---

[1] [英]朱利安·巴恩斯. 时间的噪音[M]. 严蓓雯,译. 南京:译林出版社,2018:188.
[2] 同上,第189页.

是主人公肖斯塔科维奇漫游和思考的场所，它不仅包含了肖斯塔科维奇在对应时空所附带的个体记忆、历史的集体意识、文化投射，还包括漫游者自身对特定时空场所的伦理反思。其中小说蕴含的伦理反思主要是通过汽车时空体中肖斯塔科维奇这一人物形象身份重构的思考体现出来的。正如巴赫金所言，时空体不是抽象的时间与空间的联合，"哲理和社会学的概括、思想、因果分析等，都向时空体靠拢，并通过时空体得到充实，成为有血有肉的因素，参与到艺术的形象性中去"①。伴随着时空体的转换，独特的时空体解构也建构起人物的时空图谱，个体在时空体中得到了重构。从小说整体来看，肖斯塔科维奇汽车时空体中的反思具有重要的意义，伦理身份正是在时空体中得以孕育发展，个体的伦理身份以及存在的方式由物理空间和伦理空间共同锻造而成。更为重要的是，肖斯塔科维奇回忆自身的处境，将自我重新纳入社会历史结构之中，为重新建构自我伦理身份提供了某种可能性。

首先，叙述者肖斯塔科维奇以汽车时空体的动态转换方式展示了60年代艺术家的生存境况、变化了的伦理规范以及产生的伦理焦虑。巴赫金曾指出"不希望、不可能把某一地方、某一自然景色看作是抽象的东西，某种自足的必然性；应该通过人的活动及历史事件来阐释它"②。因此，小说聚焦1960年的公家小轿车，汽车时空体的出现，其目的是呈现肖斯塔科维奇对自身的伦理选择进行追忆与反省。此时，时代发生了改变。当下的他荣获了国内外颁发的多项奖项和荣誉。作为当时声望最高、最有名的作曲家，肖斯塔科维奇的作品《姆钦斯克县的麦克白夫人》再次遭到了抨击，作品被认为"是嘶喊、是鸭叫、是猪哼，是上气不接下气"③的。在这一部分，肖斯塔科维奇对人生伦理选择的反思以及自我伦理身份的重构，构成了《时间的噪音》第三部分的叙事核心。

其次，《时间的噪音》中第三部分的汽车时空体尽管被设定在作为荣誉象征的公家车中，但主角肖斯塔科维奇的精神状态却是岌岌可危的。在肖斯塔科维奇的创伤故事中，与主流艺术观格格不入构成其创伤的主要原因之一。创伤具备"压迫性重复性"的特征，哪怕是肖斯塔科维奇处境有所改善，却无法摆脱创伤的阴

---

① 巴赫金.巴赫金全集（第三卷）[M].白春仁，晓河，译.石家庄：河北教育出版社，2009：445.
② 同上，第247页.
③ 同上，第173页.

霾。正如卡鲁斯（Caruth）所言，"介于一个无法承受的事件本真的故事与其中无法承受的生存的故事之间"[①]。肖斯塔科维奇再现了创伤的影响，这种首先表现在主人公肖斯塔科维奇的身体上："他的身体总是跟过去一样紧张；也可能更加紧张了。但他的思想不再飘忽不定；如今，它小心翼翼地从一个焦虑慢慢过渡到下一个"[②]。在这一部分，肖斯塔科维奇强烈的恐惧和压力更是到达了身体的极限："他感到，好像所有的呼吸都突然消失了。"[③] 其次，身体的紧张与内在痛苦不可分割，压力始终伴随着他的生活。再者，肖斯塔科维奇意识到自身无法承受心理上的创伤，以一种"自我撕裂"的心灵状态描述自身的痛苦，只能在碎片中求得生存："自我破碎了，分裂了。公开的怯懦和私下的英勇共生。但这太简单了：斧起斧落，人的思想一劈为二。"[④] 他感觉自己早已是行尸走肉，认为自己是"蛆虫"[⑤]，厌恶自己乃至鄙视自己——"他几乎每天都厌恶自己成了这样的人"[⑥]。由此可见，肖斯塔科维奇的人生悲剧不仅是身体上的折磨，还有精神层面上的创伤痛苦。相对前两个时空体，肖斯塔科维奇在汽车时空体内更多地对自我进行反省。

实际上，作曲家肖斯塔科维奇所遭遇的挫折表明，不管是20世纪30年代还是60年代的伦理环境，不变的是艺术家自我与艺术创作之间对立统一的关系。其中，当懦夫是肖斯塔科维奇理性的伦理选择。对肖斯塔科维奇而言，选择当英雄是愚蠢的，因为当英雄是要付出代价的。肖斯塔科维奇在文本中花费了很多时间和精力去重现艺术家自我与艺术创作之间对立的关系。相对于"过去"的历史创伤和心理困境，肖斯塔科维奇的伦理选择更多地着眼于当下的时间维度与伦理维度，即如何让家人更好地生活，这才是最重要的。换句话说，继续音乐和保护那些与他最亲近的人正是肖斯塔科维奇选择的道德、伦理意义。由此推断，在英雄还是懦夫的问题上，肖斯塔科维奇毫不迟疑地选择了后者。为了保卫自己的家庭和音乐，肖斯塔科维奇理性地选择了妥协。在此，巴恩斯并非要塑造一个贪生怕死的人物形象。相反，这恰恰是肖斯塔科维奇最合理的伦理选择。

---

① Caruth Cathy. Unclaimed Experience: Trauma, Narrative, and History[M]. Johns Hopkins University Press,1996: 7.
② [英]朱利安·巴恩斯.时间的噪音[M].严蓓雯，译.南京：译林出版社，2018：174.
③ 同上，第191页.
④ 同上，第195页.
⑤ 同上，第188页.
⑥ 同上，第171页.

第三章　巴恩斯小说中的空间伦理与伦理选择

　　接着，小说汽车时空体不仅呈现了肖斯塔科维奇个体记忆、历史的集体意识、文化投射，还赋予作曲家尊严与权力书写的过程，展现了时空体书写的伦理价值。在个人层面上，肖斯塔科维奇在回忆中对自我展开深刻的批判，认识到其伦理选择造就了自我的堕落，并对自我展开灵魂的审判："灵魂可以被以下三种方式摧毁：被别人对你做的事；被别人逼你对自己做的事；被你甘愿选择对自己做的事。"① 他客观而冷峻地对自我的一生进行评判"他的生命之路就是怯懦之路，笔直而真实"②，甚至自我嘲讽，"哦，对不起，但你明白，我是个懦夫，我真的没有任何办法"③。通过对自我伦理选择的批判，肖斯塔科维奇得以正视过去遭受的创伤以及曾经犯下的过错，最终实现对自我的接纳和心理治疗。在伦理层面上，巴恩斯也通过肖斯塔科维奇对身边的亲友不气馁、不放弃的伦理责任，揭开了其不为人知的一面。他绝对不是他人眼中的爱慕虚荣、苟且偷生的作曲家。值得注意的是，肖斯塔科维奇的伦理身份并不是孤立存在的，而是需要以社会与家庭的伦理环境作为参照。他妥协、屈服的伦理选择背后，其实还有一个更大的目的——在特定伦理环境下，坚定地守护音乐和家庭。肖斯塔科维奇有着超过音乐同行的野心和抱负，他认为只有通过懦弱、妥协的方式才能守护自己所爱的一切。他以另一种更加艰难的、煎熬的方式守护自己家庭并继续音乐。因此，巴恩斯在访谈中直言"我的英雄是一个懦夫"④，表述了作者对肖斯塔科维奇的不幸遭遇寄予了无限同情，同时赞赏肖斯塔科维奇以懦夫形象积极生活的态度。

　　在小说结尾，肖斯塔科维奇重构了自我的伦理身份。伦理身份重构的过程，就是一种找寻身份认同以及情感归属的文化实践。在叙述中，肖斯塔科维奇对传统的"英雄""懦夫"概念进行了颠覆，并对二者进行了重新的定义。他认为"英雄"，"只需勇敢一时"⑤；而"懦夫"则是"一生的事业。你永远不能停歇。你将不得不为自己找理由，颤抖，萎缩，重新闻到橡胶靴子的气味，再次看见一个堕落的、可鄙的自己，这就是预料之中的下一次的情形"⑥。同时，他认为当懦夫比

① [英]朱利安·巴恩斯.时间的噪音[M].严蓓雯译.南京：译林出版社，2018：208.
② 同上，第197页.
③ 同上.
④ 同上，第235页.
⑤ 同上，第198页.
⑥ 同上.

145

当英雄困难，当懦夫本身需要一种特殊的勇气，"成为懦夫需要执拗，需要固执，需要拒绝改变，某种程度上说，做到这一点，需要某种勇气"①。可见，作曲家肖斯塔科维奇还为自身重构伦理身份提供了另一种可能的方案，在多元文化碰撞的环境中寻求伦理身份的突破，破除传统的文化思维禁锢。对此问题，肖斯塔科维奇将艺术家分成正直与堕落两个对立的价值观和思维方式进行批判。肖斯塔科维奇关注到现实中两者割裂的视角，"但在真实的世界里，尤其是他经受的这个极端世界，情况并非如此"②。艺术家正直与堕落的区分牵引着读者去看待两个对立面，这种二分法将我们领向要么正直要么堕落、要么是英雄要么是懦夫的非黑即白道路，却忽视了一个包含两者在内的中间地带，而这才是对立的双方可以共处之处。因此，肖斯塔科维奇跨越非此即彼的二元对立思维，提出"还有第三种选择：正直并堕落"③。肖斯塔科维奇与众不同的伦理选择，再次证明了其伦理身份的丰富性、复杂性与多样性，这是与多元文化背景相契合的。他打破了二元对立思维模式，乃至超越了二元，用多维度的视角来观察世界，对多元文化语境下的伦理身份进行了重建，并为自身寻求心灵归宿与精神栖息提供了某种可能性。肖斯塔科维奇破除二元对立思维的过程，也是其重建自我伦理身份的过程。

巴恩斯热衷于在小说中探讨伦理选择的问题，不断地探索人物在面对艺术追求与生存伦理时如何选择的两难问题。通过电梯时空体、飞机时空体和汽车时空体等时空体形式，作品揭示了特定伦理环境对作曲家肖斯塔科维奇造成的心理创伤与伦理困境。肖斯塔科维奇历经了多次选择的时刻，不断地对自我伦理身份进行生产，从而确认其自我意识的存在。面对复杂的道德和伦理问题的困境，肖斯塔科维奇在艺术与生活之间寻求一种平衡，试图从伦理困境中寻求突破。最终，肖斯塔科维奇对社会多元文化背景下的个体伦理身份进行了重新建构与想象，并为自我认同与情感归属提供了某种可能性。可以说，在不同文化背景下，肖斯塔科维奇以其坚忍、怯懦、软弱的懦夫形象进行创作与生活。简而言之，《时间的噪音》的文本展现了巴恩斯重构作曲家肖斯塔科维奇身份的创作冲动，即以时空体的形式重新呈现了作曲家隐匿的生活，赋予作曲家尊严与权利的伦理书写过程，展现了时空体书写的伦理价值。当代作家巴恩斯因为强烈的文化意识与身份危机

---

① [英]朱利安·巴恩斯.时间的噪音[M].严蓓雯译.南京：译林出版社.2018：198.
② 同上，第205页.
③ 同上.

感，其作品中主人公感受到的身份困惑和因此产生的痛苦绝望情绪，其实就是作家的伦理身份意识的一种表征。作为当代英国文学的代表作家，巴恩斯并非称赞软弱、怯懦，其传达的是伦理身份的重构以及非理性社会下珍贵的伦理意识，它不仅是对生命意义的追寻，而且构想历史与艺术、生活与艺术之间的伦理关系和伦理的基本问题。

小结

第一，在这两部作品中，巴恩斯从空间、伦理等维度为读者描绘了一幅多元空间场域、混杂流动和协商对话的伦理身份图景，还探讨了个体在伦理危机面前该如何进行伦理选择的问题。在《福楼拜的鹦鹉》中，巴恩斯通过考察多维度的文本空间与碎片式的记忆背后主人公布拉斯韦特的心理创伤和伦理困境，探讨了布拉斯韦特在城市空间、心理空间、家庭空间并置组合，从而形成的多场域的彼此角力下进行伦理选择的心路历程，从而对多维度空间建构的伦理指向进行了追寻与探讨。在《时间的噪音》中，巴恩斯则在小说中建构了一个时间浓缩在空间中，空间成为时间的见证的时空体形式。通过电梯时空体、飞机时空体和汽车时空体等时空体形式，作品揭示了具体的伦理环境对作曲家肖斯塔科维奇造成的心理创伤与伦理困境，探讨了作曲家在艺术追求与生存伦理下艰难的伦理选择过程。尽管这两部作品聚焦于迥然不同的伦理背景，但是这两部作品都聚焦于个体在家庭、婚姻、艺术、文化等因素中遭遇的心理创伤与伦理困境。实际上，巴恩斯将人物的伦理困境与伦理选择放在整个时代的发展中进行考察，小说中的空间书写不仅是对多元文化冲突背景下的伦理危机的现实反映与艺术呈现，而且重新呈现了人物难以启齿或不为人知的生活，赋予微观个体尊严与权利的伦理书写过程，展现了空间书写的伦理价值。

第二，空间的变化与自我道德完善、身份建构结合起来，并在一定程度上形成空间伦理诗学。从本质上说，这是空间形态所触及的如何调节社会与人、人与人乃至人与自我之间的关系问题，其焦点在于地理空间背后深层的伦理问题。巴恩斯热衷于通过空间的伦理书写来探索过去与现在的可能联系，重新挖掘被隐匿在历史中的伦理选择，再现主人公伦理身份建构的过程。在作品《福楼拜的鹦鹉》中，巴恩斯刻画了主人公布拉斯韦特未能以一种开诚布公的直接方式诉说生活当中的创伤，而是以一种在物理空间上对福楼拜生活、作品的文学调查、历史追寻的间接方式探索过去与现在的可能联系。在叙述中，布拉斯韦特机智地处理了婚姻家庭中作为被"戴绿帽子的丈夫"的难以启齿的悲伤、痛苦情绪，从为毫无希望的妻子实行安乐死的愧疚与罪恶感中解脱出来，结束在历史空间中自我放逐的逃避状态，从而回归到为减轻妻子痛苦而艰难作出伦理选择的丈夫身份上。而在《时间的噪音》中，巴恩斯建构了一个不具备自然界和日常生活周期性的电梯时空体、飞机时空体和汽车时空体等时空体形式，其中历史时间浓缩在空间中，空间成为历史时间的见证。作为两者相互具体化、彼此渗透的结果，时空体中的世界和时间不但没有缩小、贫瘠，反而变得充盈、丰富，为人物重返历史现场创造了无限的、切合实际的可能性。其中巴恩斯笔下的肖斯塔科维奇不是一位典型的英雄，他习惯地用讽刺和逃避去对待高压与创伤。作家关注懦夫的伦理选择，其目的在于回归历史伦理现场，重新呈现了作曲家隐匿的生活，重新建构作曲家的伦理身份，赋予作曲家尊严与权利的伦理书写过程，理解人物伦理选择背后的伦理教诲意义。

　　第三，巴恩斯作品在形式和结构上作出了巨大的贡献，但是巴恩斯并非一个空洞的文体家，他具有强烈的人文情怀。作家在写作中所关注的并非文学实验，而是表现出一位现代思想者所具有的人性化和伦理思想。在《福楼拜的鹦鹉》中，主人公布拉斯韦特在空间中追寻历史的真实，既是对历史的伦理反思，也是对伤痛的现实转移。《时间的噪音》中，空间是主人公肖斯塔科维奇漫游和思考的场所，它不仅包含了肖斯塔科维奇在对应时空所附带的个体记忆、历史的集体意识、文化投射，还包括自由地呈现人物肖斯塔科维奇内心的思想、伦理困境与伦理选择，与文本叙事的物理时空产生共鸣。空间不仅是故事发展的物理维度，而且还是情感、意识形态和伦理道德价值的重要载体。

结 语

伦理与道德一直是人类社会中的重要话题。随着社会的发展和变迁，道德和伦理面临着越来越多的问题和挑战，当下对该话题的重视和关注度也越来越高。人类社会不断地向前发展，科学技术作为当代社会生产力的第一要素以及社会变革的首要推动力，为人类带来了日益增长的财富，极大地促进了经济、文化、社会的进步。与此同时，现代科技发展也对我们人类自身、社会以及伦理道德问题产生了一系列影响。全球化、消费主义、女性解放、民族偏见等问题不断地冲击着传统的价值观念与自我认识，触发和加深了当下的伦理反思。文学本质上是"关于伦理的艺术"[1]，文学的任务就是"描写这种伦理秩序的变化及其变化所引发的问题和导致的结果，为人类文明进步提供经验和教诲"[2]。正是基于这样的认识，本书探讨了巴恩斯小说的伦理主题，揭示了巴恩斯小说性别、种族、空间伦理书写所包含的对伦理身份的建构意义。

巴恩斯小说的文学伦理学批评研究展示了他对性别、种族和空间书写的伦理思考，其独特的作家特色主要有以下几个方面。首先，小说中伦理书写指向巴恩斯对现实伦理现状的担忧和对人类生存的伦理关怀。他具有强烈的人文情怀，在写作中所关注的并非仅是文学实验，而是表现出一位现代思想者所具有的人性化和自由思想。他在创作中探索了人类当前面临的种种道德问题，为人类探讨了各种危机下的生存之道。作者本人对"伦理"主体的关注，其中从个人到国家、单个种族他者形象到种族群像、家庭到社会背景下的个体，积极地关注社会各层面主体的伦理危机与伦理选择，对社会存在的问题作出批判性的伦理反思。在内容上，巴恩斯小说中性别伦理的反叛、回归以及重构，揭示了革命启蒙在性别伦理意识上的复杂性，显示出新的伦理道德在女性解放问题上的冲突性和矛盾性：人类社会的演进中，不是简单地以新的性别伦理规范对传统的习俗、性别观念进行

---

[1] 聂珍钊.文学伦理学批评导论[M].北京：北京大学出版社，2014：1.
[2] 同上.

替换，多元文化的社会伴随着新的性别伦理秩序对旧的性别伦理的僭越和传统性别伦理对新观念的节制、人对传统哲学的挑战和权力对人的规训等，各种力量此消彼长、分化组合，以实现真正地、彻底地建立现代性别伦理观念的目标。除了探究女性解放外，巴恩斯小说的特色还在于对传统性别伦理身份定义的挑战与颠覆。巴恩斯小说的种族伦理书写反映了多元文化主义外表掩盖下根深蒂固的种族主义，更是指出了主流社会狭隘的、单一的伦理身份认同背后更深层次的文化价值体系中文化一元论的现实问题。作者力图通过为备受种族压迫的边缘群体发声，让读者深刻体会到所谓多元文化主义外表掩盖下的种种偏见和歧视，而在反对霸权主义和强权政治的今天，追求各民族、国家和平共处以及重建国际道德伦理秩序，才是构建人类命运共同体的根基所在。

其次，巴恩斯小说的文学伦理学批评研究表现了高度的语言幽默性和喜剧性，甚至是闹剧，充斥着令人深思的机智、幽默与讽刺性。小说《唯一的故事》中的女主人公苏珊对传统性别伦理反抗的故事更是讽刺性地隐藏在"关注逃亡的自我保护"[1]的男性保罗的叙述之中。女性成长小说《凝视太阳》中揭示了女性对自我伦理身份重构的历程。在婕恩看来，男性们懦弱、缺乏勇气、胆怯。不仅如此，懦弱的英国男性成为巴恩斯嘲讽和讥笑的对象。小说《亚瑟与乔治》，巴恩斯机智、聪明地以福尔摩斯的侦探形式来洗脱、颠覆了"有罪东方人"的"莫须有"罪名。在《10½章世界史》中，关注的非典型人物、边缘人群特别是受害者、妇女，甚至是木蠹虫，在灾难性历史背景下面临的伦理困境、生存伦理等问题均呈现出了全新的历史和现实意义。在《福楼拜的鹦鹉》中，布拉斯韦特以冷静的语调、平淡的口吻巧妙地将《包法利夫人》中通奸的爱玛指向了妻子埃伦的不忠，而现实中被戴了绿帽子的布拉斯韦特则取代了文学中的包法利医生。巴恩斯笔下的主人公布拉斯韦特聪明、有趣，是典型的后现代主义具有自我意识的叙述者，善于利用荒诞的幽默、讽刺等手法展开自我家庭的伦理悲剧，巧妙地揭示自身的伦理困境。《时间的噪音》主人公肖斯塔科维奇以战争期间自己在列车中脖子和手腕上戴满蒜头来预防伤寒的滑稽形象，讽刺性地指涉当下的自己只是为了"防备敌人，防备伪君子，甚至防备好心的朋友"[2]。肖斯塔科维奇以一种诙谐的、讽刺的方式

---

[1] Clark Alex. Vanishing Point [J]. New Statesman. 2018, 147(5403): 46.
[2] [英]朱利安·巴恩斯.《时间的噪音》[M]. 严蓓雯，译. 南京：译林出版社，2018：139.

来表达自身的绝望与持续不断的压力,将自我描述成了一个在道德、精神上遭受折磨的"懦夫"形象。巴恩斯小说内容丰富,独具敏锐的智慧、聪明的才智、广泛的想象力以及压抑的沉思等艺术特色,让读者在冷静的阅读中深入思考及艺术书写背后深刻的伦理反思与现实启迪。

最后,巴恩斯小说文学伦理学批评研究具有重要的现实启发意义。巴恩斯小说以"伦理"主题为线索,结合文学伦理学批评发掘巴恩斯作品中的伦理价值与道德取向。巴恩斯小说中的"伦理"主题在性别伦理、族裔伦理、空间伦理方面都具有重要的教诲意义。同时,巴恩斯小说围绕"伦理"主题生发的伦理道德价值能为我们当下文学文化建设提供借鉴意义。巴恩斯的小说创作中不仅关注了个体的伦理危机、婚姻内部的伦理悲剧等家庭问题,还批判了族裔歧视、自我创伤等的不平等的社会现象,更是对后现代主义背景下对传统历史观念以及艺术创作等的批判性反思。这些经验在今天都具有极大的启发意义。当下,我国正投身于"人类命运共同体"的构建,而"文明交流互鉴"是人类命运共同体的人文基础,是增进各国人民友谊的桥梁、推动人类社会进步的动力、维护世界和平的纽带。巴恩斯在创作中表达的思想理念和总结的经验教训,都可以为我国在全球化语境下进行自身文化身份建设以及与其他文化区域进行交流沟通提供服务。

参考文献

一、中文著作

[1][德]阿曼斯.文化记忆：早期高级文化中的文字、回忆和政治身份[M].金寿福，黄晓晨，译.北京：北京大学出版社，2015.

[2][德]阿莱达·阿斯曼.回忆空间[M].潘璐，译.北京：北京大学出版社，2016.

[3][英]安德鲁·玛尔.现代英国史 上[M].李岩，译.北京：东方出版社，2020.

[4][美]本尼迪克特·安德森.想象的共同体：民族主义的起源与散布[M].吴叡人，译.上海：上海人民出版社，2011.

[5][意]贝奈戴托·克罗齐.历史学的理论和实际[M].北京：商务印书馆，1982.

[6][法]波伏娃.第二性[M].陶铁柱译.北京：中国书籍出版社，1998.

[7][苏]M.巴赫金.小说理论[M].白春仁，晓河译.石家庄：河北教育出版社，1998.

[8][美]丹尼尔·贝尔.资本主义文化矛盾[M].赵一凡译.北京：生活·读书·新知三联书店，1989.

[9][美]迪尔.后现代都市状况[M].李小科译.上海：上海教育出版社，2004.

[10]胡亚敏.叙事学[M].武汉：华中师范大学出版社，2004.

[11][美]海登·怀特.话语的转义[M].董立河译.郑州：大象出版社，2011.

[12]贺玉高.霍米巴巴的杂交性身份理论研究[M].北京：中国社会科学出版社，2012.

[13]卡瓦拉罗.文化理论关键词[M].张卫东译.南京：江苏人民出版社，2006.

[14]罗如春.后殖民身份认同话语研究[M].北京：中国社会科学出版社，2016.

[15][美]罗斯玛丽·帕特南·童.女性主义思潮导论[M].艾晓明译.武汉：华中师范大学出版社，2002.

[16] 林骧华. 当代英国文学史纲 [M]. 沈阳：辽宁教育出版社，1993.

[17] 聂珍钊. 文学伦理学批评导论 [M]. 北京：北京大学出版社，2014.

[18][澳] 乔纳森·福斯特. 记忆 [M]. 刘嘉译. 南京：译林出版社，2016.

[19][英] 苏珊·弗兰克·帕森斯. 性别伦理学 [M]. 史军译. 北京：北京大学出版社，2009.

[20][美] 苏珊·S. 兰瑟. 虚构的权威 [M]. 黄必康，译. 北京：北京大学出版社，2002.

[21] 生安锋. 霍米·巴巴的后殖民理论研究 [M]. 北京：北京大学出版社，2011.

[22][美] 萨义德. 东方学 [M]. 王宇根译. 北京：生活·读书·新知三联书店，1999.

[23] 沈国经主编；林骧华编. 当代英国文学史纲 [M]. 沈阳：辽宁教育出版社，1993.

[24] 沈奕斐. 被建构的女性：当代社会性别理论 [M]. 上海：上海人民出版社，2005.

[25] 申丹，王亚丽. 西方叙事学：经典与后经典 [M]. 北京：北京大学出版社，2010.

[26][美] 唐纳德·巴塞尔姆. 白雪公主 [M]. 周胜荣，王柏华，译. 哈尔滨：哈尔滨出版社，1994.

[27][德] 沃·威尔什. 我们的后现代的现代 [M]. 北京：社会科学文献出版社，1999.

[28] 肖巍. 飞往自由的心灵——性别与哲学的女性主义探索 [M]. 北京：北京大学出版社，2014.

[29] 许平，朱晓罕. 一场改变了一切的虚假革命：20世纪60年代西方学生运动 [M]. 上海：上海人民出版社，2004.

[30] 赵静蓉. 记忆 [M]. 广州：暨南大学出版社，2015.

[31] 赵静蓉. 文化记忆与身份认同 [M]. 北京：生活·读书·新知三联书店，2015.

[32][英] 朱利安·巴恩斯. 10 ½ 章世界史 [M]. 郭国良，译. 南京：译林出版社，2012.

[33][英]朱利安·巴恩斯. 凝视太阳[M]. 丁林棚，译. 北京：外语教学与研究出版社，2018.

[34][英]朱利安·巴恩斯. 唯一的故事[M]. 郭国良，译. 南京：译林出版社，2021.

[35][英]朱利安·巴恩斯. 终结的感觉[M]. 郭国良，译. 南京：译林出版社，2012.

[36][英]朱利安·巴恩斯. 没什么好怕的[M]. 郭国良，译. 南京：译林出版社，2019.

[37][英]朱利安·巴恩斯. 英格兰，英格兰[M]. 周晓阳，译. 北京：外语教学与研究出版社，2019.

二、中文期刊

[1]聂珍钊，傅修延，刘建军，等. 文学伦理学批评与文学跨学科前沿（笔谈）[J]. 华中师范大学学报（人文社会科学版），2022（2）：79-105.

[2]雷武锋. 在过去与未来之间：《10½章世界史》中的历史话语[J]. 外国文学研究，2020（4）：117-125.

[3]吴红涛. 空间伦理：问题、范畴与方法[J]. 深圳大学学报，2017（4）：58-64.

[4]刘保庆. 论空间叙事的形式及伦理意义[J]. 南京师范大学文学院学报，2017（3）：76-81.

[5]江守义. 伦理视野中的小说视角[J]. 外国文学研究，2017（2）：20-28.

[6]刘岩. 从性别政治到生命政治——21世纪西方性别研究热点探微[J]. 社会科学研究，2019（3）：157-163.

[7]赵静蓉. 颠覆和抑制——论新历史主义的方法论意义[J]. 文艺评论，2002（1）：13-16.

三、英文专著

[1]Bentley N. British Fiction of the 1990s[M]. Routledge, 2005.

[2]Peter Childs. Julian Barnes[M]. Manchester: Manchester University Press, 2011.

[3]Vanessa Guigner. The Fiction of Julian Barnes[M]. Palgrave Macmillan, 2006.

[4]Sebastian Groes & Peter Childs. Julian Barnes Contemporary Critical

Perspectives[M]. Continuum International Publishing Group, 2011.

[5]Merritt Moseley. Understanding Julian Barnes[M]. University of South Carolina Press, 1997.

[6]Bran Nicol. The Cambridge Introduction to Postmodern Fiction[M]. Cambridge University Press, 2009.

[7]Cathy Caruth . Unclaimed Experience: Trauma, Narrative, and History[M]. Johns Hopkins UP, 1996.

[8]Guignery Vanessa and Ryan Roberts. Conversations with Julian Barnes[M]. UP of Mississippi, 2009.

[9]Eagleton Terry. The Event of Literature[M]. Yale UP, 2012.

[10]Newton Adam Zachary. Narrative Ethics[M]. Harvard UP, 1997.

[11]Trimm Ryan S Diss.Belated Englishness: Nostalgia and Postimperial Identity in Contemporary British Fiction and Film[M].University of North Carolina, 2001.

[12]Judy Giles and Tim Middleton.Writing Englishness 1900-1950[M].Taylor & Francise Library, 2005.

[13]Krishan Kumar.The idea of Englishness: English Culture, National Identity and Social Thought[M].Ashgate Publishing Company, 2015.

[14]Scruton Roger. England: An Elergy[M].Chatto and Windus, 2000.

四、英文期刊

[1]Caruth Cathy. Unclaimed Experience: Trauma, Narrative, and History[J]. Johns Hopkins University Press,1996.

[2]Catană, Elisabeta Simona1. History as Story and Parody in Julian Barnes's The Noise of Time[J]. Romanian Journal of English Studies, 2019, 16(1): 25-31.

[3]Deniz Kirpikli. Irony and (Dis)Obedience to Authority in Julian Barnes's The Noise of Time[J]. Cankaya University Journal of Humanities and Social Sciences, 2020, 14(2): 263-276.

[4]Elena Bollinger. "Life Comes as Spring Comes, From All Sides" : Constructing and Reconstructing Silence in the Noise of Time[J]. Sociology Study, 2018, 8(3): 138-145.

[5]Li Jin. The Noise of Time: Shostakovich in Biofiction[J]. English Language, Literature & Culture, 2020, 5(3): 107-111.

[6]Rudolf Freiburg. That Was What All Men Became: Techniques for Survival: The Paradoxical Notion of Survival in Julian Barnes's the Noise of Time[J]. The Ethics of Survival in Contemporary Literature and Culture, 2021: 133-165.

[7]Yili Tang. The Rhetoric of Factuality and Fctionality in Julian Barnes's the Noise of Time and the Man in the Red Coat[J]. Neohelicon. 2022. 49(1): 89-101.

[8]Frank Kermode, "Stowaway Woodworm" [J], London Review of Books, 1989. 11(12): 20-31.

[9]Jackie Buxton. Julian Barnes's theses on history (in 10 ½ Chapters)[J]. Contemporary Literature, 2000, 41(1): 56-86.

[10]Salyer Gregory. One Good Story Leads to Another: Julian Barnes's A History of the World in 10½ Chapters[J]. Literature and Theology, 1991, 5(2): 220-233.

[11]Finney Brian. A Worm's Eye View of History: Julian Barnes's A History of the World in 10 ½ Chapters[J].Papers on Language and Literature, 2003, 39(1): 49-70.

[12]Samuel Piccolo. Petites Histoires, Meta-perspective: Meaning and Narrative in Julian Barnes[J].Papers on Language & Literature, 2021, 57(3): 275-301.

[13]Del Ivan Janik. No End of History: Evidence from the Contemporary English Novel[J].Twentieth Century Literature, 1995, 41(2): 160-189.

[14]Emma Cox. "Abstain,and Hide Your Life": The Hidden Narrator of Flaubert's Parrot[J]. Critique: Studies in Contemporary Fiction, 2004, 46(1): 53-62.

[15]Tomasz Dobrogoszcz. Getting to the Truth. The Narrator of Julian Barnes's Flaubert's Parrot[J]. Acta Universitatis Lodziensis. Folia Litteraria Anglica, 1999(3): 27-42.

[16]Del Ivan Janik. No End of History: Evidence from the Contemporary English Novel[J]. Twentieth Century Literature, 1995, 41(2): 160-189.

[17]Rafferty Terrence. Watching the Detectives[J]. Nation, 1985, 241(1): 21-23.

[18]Antakyalioglu Zekiye. Mourning and Melancholy in Julian Barnes's Levels of

Life and The Only Story." [J]. Cankaya University Journal of Humanities and Social Sciences, 2020, 14(2): 158-69.

[19]Boyagoda Randy. "Sweet Nothings" [J]. Commonweal, 2018, 145(12): 39-40.

[20]Melnic Diana and Vlad Melnic. Not The Only Story: Narrative, Memory, and Self-Becoming in Julian Barnes' Novel[J]. Studia Universitatis Babes-Bolyai, Philologia, 2021, 66(2): 47-60.

[21]Nayebpour Karam and Naghmeh Varghaiyan. Reconstructed Memory of Love in Julian Barnes's The Only Story[J]. Hacettepe University Journal of Faculty of Letters, 2021, 38(2): 336-347.

[22]Schiff James A and Julian Barnes. A Conversation with Julian Barnes[J].The Missouri Review, 2007, 30(3): 60-80.